The mission of my life

인생미션

차 례

Prologue

당신이 이 땅에서 해야 할 미션은 무엇입니까?

작가 나다니엘 호손은 “모든 사람은 천직이 있다. 그 일을 발견하는 것이 인생에서 가장 중요한 일이다”라고 했다. 『인생 르네상스』의 저자 김현곤 박사는 “천직찾기의 방법”을 다음과 같이 제시했다. “100세 시대까지 살아갈 우리의 삶에 천직이 필요한 이유는 100세까지 계속 일을 해야 하고, 그 일을 통해서 경제적인 문제를 해결해야 하고, 그 일을 통해서 보람을 찾기 위해서이다. 내 일이 없으면 내일이 없다”라고 했다.

성경 속 인물들을 살펴보아도 한결같이 “인생미션”을 살아갔던 것을 알 수 있다. 예수님의 지상 미션은 마태복음 9:35절에 “가르치시며, 전파하시며, 고치신”세 가지로 잘 기록되어 있다. 바울 사도는 사도행전 20:24절에서 자신의 미션을 “하나님의 은혜의 복음을 증거 하는 일”이라고 했다. 모세는 광야수업 40년을 겪은 후에 백성을 애굽에서 이끌어 내서 인도할 미션을 가지고 살아갔다(히브리서 11:23-29).

미션(Mission)은 “이루어야 할 목표나 계획”을 의미한다. 그러한 의미에서 『인생 미션』은 “내 인생을 통해서 이루어야 할 목표와 비전”을 의미한다. 물론 "우리 인생의 주인이신 주 예수님이 주신 내 인생의 미션"을 의미한다. 내 인생을 통해서 이루어야 할 주님이 주신 목표와 비전이다.

숱한 역경 속에서 아름다운 삶을 꽃피운 역사 속의 인물들도, 한결같이 원대한 " 인생미션"을 가졌다. 미션이 있는 사람의 삶은 아름답다. 미션은 인간 생각의 평범한 것들을 위로 끌어올려 주는 날개이다. 내일에 대한 미션이 있으면, 오늘의 좌절과 절망은 아무런 문제가 되지 않는다. 미션을 가진 사람이 아름다운 이유는 자신의 삶을 긍정적으로 바라보기 때문이다.

미국의 국민화가 모세스 할머니(Grand Moses)는 놀랍게도 76세부터 그림을 시작해서 101세 되던 해 세상과 이별하기 전까지 붓을 놓지 않았다. 모세스, 그녀는 시골 농장을 꾸려가는 평범한 시골 주부였다. 10명의 자녀 중 5명을 잃고 자수에 푹 빠져 있었다. 그러나 72세 때 관절염 때문에 바늘을 들지 못하게 되자 대신 붓을 들었다.

루이스 칼더가 조그만 구멍가게에 있는 그녀의 그림을 우연히 사 갔다. 그 그림이 뉴욕의 전시관에 전시되면서 그녀는 일약 스타가 되었다. 유럽, 일본 등 세계 각국에서 모세스의 그림 전시회가 열렸다.

1949년 트루먼 대통령은 그녀에게 '여성 프레스클럽상'을 선사했다. 1960년 뉴욕 주지사는 그녀의 100번째 생일에 '모세스 할머니 날'을 선포했다. 국민 화가가 된 모세스의 그림을 보면 그녀의 밝은 심성을 읽을 수 있다. 모세스 할머니처럼 오늘 나의 인생 2막의 멋진 미션을 꿈꾸어 보는 것은 어떨까?

이번에 출간하는 『인생미션』은 2019년 5월 18일부터 한 주간 동안 베트남 호치민에 다녀오면서 시작되었다. 책쓰기 코칭 강좌를 다녀온 후에 만들어진 단체 카톡방을 통해서 교제를 통해 많은 저자가 동참하게 되었다.

이 책은 『인생미션』이라는 하나의 주제를 가지고 글을 썼다. 필자는 "책쓰기 코칭으로 인생미션을 실천하다"라는 내용을 썼다. 이 책은 앞으로 책쓰기 코칭을 받을 분들에게 샘플북으로 활용할 생각이다.

이희준 저자의 "멋진 인생 2막의 미션"을 통해서 미래를 희망으로 열어가는 소망을 발견하게 된다. 이필경 저자는 2018년에 내게 코칭을 받고 『희망레슨』을 출간했다. 책 출간과 함께 강의, 방송 등으로 미션을 수행하고 있다. 이번 책에서는 "한센인에게 복음을 전한 사람들"을 썼다.

박태겸 저자는 일찍이 베트남 선교에 헌신한 신실한 주님의 종이다. 이번에 쓴 베트남 선교에 대한 고백을 읽다 보면 선교에 대한 열정을 가지고 캐나다에서 목양에 전념하는 저자의 마음이 가슴에 진하게 느껴지는 감동을 느낄 수 있다. 강명규 저자는 2019년 5월 18일 호치민 책쓰기 미션 코칭 때 만났다. 저자의 글 속에서 30년을 한결같이 베트남 선교를 넘어 인도차이나 반도를 품고 기도하는 열정, 눈물, 비전을 만날 수 있다.

『디아코니아 신학 선언』의 저자인 장승익 저자는 20여 년 동안 독일에서 신학과 목회를 하다가 귀국해서 함께하는 교회 예수마을에서 목회하고 있다. 『오래된 소원』의 저자인 강석진 저자는 1991년 4월부터 중국에 가서 북한 탈북자에게 선교하다가 현재는 충주 양의문교회에서 목회를 하고 있다.

김경희 저자는 "배우든지 가르치든지"를 통해서 베트남 한글학교에서의 진솔한 체험을 고백하고 있다. 김유정 저자의 "베트남에 마음을 주다"에서 신실한 하나님의 사람의 진심을 만나게 된다. 필리핀에서 사역하는 원방연 저자의 "하나님께서 너를 기뻐하신다"는 내용 그대로 하나님께서 저자 원방연 선교사의 사역을 무척 기뻐하심을 느끼게 된다.

10인의 글이 하나의 "책이라고 하는 보석 상자"에 담기게 되었다. 에디슨은 "책은 위대한 천재가 인류에게 남겨주는 유산이며, 아직 태어나지 않은 자손에게 주는 선물로서 한 세대에서 다른 세대로 전달된다"라고 했다. 『인생미션』을 읽는 모든 독자도 내 인생미션을 발견하여 가장 가치 있는 인생 여정을 살아가시기를 소망한다.

2020년 1월 **박 성 배**

강원도 도계 탄광촌에서 4남매 중 장남으로 태어났다. 질병으로 인해 죽을 고비를 넘기면서도 믿음으로 최선을 다해 공부하여 연세대학교 신학과를 졸업하였다. 장로회신학대학교 신학대학원을 졸업한 후 미국에 유학하여 사우스웨스턴신학교에서 상담으로 석사 학위를 받았다.

대학 졸업 후 연세대 원주캠퍼스 교목실에서 첫 사역을 시작한 이래 미국에서 이민목회와 한국에서 개척목회를 경험하였다. 지금은 질병의 고통을 믿음으로 승화시켜가는 성숙한 믿음과 다양한 학문적 노력과 목회 체험을 바탕으로 기드온동족선교회 한국지부장과 한우리미션밸리 사무총장으로 섬기고 있다.

책쓰기를 계속하면서 민족과 열방가운데 강의와 코칭으로, 마태복음28:18-20의 주님의 지상명령에 순종하는 가장 가치 있는 미션에 뜨거운 열정을 가지고 꾸준히 나아가고자 한다.

멋진 인생 2막의 미션

이 희 준

1. 소명 받기 전의 나의 삶

옛날 시골집에 광이라고 부르는 창고가 있었다. 그 안에서 어머니는 작고 까만 새끼 돼지 한 마리를 잡으려고 땀을 뻘뻘 흘리면서 애를 쓰셨다. 그 돼지는 마치 어머니를 놀리면서 잡힐 듯 말 듯 애를 태우다가 결국에는 어머니의 손에 잡혔다. 그 돼지가 바로 필자였다.

어머니는 살아생전에 나의 태몽을 여러 번 얘기해 주셨다. 그러면서 "네가 비록 살면서 힘든 일을 겪게 되겠지만, 명은 길 것이다"라고 하셨다. 정말 태몽처럼 난 크면서 여러 번 죽을 고비를 넘겼지만 질긴 목숨을 계속 이어나갔다.

지금까지 나는 질병으로 5번 죽을 고비를 넘겼다. 초등학교 1학년, 3

학년 때에 메추라기 알 크기의 핏덩어리를 한 세숫대야를 토했다. 부모님은 너무 놀라서 서울의 큰 병원에 데리고 가서 검사를 받게 했다. 하지만 뚜렷한 병명이나 원인은 밝혀지지 않았다. 한 번씩 토하고 나면 그다음에는 멀쩡했다. 그런데 의사는 만일 핏덩어리가 목에 막히면 죽을 수도 있다고 얘기했다.

초등학교 6학년 때는 시뻘건 피를 토하고 피똥을 쌌다. 그래서 야간열차를 타고 원주 기독병원에 갔다. 열차 안에서도 계속 피를 토하다가 결국 기절을 하고 말았다. 검사 결과 위궤양으로 판명되었고, 대수술을 받았다. 수술실에 들어가기 전에 어머니는 내가 수술하는 도중에 죽을 수도 있다고 생각해서 한없이 눈물을 흘리셨다. 그때 나도 모르게 어머니의 손을 꼭 잡으며 하나님이 날 살려줄 것이라고 얘기하고 수술실에 들어갔다. 사람 몸에서 피를 그렇게 많이 흘리면 죽었을 텐데 난 수술을 잘 마치고 기적적으로 살아났다. 하지만 나는 위의 반을 절제해야 했고, 그 이후로도 먹는 것을 조심하면서 살아야 했다.

난 정말 억울했다. 지금까지 술 한 모금 마신 적이 없는 내가 왜 위궤양에 걸려야만 했던걸까? 왜 난 태어날 때부터 몸이 허약해서 이렇게 고통을 받는걸까? 그것은 어머니가 결혼하기 전에 속병이 있었기 때문이었다. 훗날 담석증으로 밝혀졌지만, 그 당시만 해도 60년대였고, 시골에서 자랐기 때문에 제대로 된 병원에 가보지 못했다. 그래서 시골 사람들은 민간요법으로 이상한 것을 가져다가 먹이기도 했다고 한다. 심지어 휘발유까지 먹였다는 얘기를 들었다. 날 임신해서도 어머니는 몸이 아팠기 때문에 그 영향으로 난 아기 때부터 건강하지 못했다고 한다.

당시 부모님은 무속신앙을 가지고 있었기 때문에 내가 하도 아프니까 무당을 나의 수양 엄마로 지정해 주셨다. 집에서 굿도 하고, 명절에는 무당 엄마에게 인사를 하고 나서, 산당에서 절을 했던 기억이 지금도 생생하게 떠오른다. 하지만 부모님들이 아무리 점을 보고 굿을 해도 집안에 우환이 끊이질 않았다. 당시 무당이 굿을 하다가 '내가 이 집의 아이를 불에 집어넣었다'고 했다. 그리고 '돈이 모이지 못하도록 다 흩어버리겠다'고도 했다. 그런데 정말 그 말대로 운전기사였던 아버지가 인사사고를 내서 합의금으로 큰돈을 물어줘야 했다. 그리고 여동생은 얼굴과 손에 3도 화상을 입어서 죽다가 살아났다.

어머니는 지옥 같은 하루하루를 살다가 결국 지인들의 권유로 교회를 다니게 되었다. 하나님을 믿으면 우환이 물러가고 병을 고쳐준다는 얘기를 들었다고 한다. 교회에 다니기 시작하자 종교를 바꾸면 벌을 받는다고 할머니와 고모가 반대하며 핍박을 했다. 만일 무슨 일이 생기면 집에서 쫓아낸다는 협박까지 했다. 신앙을 갖기까지 여러 가지 시련이 있었지만, 어머니는 그것들을 잘 극복했고, 가정의 우환도 없어지게 되었다.

어머니는 체험적인 신앙을 가지고 계셨다. 교회에 나갈 때 고질병이 있었다. 당시만 해도 의술이 발달하지 않아서 마땅한 치료방법이 없었다. 신기하게 교회에 다니면서 어느 순간 병이 나았다. '하나님이 정말 살아 계시구나'라는 확신을 하게 되었다. 그런데 교회를 열심히 다니다가도 바쁘다는 이유로 교회를 제대로 안 나가고 게으름을 피우면 그 병이 재발했다. 그런데 회개하고 다시 교회를 열심히 다니면 괜찮아졌다. 이런 방법으로 하나님은 자신이 살아있음을 증명해 주셨고, 어머니는 신앙이 굳건해져 갔다.

교회를 다니고 나서 얼마 지나지 않아 막내 동생이 경기를 심하게 했다. 거품을 물고 눈이 돌아가고 마치 귀신들린 것 같은 증상을 보였다. 어머니는 종교를 바꿔서 신벌을 받는 것이 아닌가 겁을 내셨다. 한밤중에 애를 들춰 업고 무당에게 가려고 하는데 마음속에 목사님께 가야겠다는 생각이 문득 들었다고 한다. 애를 업고 미친듯이 달려가서 목사님께 안수기도를 받았는데 그 순간 막내 동생이 정상으로 돌아왔다. 어머니는 다시 한 번 하나님이 살아 계시다는 확신을 가지고 흔들리지 않는 신앙생활을 하게 되었다.

나는 교회 유치원을 다녔고, 초등학교 때 어머니를 따라서 교회에 다녔지만 믿음은 거의 없었다. 누나들이 잘해 주고 연극 등 재미있는 행사들도 했기 때문에 그냥 교회에 다녔던 것 같다. 지금도 여름성경학교 때 찬송가를 배우고, 성경 동화를 들었던 기억이 난다. 하지만 나는 교회를 열심히 다니지 않았고, 하나님에 대한 믿음이 없었다.

나는 강원도 삼척시 도계라는 탄광촌에서 4남매 중 장남으로 태어났다. 70~80년대는 탄광촌이 호황이어서 읍인데도 인구가 5만 정도 되었다. 내가 다니는 초등학교는 한 학년이 12반까지 있었고, 한 반에 60명의 학생이 있었다. 수업이 끝나면 동네 친구들과 매일 저녁 늦게까지 놀았다. 그러다 보니 공부는 잘하지 못했다. 수업 후에 남아 나머지 공부도 하곤 했다.

초등학교 5학년때까지 상을 한 번도 받아 본 적이 없었다. 어느 날 아버지께서 상을 하나라도 받으면 자전거를 사주신다고 했다. 당시에 자전거를 타고 다니는 친구들을 보면 그렇게 부러울 수가 없었다.

나는 자전거를 갖고 싶어서 열심히 공부했다. 초등학교 6학년 때 성적이 잘 나와서 우수상을 받게 되었다. 그때 '나도 공부를 하면 되는구나' 하는 것을 깨달았다. 자전거를 받을 생각에 매우 기뻤다. 하지만 자전거를 갖지 못하게 되었다. 사촌이 자전거를 타다가 넘어져서 팔이 부러지는 사고가 났기 때문이다. 아버지는 그 소식을 듣고 너무 위험하다고 좀 더 크면 사주시겠다고 했다. 어린 나이에 너무 실망했지만 감사하게도 그때부터 나도 할 수 있다는 자신감을 가지게 되었다.

이후 열심히 공부해서 매번 상을 받게 되었다. 지금도 아버지의 지혜로운 행동에 감사드린다. 만일 아버지가 아니었다면 어쩌면 내가 공부를 잘한다는 것을 모르고 지냈을지도 모른다.

2. 소명 받은 과정

나는 어려서부터 아파서 병원에 자주 다니다 보니 사람들의 병을 고쳐주는 의사가 멋있어 보였다. 그러면서 자연스럽게 의사에 대한 꿈을 꾸게 되었다. 어릴 때 소원이 무엇이냐고 물으면 "의사"라고 말하곤 했다. 꿈과 목표가 분명해지자 다행히 초등학교 6학년 때부터 공부에 두각을 나타내기 시작했다. 중학교에 진학해서는 전교 10등 안에 들게 되었고, 공부하는 것이 재미가 있었다. 당연히 성적도 오르게 되었다.

당시 강원도에서 강릉고등학교가 서울대, 연고대를 많이 보내는 명

문학교로 명성을 떨치고 있었다. 매년 도계중학교에서 20~30명씩 강릉으로 유학을 갔다. 나도 어려서부터 꿈꾸던 의사의 길을 가기 위해서 강릉고등학교에 진학했다. 도계에서 강릉까지 기차로 2시간 정도 걸렸는데 난 부모님을 떠나서 처음으로 외지로 유학을 가게 되었다. 두려운 마음과 설레는 마음을 안고 미래를 향해서 나아갔다.

강릉고등학교는 강원도 전역에서 공부를 잘하는 학생들이 모였다. 그래서 경쟁이 굉장히 치열했다. 당시 하숙촌의 친구들 방에 불이 꺼지고 나서 잠이 들면 내가 더 열심히 공부했다는 뿌듯한 마음이 들곤 했다. 하지만 시험 결과를 받아보고 난 충격을 받았다. 반에서 중간, 전교에서 중간 정도 했던 것 같다. 중학교에서는 항상 전교에서 상위권이었는데, 점수와 등수에 적응이 안 되었다. 나뿐만 아니라 다른 아이들도 마찬가지였다. 그래서 더 기를 쓰고 공부에 전력투구했다. 하지만 수재들만 모이다 보니, 아무리 열심히 해도 쉽게 등수가 오르지 않았다. 게다가 부모님과 처음 떨어질 때만 해도 자유를 얻어서 좋았는데, 시간이 지나면서 향수병에 걸리게 되었다. 외롭고 공허한 마음을 채우기 위해서 친구들과 오락실도 다니고, 모여서 술도 마시고, 이리저리 방황했다. 사춘기가 시작되면서 감정의 기복이 심해졌다. '내가 도대체 왜 공부를 해야 하는가?', '난 누구인가?'와 같은 의문을 가지기 시작했다.

당시 교회를 열심히 다니던 친구가 좋은 교회가 있으니 가자고 자주 권유를 했다. 마음이 허전했던 나는 친구를 따라서 교회를 갔다. 남자 전도사가 나를 반갑게 맞아 주시면서 복음을 들어봤느냐고 물어보셨다. 어렸을 때 교회를 다녔지만 난 성경의 내용을 잘 몰랐고, 복음에 대해서 들어본 적이 없다고 했다. 그래서 전도사가 복음에 관해서 설명을 해 주셨다. 천지창조, 인간의 타락, 예수님의 십자가와 부활, 믿음과 구원의 과정 등등 …. 태어나서 처음으로 복음을 들었다. 도저히 이성적으로 이해가 되지 않았다. 어떻게 2천 년 전에 태어난 예수의 십자가 죽음이 나의 죄 때문이고, 그가 흘린 보혈이 어떻게 내 죄를 사할 수 있는지 도저히 이해가 안 되었다. 예수가 행했던 기적들도 믿어지지 않았다. 전도사는 복음을 전하고 나서 구원받고 싶으면 회개하라고 했다. 무릎을 꿇고 기도하는데 '나 같이 모범생이고 착한 학생이 무슨 죄가 있나?', '내가 왜 죄인인가?' 하는 생각만 들고 도저히 나의 잘못이 떠오르지 않았다. 문득 어릴 때 친구들과 과수원에 가서 과일을 훔쳤던 일, 어머니 슈퍼마켓에서 돈을 훔쳐서 오락실을 다닌 일이 문득 생각나서 회개를 했다. 전도사가 이제 회개하고 예수를 믿으니 내가 구원을 받았다고 축하한다고 했다. 하지만 난 구원을 받았다는 실감이 전혀 나지 않았다. 주일날 예배를 드리러 가서 찬송을 부르고 설교를 들어도 하나도 와 닿지 않았다. 하나님을 아버지라고 부르면, 집에 아버지를 놔두고 왜 보이지 않는 신을 아버지라고 하는지 이해가 되지 않았다. 그러다 보니 교회를 다녀도 재미가 없고, 시간 낭비만 하는 것 같아서 그만 다니게 되었다.

고등학교 1학년 겨울방학을 나는 결코 잊을 수가 없다. 성적을 올리기 위해서 고향 집으로 가지 않고, 강릉에 있는 하숙집에서 공부를 하고 있었다. 어느 날 친구가 집에 놀러 와서 방에서 씨름을 했는데 잘못 넘어져서 그만 발가락뼈에 금이 갔다. 사고 이후 발가락이 너무 아프고 퉁퉁 붓기 시작해서 병원에 갔더니 깁스를 하라고 해서 치료를 받고 목발을 짚고 다니게 되었다. 그날 이후 화장실에 가서 검은 변을 보게 되었다. 그것은 내 몸 안에 출혈이 일어난다는 증거였다. 그러더니 갑자기 피를 토하기 시작했다. 나는 초등학교 6학년 때의 악몽이 떠올랐다. '이제 난 죽는구나!' 라는 생각이 들었다. 위궤양이 재발된 줄로만 알았다. 서울의 대학병원에 급히 가서 검사를 했는데 식도정맥류 때문에 출혈이 생겼다고 했다. 80년대 중반에는 그 병을 치료하는 내시경 시술이 개발된 지 얼마 안 되었고, 전문시술자가 많지 않았다. 다행히 우리나라 최고의 전문가를 만나게 되었고, 마취도 없이 내시경으로 정말 힘든 시술을 받았다. 시술을 몇 번을 반복했는데 정말 지옥 같은 고통의 시간이었다.

지금도 그때의 악몽이 떠오르곤 한다. 시술이 성공적으로 끝나서 다행히 생명을 구할 수 있었지만 내 몸과 마음은 만신창이가 되었다. 당시에는 몰랐지만, 나중에 군대 신검 때문에 나를 시술해준 의사에게 진단서를 받았는데 내 병명이 간경화라고 했다. 그때 난 세상이 무너지는 듯한 충격을 받았다. '살면서 담배 한번 입에 대지 않았고, 술도 마시지 않았는데 왜 내 위는 구멍이 나야 하고, 내 간은 딱딱해져서 못쓰게 되었는가?' 날 낳아주신 부모님도 세상도 모든 것이 원망스럽고 싫었다. 건강한 모습으로 학교에 다니는 아이들이 부러웠다. 내 마음에 빛은 사라지고 어둠만이 가득했다. 더 이상 꿈도, 학교에 다닐 의욕도, 앞으로 살아갈 의미도 잃어버리게 되었다. 강릉고등학교를 자퇴하고 도계로 가는데 어머니는 눈물을 흘렸다. '내 아들은 왜 이런 고통을 겪어야 하는가?', '왜 이 좋은 고등학교를 더 이상 다니지 못하는가?' 어머니는 자신이 어린 시절에 앓았던 질병 때문에 아들이 이런 일을 겪게 되었다고 생각하며 자책하는 듯했다. 부모가 되고 나서 그때를 돌이켜보니 어머니의 마음이 얼마나 참담했을지 상상이 간다.

고향으로 내려와서 학교에 다니지 않겠다고 했다. 그냥 부모님이 하시는 슈퍼마켓 일을 도와드리면서 결혼도 하지 않고 평생 살겠다고 했다. 무기력해진 내가 할 수 있는 것이 아무것도 없어 보였다.

어느 날 포항에 살던 고모가 병문안을 오셨다. 고모는 술로 인해 간경화 말기가 되어 사형선고를 받았는데 예수 믿고 성령의 불을 받아 고침 받은 기적을 체험했다. 병 고침을 받은 고모는 예전과 전혀 다른 사람이 되어 있었다. 신앙이 뜨거워졌고, 찬송과 기도를 쉬지 않았다. 나에게 "예수 믿어라. 그러면 나처럼 변화된 삶을 살 수 있고, 병 고침을 받을 수 있다"고 하면서 계속 권면하셨다. 새벽에 날 데리고 집 앞에 있는 교회로 가셨다. 새벽예배를 드리고 교회 마룻바닥에 무릎 꿇고 앉았다. 예전에 들었던 복음이 생각이 났다. 전에는 한 귀로 듣고, 한 귀로 흘려버리던 복음이 깨달아지고 믿어지기 시작했다. 내가 죄인이고, 예수님이 내 죄 때문에 십자가에 못 박히시고, 죽으셨다는 것이 믿어졌다.

고모가 포항으로 돌아가고 나서도 난 혼자서 매일 새벽기도를 나갔다. 시간이 지나면서 이상하게 설교 말씀이 마음에 와 닿고 찬송가를 부르면 눈물이 났다. 성경책을 읽으면 그 내용이 깨달아지고 믿어지기 시작했다. 내 마음에 어둠이 걷히고 희망의 빛이 비춰지기 시작했다. 어느 순간 난 그리스도인이 되어 있었다. 물과 성령으로 거듭난 새사람이 되었다. 절망과 원망과 어둠은 물러가고, 희망과 꿈이 내 마음속에 잉태되기 시작했다. 하나님이 날 도와주시면 무엇이든 할 수 있다는 자신감과 믿음이 생겨났다. 세상 만물이 너무 아름다워 보였고, 천지가 새로워 보였다. 질병도 나를 구원하기 위한 수단이었다는 것을 깨닫고 나서 모든 것이 감사했다. 밭에 감추인 보화를 발견한 사람처럼 난 천국을 발견하고 너무 기뻤다. 주님을 모르는 사람들이 불쌍하게 생각되었다. 내 얼굴은 해같이 빛났고, 그렇게 기쁠 수가 없었다. 항상 기뻐하고, 쉬지 말고 기도하고, 범사에 감사하는 삶이 자동으로 이루어졌다. 예전에 하던 나쁜 행동들이 자연스럽게 하기 싫어졌다. 오직 하나님이 기뻐하는 것만 하고 싶어졌다. 예전에 미워했던 사람들도 사랑스러워 보이기 시작했다.

믿음이 생기면서 꿈이 바뀌었다. 어려서부터 의사가 되려던 나의 꿈은 사라지고, 영혼을 고치는 목사가 되고 싶었다. 그래서 다시 학교에 갔다. 새사람이 되고, 분명한 목표가 생기니 공부가 잘되었다. 좋은 일도 많이 생기게 되었다. 도계고등학교에서 최초로 연세대학교 신학과에 입학하는 기적도 일어났다. 나를 가르쳤던 선생님들도 놀라서 하나님을 인정하고 교회를 다니게 되었다. 동생들도 오빠와 형의 변화된 모습을 보고 교회를 다녔고, 아버지도 예수를 믿게 되었다. 마침내 가족구원이 이루어지게 되었다. 할렐루야!!

3. 소명 받은 후 내가 받은 훈련

연세대 신학과에 입학하면서 기대를 많이 했다. 훌륭한 교수님 밑에서 성경을 많이 배우고, 신앙 좋은 선배와 친구들을 사귈 수 있을 것이라고 기대했다. 그런 기대와 믿음은 학교생활을 해나가면서 점점 실망과 후회로 바뀌게 되었다. 80년대 말 대학가는 군부독재에 반대해서 연일 데모를 했다. 신학과 선배들도 모여서 사상 교육을 받고 나가서 데모에 동참했다. 당시 꿈에 부풀어서 오리엔테이션에 참가했지만, 일부 신학과 선배들이 신앙적인 얘기보다 술과 담배를 하면서 정부에 대한 불만을 터뜨리는 모습을 보고 충격을 받았다. 나의 간증은 그들에게 유치한 신앙에 불과했고, 오히려 그들이 얘기하는 사상 교육을 통해서 내가 새롭게 변화되어야 한다고 강조했다. 수업 시간에 몇몇 교수들의 강의를 들으면서 성경이 하나님의 말씀보다는 문학작품이나 종교문서로 생각됐다. <창조 이야기>나 <노아의 홍수>는 신화나 설화로 설명됐다. 그야말로 순수한 신앙을 가졌던 나에겐 너무나 받아들이기 힘든 강의였다. 그러다 보니 목사가 되고 싶어 대학에 입학했던 처음과는 달리 4학년 졸업할 때는 신앙을 모두 잃어버리고, 교회도 가끔 나가는 사람이 되었다.

대학을 졸업한 후 난 신앙도 잃어버리고 앞으로 무엇을 해야 할지도 몰랐다. 그러면서 점점 방황하는 인생이 되었다. 성경을 읽고, 기도하고 교회를 나가서 예배를 드려도 고등학교 때 체험한 성령의 감동과 역사는 더 이상 느낄 수 없었다. 그저 가슴이 냉냉하고 답답하기만 했다. 마치 하나님이 나를 떠난 것 같기도 하고, 더 이상 나와 함께 하지 않는 것처럼 느껴졌다. 머리와 마음속엔 온갖 세상 걱정과 염려 그리고 육신의 정욕으로 가득했다. 오히려 예수 믿기 전보다 상태가 더 안 좋아졌다.

고향에 내려와서 과외를 하면서 돈을 벌었다. 하루하루 살아가는 것이 너무 힘들었다. 그래서 국내여행도 제대로 해보지 못했던 난 큰 결심을 하고 유럽과 이집트, 이스라엘 성지순례를 가기로 했다. 예수님의 발자취와 성경의 역사적 현장을 둘러보면 신앙을 다시 회복할 수 있지 않을까 기대를 했다. 세계 여행을 하면서 견문도 넓히고 싶었다.

1993년 7~8월 두 달 동안 난 영국, 프랑스, 이탈리아, 그리스, 이집트, 이스라엘, 스위스, 독일, 헝가리 그리고 네덜란드를 여행했다. 등에 큰 배낭을 메고, 한 손에는 지도를 들고, 발에는 샌들을 신고, 가고 싶은 대로 자유여행을 했다. 내 인생에서 잊을 수 없는 수많은 값진 경험들을 했다. 매일 새로운 장소에서 새로운 사람을 만나고 새로운 사건이 일어났다.

어느 날 밤에 이집트에서 룩소르 신전을 걸어갈 때는 정말 고대의 이집트 제국에 온 느낌이 들었다. 이집트 시내산에 올라가서 외국인 친구들과 하룻밤을 보내는데, 그날 밤하늘에 별들이 얼마나 많은지… 별똥별을 2번이나 보았다. 그리고 하나님이 아브라함에게 '네 자손이 하늘의 별처럼 많게 하리라'는 약속이 무슨 의미인지 깨달았다. 이스라엘에서 기혼샘과 실로암을 연결해서 만든 히스기야 터널을 '실로암'이라는 복음성가를 부르면서 걸어갈 때는 온몸에 전율이 흘렀다. 예수님의 골고다 언덕길을 따라서 순례도 하고, 이스라엘의 최후 항전의 장소였던 마사다 언덕에도 올라가 보았다. 배낭여행을 다녀온 후 난 예수님이 역사적으로 실존했던 인물이고, 성경에 일어난 사건들이 역사적 사실이었음을 확인할 수 있었다. 하지만 여전히 내 안에 활활 타올랐던 성령의 불길은 타오르지 않았다.

서울로 올라가서 사회생활을 하던 어느 날, 우연히 여자 전도사 한 분을 알게 되었다. 그분은 신앙이 좋은 분이었는데 나를 데리고 집회도 다니고, 신앙적으로 도움을 주려고 애를 많이 쓰셨다. 어느 새벽에 난 그 전도사가 소개해준 교회에 새벽기도를 나갔다. 그날 목사님이 출타하고 안 계셔서 처음 보는 여자 전도사가 말씀을 전하셨다. 이사야 43

장을 가지고 말씀을 전하셨는데, 그날 그 말씀이 내 가슴에 불방망이처럼 와 닿았다.

<야곱아 너를 창조하신 여호와께서 지금 말씀하시느니라. 이스라엘아 너를 지으신 이가 말씀하시느니라 너는 두려워 말라 내가 너를 구속하였고 내가 너를 지명하여 불렀나니 너는 내 것이라. 네가 물 가운데 지날 때 내가 너와 함께 할 것이라. 강을 건널 때 물이 너를 침몰하지 못할 것이며 네가 불 가운데로 지날 때도 타지도 아니할 것이요. 불꽃이 너를 사르지도 못하리니> (이사야 43장 1~2절)

이 말씀을 통해서 하나님이 나를 떠나가신 것이 아니었고, 그동안 나를 수많은 위험에서 지키셨고, 난 하나님의 것이라는 사실을 깨닫게 되었다. 주님을 떠나서 방황했던 죄를 회개하면서 뜨거운 눈물을 흘렸다. 그때부터 매일 예배에 참석하고, 성경을 읽고 기도를 하면서 예전의 첫사랑을 회복하기 시작했다. 그러자 놀랍게도 고등학교 때 역사하셨던 성령의 감동과 충만함이 다시 임하였고, 난 생동하는 신앙을 가질 수 있게 되었다. 할렐루야!!

신앙을 회복한 후 다시 목회자가 되어야겠다는 생각이 들어서 장로회 신학대학원에서 목회학 석사를 공부하였다. 신학교를 졸업하고 결혼을 하면서 연세대학교 원주캠퍼스 교목실에서 2년 동안 전임전도사로 사역을 했다. 교목님이 질병으로 1년간 외국에서 치료를 받는 동안 난 복음을 확실히 전할 수 있는 강사들을 섭외해서 채플에서 말씀을 전하게 했다. 또한, 교수들과 교내 기독단체들이 서로 연합해서 캠퍼스 사역을 효율적으로 할 수 있도록 중재자 역할을 하려고 애를 썼다. 교목님이 부재중에 대학교회에서 설교를 많이 하게 되었는데 전임사역을 했던 2년 동안 나에게는 좋은 훈련의 시간이 되었다.

캠퍼스 사역을 잘 마치고, 강릉노암장로교회에서 부목사로 약 4년 동안 사역을 했다. 내가 부임할 당시 부목사를 구하지 못해서 3년 동안 교인들이 기도해 왔다고 하면서 성도들이 무척 좋아해 주셨다. 부목사가 혼자인 덕에 성도들로부터 많은 사랑을 받았다. 담임목사의 지도 아래 목회 행정, 교육, 심방, 예배, 구역관리 등 목회자가 해야 할 전반적인 일들에 대해서 훈련을 받았다. 또한, 성도들도 많이 부흥되어서 새성전을 건축하게 되었고, 교회가 평안하여 든든히 서가게 되었다. 그래서 교회의 지원을 받아 개척하려고 준비를 하다가 여건이 맞지 않아서 중단되었다. 그러다 앞으로의 진로를 놓고 기도하는 가운데 미국 유학을 결심하게 되었다.

교회를 사임하고 가족들과 서울에 가서 1년간 유학준비를 한 후 텍사스 포트워스에 있는 사우스웨스턴 신학교에서 입학허가서를 받았다. 유학은 여러 가지로 나에게는 큰 도전이었다. 나이가 30대 중반이었고 아내와 두 아이를 데리고 가야 했기 때문이었다. 게다가 유학비용도 없어서 미국에 도저히 갈 형편이 안 되었다. 게다가 어릴 때부터 괴롭히던 질병도 여전히 나를 위협하고 있었다. 그래서 아버지와 형제들 그리고 의사도 내가 유학을 가는 것을 반대했다. 사면초가인 상황에서 오산리 기도원에 올라가서 2달 동안 240번의 예배를 드리고, 밤낮으로 금식하며 기도하면서 하나님의 기적을 구하였다. 하나님의 은혜로 홍해가 갈라지듯 난 태평양을 건너서 2005년 8월에 유학을 가게 되었다. 할렐루야!!

사우스웨스턴신학교는 남침례교단에 속해 있었고, 미국에서 가장 큰 신학교였다. 한국 신학생들이 약 300명 정도 되었고, 가족들까지 합하면 천 명이 넘었다. 3년간 상담 공부를 하였고, 좋은 분들을 많이 만날 수 있었다. 상담을 공부하면서 경청하는 훈련을 많이 받았고, 나 자신의 인간관계에도 많은 도움이 되었다. 아내의 말을 잘 들어 주고 공감을 해 주었더니 아내가 무척 좋아했다. 상담을 공부하면서 인간을 더 깊이 이해하게 되었고, 상담이 목회에 상당히 좋은 도구가 될 수 있다는 것을 깨닫는 시간이 되었다.

유학을 마치고 나서 시애틀로 이사를 하여서 5년간 이민목회를 했다. 미국에서 8년간 있으면서 많은 연단을 받게 되었다. 신앙적으로, 학문적으로 그리고 정신적으로 여러 가지 면에서 더 성숙한 인간이 될 수 있었다.

4. 나의 인생미션

사명을 생각하면 항상 마태복음 28장 19~20절 말씀이 생각이 난다.

"그러므로 너희는 가서 모든 민족을 제자로 삼아 아버지와 아들과 성령의 이름으로 세례를 베풀고 내가 너희에게 분부한 모든 것을 가르쳐 지키게 하라. 볼지어다 내가 세상 끝날까지 너희와 항상 함께 있으리라 하시니라."

예수님께서 제자들에게 부탁하신 마지막 지상명령이다. 모든 민족에게 가서 복음을 전하여 영혼 구원하고 그들을 잘 훈련시켜서 예수님의 제자로 만들라는 말씀이다. 하지만 그 사명을 이루는 방법은 무궁무진할 것이고, 사람들마다 모두 다를 것이다.

신대원 졸업 후 14년간 목회를 했다. 연세대학교 교목실에서 2년, 강릉노암교회에서 4년, 이민목회 5년, 한국에 돌아와서 개척목회 3년을 했다. 목회를 하면서 '어떻게 하면 예수님의 지상명령을 이룰 수 있을까'를 항상 생각했다. 영혼을 구원하고, 제자를 삼고, 예수님을 닮은 건강한 예수공동체를 만드는 것이 꿈이자 사명이었다. 그 과정에서 열매를 맺을 때도 있었고, 어떤 때는 실패하고, 낙심할 때도 있었다. 이제 그런 얘기를 잠깐 해보려고 한다.

사우스웨스턴에서 졸업을 하고 이민교회에서 부목사를 하려고 몇 군데 이력서를 냈지만 아무 데서도 연락이 오지 않았다. 그런데 당시 내가 다니고 있던 달라스 베다니 장로교회 박준걸 목사님께서 교회에서 파트타임 사역을 해보라고 기회를 주셨다. 그래서 포트워스에서 달라스로 이사를 갔다. 당시 계획은 사우스웨스턴에서 목회학 박사 공부를 하면서 이민목회도 배우고 기회가 되면 담임목회를 하는 것이었다. 나와 아내는 매일 베다니교회 새벽기도회에 나가서 한 시간씩 부르짖으면서 간절히 기도했다.

어느 날 내 마음속에 "내 교회를 세우라"는 감동이 왔다. 아내도 똑같은 감동을 받았다고 했다. 도대체 '교회를 세우라는 것이 무슨 뜻일까?' 고민이 되었다. '개척을 하라는 것인가? 어떻게? 어디에서?' 꼬리를 물고 계속해서 생각이 이어졌다. 나와 아내는 너무 갑작스러워서 당황이 되었다. 이것은 내 계획에 전혀 없는 내용이었다. 아내와 함께 어디에 교회를 세우라는 것인지를 하나님께 물었다. 아내가 기도하는데 하나님이 환상으로 보여주셨다. 산과 바다와 호수가 보이는데 경치가 너무 아름다운 곳이라고 했다. 안개가 끼어있고 비가 온다고 했다. 텍사스는 산이나 바다가 없다. 도대체 그곳이 어디일까 찾다가 시애틀에 있는 선배에게 연락해서 환상으로 본 것을 얘기했더니, 그곳이 시애틀이라고 했다. 시애틀은 산, 바다, 호수가 있고 경치도 너무 아름다운 곳이다. 일 년에 거의 7개월은 비가 오고, 안개도 자주 낀다고 했다.

우리 부부는 시애틀로 정말 가야 하나 고민이 되었다. 텍사스에서 시애틀로 이사를 하여 정착하는데 최소한 천만 원은 있어야 하는데 그만한 돈이 없었다. 사역지가 있어서 초청받은 것도 아니고 무작정 간다고 하니까 주변의 지인들이 너무 무모하다고 했다. 그런데 기도하면 계속 가라는 감동이 오고, 환경적으로도 떠나야 한다는 증거를 보여주셨다. 그래서 아브라함의 심정으로 결단을 내리고 하나님께 물질을 채워달라고 기도를 했다. 시애틀 선배에게 아파트를 알아봐 달라고 해서 계약까지 했다. 교회 목사님에게도 사임하고 떠난다고 했다. 이제 무조건 가야 한다. 그런데 신기하게 하나님이 여러 가지 방법으로 2,400만 원을 채워주셨다. 할렐루야!!

일주일 동안 가족들과 함께 차를 타고 텍사스에서 시애틀까지 먼 여행을 했다. 나와 아내는 성령이 충만했고, 이제 하나님이 가라고 했으니 그곳에서 어떤 역사가 일어날지 기대가 되었다. 꿈에 그리던 시애틀에 도착해서 살아보니까 정말 경치가 너무 아름다웠다. 아파트도 마치 숲 속에 있는 것처럼 나무에 둘러싸여 있었다. 그곳에서 기도하면서 사역지를 찾기 시작했다. 12월이 되었는데도 오라는 곳이 한 곳도 없었다. 돈도 다 떨어져 가고 정말 막막했다. 나와 아내가 하나님의 음성을 제대로 들었는지 의심이 들기도 했다. 그런데 12월 마지막 주에 옥하버라는 섬에서 어떤 분이 연락이 와서 내 얘기를 들었다면서 자기네 교회에 와서 주일마다 설교를 해달라고 했다. 그곳에 갔더니 내가 사는 곳에서 2시간 걸렸고, 한국인이 50명도 안 되는 섬이었다. 교인이 7명이 앉아 있었다. 매주 가서 설교하면서 하나님이 이곳에 가라고 날 부르셨나? 처음에는 실망도 되고, 낙심도 되었다. 환상으로, 음성으로, 환경으로 말씀하셔서 큰 기대를 했는데 막상 뚜껑을 열어보니 너무 초라했다. 그때 한국에 사는 내 여동생이 기도하면서 받은 감동이라고 글을 하나 보내왔다.

"사랑하는 아들아, 내가 너를 지명하여 불렀고 내가 너를 그곳에 가라 명하였고, 그곳에서 너를 낮추었나니…. 네가 내 뜻에 순종하기까지 너를 낮추었나니…. 내가 온전히 너를 쓰기 위함이니라. 너희는 교회의 규모와 성도수로 목회의 성공을 논하지만, 나의 관점은 너희와 같지 아니하니 나의 판단은 너희의 판단과 같지 아니하니라. 한 영혼이 있는 곳에 내가 있고, 내가 맡겨준 양들과 교회와 그 양들을 인도할 달란트를 모든 내 종들에게 주었으니 얼마나 충성되게 그 양들을 돌보고 내 품으로 인도하느냐에 따라 그 상금이 달라지니, 세상의 눈으로 판단치 말라."
(2009년 2월 11일)"

이 글을 읽으면서 나는 회개의 눈물을 흘렸고, 주님의 뜻을 깨닫게 되었다. 나는 세상의 큰 교회와 성공을 바랐는데 주님이 원하시는 것은 그런 것이 아니었다. 난 옥하버에서 2년간 목회를 하면서 한 영혼이 얼마나 소중한지 온몸으로 배웠다. 한 영혼을 위해서 기도하고, 섬기고, 인내하고, 그 영혼이 주님 품에 돌아왔을 때 이루 말할 수 없는 기쁨을 느꼈다. 하지만 사탄의 계속된 공격에 한 영혼이 상처받고 쓰러져서 교회를 떠날 때는 가슴이 찢어지는 것처럼 아팠다. 한국에서 부목사로 있을 때는 성도들에게 참 많은 대접과 섬김을 받았다. 하지만 미국에서는 목회자가 성도들을 섬기고 대접해야 했다. 아내와 함께 한국마켓에 가서 장을 보고, 음식을 만들고, 집을 청소하고, 성도들을 초대해서 대접했다. 그들의 얘기를 들어 주고, 위로해 주고, 기도해 주었다. 그것이 목회였고, 나의 사명이었다.

2013년 8월에 미국생활을 정리하고 한국으로 돌아왔다. 미국에서 막둥이를 낳아서 가족이 5명이 오게 되었다. 강릉에 가서 개척준비를 했다. 있을 집도 없고, 가진 물질도 없고 오직 믿음 하나로 시작해야 했다. 아이들은 강릉에 새로 생긴 기독교 대안학교에 보냈다. 두 아이는 학교 기숙사에서 생활했다. 나도 갈 곳이 없어서 그 학교에서 방을 빌려서 잠시 머물렀다.

강릉에서 개척 멤버들이 몇 사람 모이게 되면서 그들을 중심으로 매일 저녁 기도하면서 교회 자리를 알아보았다. 마침내 상가 2층 건물을 임대할 수 있었다. 장로님과 나는 두 달 동안 직접 리모델링 공사를 했다. 하나님께서 사람들도 보내주시고, 물질도 채워주셔서 9월부터 예배를 드렸다. 교회 공사는 10월 말 즈음에 마치게 되었다. 그리고 교회 부근에 집을 얻어서 생활하게 되었다. 이 모든 것이 하나님의 은혜였다. 하나님은 하고자 하면 언제나 도와주시고 역사해 주셨다. 기도하면 응답해 주시고, 길을 열어주셨다.

그렇게 교회를 개척해서 열심히 목회를 했는데 어느날부터 갑자기 건강이 안 좋아지고, 여러 가지 사정이 생기기 시작했다. 성남시 분당에 있는 병원에 가서 검사를 했는데 위와 식도에 정맥류가 또 생겼다. 시술하다가 잘못되어서 피를 토하고 혈압이 떨어지고 죽음 직전까지 가게 되었다. 검사결과 간경화, 위·식도 정맥류, 비장비대증, 극심한 빈혈, 혈소판과 백혈구 수치 감소 등… 온몸이 만신창이가 되었다. 그래서 난 병원에 다니면서 치료를 받고 몸은 조금씩 회복되어 갔다. 그러나 더 이상 목회를 할 수 없는 상태가 되었다. 교회는 2016년 3월까지 후임을 구해서 맡기고 목회를 그만두게 되었다.

40대 후반에 내가 무엇을 할 수 있을까? 다섯 식구의 가장으로 앞으로 어떻게 살아야 하나? 막막했다. 장래를 놓고 기도하고 있었다. 시애틀에서 <기드온동족선교회>를 이끌면서 북한선교 사역을 하는 박상원 목사님께서 한국에 왔을 때 만나게 되었다. 나에게 한국지부장을 맡아달라는 요청을 하셨다. 기도하며 하나님의 응답으로 생각되어서 2017년부터 <기드온동족선교회>와 함께 북한선교 사역을 하고 있다.

지금까지는 인생의 전반전이고, 이제 후반전이 시작될 것이다. 그래서 하나님께서 어떻게 인도하실지, 나를 어떻게 사용하실지 기대가 된다. 돌이켜보면 하나님께 쓰임 받을 때가 가장 보람이 있고, 삶의 의미를 느낄 수가 있었다.

글을 나가면서

최근 크리스천을 위한 책쓰기 코치인 <한우리미션밸리> 박성배 목사님을 만나면서 새로운 꿈을 꾸게 되었다. 통일 한국을 위해서 준비하고, 선교센터를 짓고, 세계선교 사역을 하는 것이다. 그곳에서 선교사들이 쉬면서 충천하고, 훈련받아 재무장해서 다시 선교지로 나가도록 돕는 일을 하고 싶다. 그리고 책을 쓰는 작가가 되고 싶다. 그동안 경험했던 일들을 글로 많은 분을 돕는 문서사역자가 되고 싶다. 콘텐츠를 소비하는 자가 아니라 만들어서 유통하는 자가 되고 싶다. 또한 박성배 목사님과 함께 전국과 전 세계로 다니며 강의도 하고, 집회도 하고, 책쓰기 코칭도 하고 싶다.

마지막으로 "받는 자가 아니라 주는 자"가 되고 싶다. 인생의 전반전에는 많은 사람에게 도움을 받았다. 이제는 "남을 돕는 자"가 되고 싶다.

주여! 나의 비전을 이루어 주옵소서! 하나님의 나라를 확장하고, 하나님의 뜻을 이루는 데 쓰임 받게 하소서!

인생 2막을 멋지게 시작하게 하소서!

월드컵이 한창이던 2002년에 남양주시에서 교회를 개척하고, 교회를 건축하면서 감당하기 힘든 일들을 겪었다. 그러던 중 지리산 자락에 있는 한센인교회의 청빙을 받고 11년째 사역을 하고 있다. 2008년 가을부터 한센인선교에 관한 공부를 하고 있다.

한국교회가 마이너스 성장으로 침체기로 떨어지고, 각종 사건으로 인해서 사회에 지탄을 받고 있다. 한국교회가 어떻게 하면 세상에 빛과 소금의 역할을 회복할 수 있을까? 저자는 한국교회가 잃어버린 영혼에 대한 사랑을 회복하도록 한센인에게 복음을 전했던 선교사님들과 목회자들을 소개해 주고 있다.

저서로는『희망레슨』이 있다. 저자의 지인들 가운데 몇 분의 그리스도인이 자살하는 사건이 있었다. 그리스도인 지인들의 자살에 충격을 받은 저자는『희망레슨』을 출간했다. 책에서 저자는 교회를 개척하고, 건축하면서 감당하기 힘든 일들을 겪었던 경험을 소개해 주고 있다. 또한, 한센인교회에서 사역하면서 다시 일어나게 된 이야기들을 소개해 주고 있다.

『희망레슨』을 읽은 독자들 가운데 자살하려던 분들이 다시 희망을 갖게 되었다는 연락을 받게 되어 더욱 감사하고 있다. 책 출간 후 방송 활동과 외부강연 등을 통해서 희망을 전하고 있다.

한센인에게 복음을 전한 사람들

이필경

1. 나는 이렇게 한센인교회 목사가 되었다.

한센인교회에서 목회한다고 하면 만나는 분 중 대부분이 신기해한다. “소록도와 애양원 말고, 하동에도 한센인교회가 있나요?”, “특수지역에서 목회하시는 것이 대단합니다.”, “혹시 전염되면 어떻게 해요?” 등등의 질문을 한다. 만약에 필자도 이곳에서 목회하지 않았다면 그렇게 질문을 했을 것 같다. 일반 목사님들이 한센인교회에서 목회하기가 쉽지 않기 때문이다.

그런 질문을 받을 때마다 나는 “아닙니다. 목회는 어느 곳이든 중요하지요!”라고 말하고 있다. 한센인교회에서 목회하지만 특수지역이라고 생각하지 않기 때문이다. 하나님께서 보내주신 곳은 모든 곳이 특별하고, 모든 곳이 소중하기 때문이다.

1) 사랑의 원자탄과 성자 데미안

책을 좋아하던 필자가 신학생 시절 서점에서 『성자 데미안』과 『사랑의 원자탄』을 발견했다. 마치 보물이라도 찾아낸 것처럼 기뻐하면서 책을 구입했다. 먼저 『성자 데미안』을 읽기 시작했다. 데미안은 천주교 신부지만, 그가 얼마나 한센인을 사랑했는가를 배우게 되었다. 19세기 말 그는 한센인들이 사는 몰로카이 섬으로 갔다. 한센인을 섬기는 그의 모습은 세계의 많은 그리스도인에게 신선한 충격을 주었다.

데미안 신부의 섬김은 세계의 기독교인 뿐 아니라 조선에서 선교하던 서양 선교사들에게도 영향을 주었다. 특히 광주로 올라오면서 한센인 여인을 데리고 온 포사이드 선교사, 애양원을 세운 윌슨 선교사, 부산에 상애원을 세운 매견시 선교사, 대구에 애락원을 세운 플렛처 선교사 등은 이미 데미안 신부에 대해서 알고 있었을 것이다. (애양원, 상애원, 애락원은 선교사들이 세운 한센인 정착마을이다) 데미안의 소문이 그들에게 전해져서 한센인 선교를 할 수 있었으리라고 생각한다.

『성자 데미안』을 읽은 후, 『사랑의 원자탄』도 읽게 되었다. '어떻게 두 아들을 죽인 살인자를 양자로 받아들일 수 있을까?', '그리스도의 사랑을 입은 사람일지라도 어떻게 사랑의 원자탄이 될 수 있단 말인가?' 이 책을 읽으면서 한센인들로부터 사랑을 받은 손양원 목사님이 사랑의 원자탄이 되었다는 것을 알게 되었다.

두 권의 책을 읽으면서 연약하고 힘이 없는 분들을 섬기는 목회를 하면 좋겠다는 마음을 품게 되었다. 그때는 필자가 한센인교회에서 목회할 것으로 생각지도 못했다.

데미안 신부님과 손양원 목사님의 공통점은 한센인 사역을 했다는 것이다. 한센인을 사랑했고, 한센인 목회를 했고, 한센인과 함께 살았다. 또한, 두 분은 많은 한센인으로부터 존경과 사랑을 받았다. 오늘날 사회로부터 지탄을 받는 한국교회가 두 분의 모습을 보면서 '조건 없는 사랑과 희생의 정신을 닮아간다면 잃어버린 빛과 소금의 역할을 회복할 수 있지 않을까'라고 생각해 본다.

2) 빈집이 있습니까?

필자는 2002년 월드컵이 한창이던 6월에 남양주시에서 교회를 개척했다. 전세대란이 일어났던 해여서 교회 건물은 구했지만, 거주할 집을 구할 수 없었다. 불편하지만 임시로 교회에서 거주하면서 부동산에 집을 부탁해 놓았다. "빈집이 있습니까?" 묻고 교회로 출근하곤 했다.

어느 날 부동산 사장님으로부터 연락이 왔다. "좋은 조건에 저렴한 가격의 집이 나왔습니다." 연락을 받은 후 곧 집 구경을 갔다. 전셋집은 교회와 가까운 가구공단 안에 있어서 페인트 냄새가 많이 났지만, 집주인에게 몇 달만 살기로 양해를 구한 후 계약을 했다. 우리를 위해서 하나님이 예비해 주셨다는 생각이 들었다. 일이 너무 잘 풀려서 하나님께 감사했다. 이삿짐을 옮긴 후 집주인이 오셔서 악수하려고 하는데 고개만 끄덕거리셨다. 악수를 받지 않고 주머니에 손을 넣고 있었다. 처음에는 기분이 나빴지만, '어디가 아픈가'라는 생각을 했다. 며칠 후 같이 식사를 하자고 말씀을 드렸더니 괜찮다고 하시면서 주머니에서 손을 꺼내는데 손가락이 없었다. 손을 보자 순간 머리에서 '아! 어딘가 이상하다!' 라는 생각이 스쳤다. 그날 밤은 편히 잠을 잘 수 없었다. 한센인이라는 것을 알게 되었기 때문이다. 그러나 어쩌랴? 이미 이삿짐을 모두 옮기고, 돈도 드린 상태였다.

얼마 정도 시일이 지난 후, 집주인과 마을 사람들을 만나면서 인사도 하고 이야기도 하면서 한센인에 대한 좋지 않은 선입견이 허물어지기 시작했다. 그분들도 똑같이 결혼하고, 자녀를 낳고, 일하면서 열심히 살고 있었다. 일반인이랑 똑같은 생활을 하고 있었다. 대화하면서 알게 된 것은 우리가 사는 곳이 한센인 마을이었고, 주민들 대부분이 그리스도인이었다. 더욱 놀란 것은 만나는 분들의 얼굴이 대부분 밝아 보였다. 어렸을 때 부모님을 통해서 들었던 한센인들의 모습과 너무 달랐다. 마치 천사를 보는 듯했다. 마을 주민들이 우리 두 딸도 예뻐해 주셨다. 그곳에서 몇 개월을 살면서 우리 가족의 마음은 서서히 그들을 향하여 열리게 되었다.

나중에 안 사실이지만 한센인 마을이어서 사람들이 이곳으로 이사를 오려고 하지 않아서 집이 비어 있었다. 그곳으로 우리가 이사를 온 것이다. '만약 이곳이 한센인 마을이었다는 것을 알았다면 우리도 역시 다른 곳을 찾지 않았을까?' 몰랐던 것이 하나님의 은혜였다. 때로는 모르는 것이 은혜가 될 때가 있다. 필자는 이렇게 한센인들이 사는 곳에 발을 들여놓게 되었다. 몇 개월 후 환경이 좋은 곳에 집이 나서 전셋집을 옮기면서 한센인과의 만남은 이렇게 끝나는 듯했다.

3) 그래도 오시겠습니까?

2008년 11월 25일은 내 인생의 전환점이 된 날이었다. 서울과 수도권 주변에서만 살았던 우리 가족이 지리산 자락에 있는 경남 하동군으로 내려온 날이기 때문이다. 남양주에서 교회를 개척한 후 6년 반 만에 하동으로 오게 된 이야기는 필자 부부가 쓴 『희망레슨』을 읽어보시면 자세히 알 수 있다.

지금 목회하는 교회는 일반인들이 모인 교회가 아니다. 한센인 성도들이 모여서 신앙생활을 하는 곳이다. 그래서인지 많은 목사님들이 "하동에도 그런 교회가 있어요?"라고 묻는다. 그럴 때면 소록도에 대해서, 애양원과 손양원 목사님에 대해서 그리고 현재 우리나라에 있는 70여 곳의 한센인교회에 대해서 설명을 해드리곤 한다.

"아직도 한센병 환자가 있나요?", "한센인들과 함께 살면 전염이 되지 않나요?"라고 묻는 분들이 많다. 그렇게 질문하는 분들에게 자세하게 대답을 해 드렸다. 한센병은 전염되기보다 많은 경우 면역력이 약해지면서 발병이 되었다. 고온, 다습, 영양결핍 등 세 가지가 한센병 발병에 많은 영향을 끼쳤다. 우리나라에서 한센병이 다른 지역보다 영호남 지역에서 많이 걸리게 된 것도 그런 이유 때문이다. 그러나 88서울올림픽 이후 영양 상태가 좋아지면서 우리나라에서 한센병이 새롭게 발병하는 사람이 거의 없어졌다.

처음 교회에 부임하기 전에 예배를 드리고, 교육관에서 잠시 대화하는 시간을 가졌다. 한 장로님이 물으셨다.

"우리 교회가 어떤 곳인 줄 알고 오셨습니까?"
"예, 알고 왔습니다."
"그래도 오시겠습니까?"
"예, 불러주시면 오겠습니다!"
"그럼 됐습니다."
한센인교회인데 알고도 오겠냐는 질문이었다.

얼마의 시간이 지난 후 교회에서 사역하시면 좋겠다는 연락이 왔다. 우리 가족은 짐을 싸서 하동으로 내려오게 되었다. 전에 한센인마을에서 살았던 경험이 없었다면 지금 이곳에서 사역하는 일은 없었을지도 모르겠다. 잠시였지만 그때 한센인 마을에서 살았던 경험이 한센인교회로 부임하는 데 많은 도움이 되었다.

돌이켜보니 이 모든 것이 하나님의 은혜였다. 이렇게 필자가 한센인교회에서 사역을 시작하게 되었다.

2. 애양원이 세워지기까지

포사이드 선교사는 길가에서 한 한센인 여성을 만났다. 그 여인을 도저히 버리고 갈 수 없었다. 그 길을 수많은 사람이 지나쳤다. 그러나 그는 그냥 지나칠 수 없었다. 포사이드의 섬김이 애양원교회가 탄생하도록 했다.

1) 선한 사마리아인이 된 포사이드 선교사

오웬 선교사는 쉬는 날이 거의 없을 정도로 전주, 순천, 광양 등을 다니면서 열심히 선교했다. 그의 열정은 누구도 말릴 수 없었다. 이것이 오히려 문제였다. 쉬지 않고 열심히 일하면서 급성 폐렴에 걸렸고, 곧 생명이 위독한 상태가 되었다. 광주 선교부는 목포에서 사역하는 포사이드를 급히 광주로 불렀다. 멀리 있는 그를 부른 이유는 의술이 뛰어났기 때문이다. 소식을 듣고 포사이드는 목포에서 광주로 부지런히 올라가고 있었다. '그는 얼마나 염려하면서 광주로 향했을까?' 그 당시 도로 사정상 목포에서 광주까지 가깝지 않은 거리였지만, 오웬이 위독하다는 소식을 들은 그는 더욱 멀게 느껴졌을 것이다.

포사이드가 열심히 광주로 올라가던 중 한 사람을 발견하게 되었다. 무언가 평범해 보이지 않았기에 그의 시선이 그 사람에게로 향했다. 포사이드는 마부에게 말을 세우도록 한 후 말에서 내려 그 사람에게 다가가려고 했다. 마부는 광주로 빨리 가야 한다고 말했지만, 포사이드는 들리지 않는 듯했다. 그의 발걸음은 이미 그 사람을 향하고 있었다.

길가에 있던 사람은 여인이었다. 오랫동안 씻지 않아서 그런지 지독한 냄새가 났다. 순간 마부는 몸이 얼어붙어 발을 떼지 못했다. 그 여인은 한센인이었기 때문이다. 그녀는 한센병이 발병해서 가족으로부터 버림받았던 것이다. 4월 초였지만 밤에는 제법 추웠다. 길가에 있던 그녀는 추위에 떨고 있었다. 추위 때문이라기보다 낯선 사람이 다가오고 있어서 더욱 떨렸을 것이다. 여인을 보던 포사이드는 그래서 더욱 그 자리를 매몰차게 떠날 수 없었던 것 같다.

당시 한센병은 하늘이 내린 병이라고 생각하던 시대였다. 더욱이 한센병은 전염된다고 생각했기 때문에 가족들도 가까이하지 않았고, 집에서 내보냈다. 그런데 포사이드는 한센병에 걸린 여인에게 다가가고 있었던 것이다. 오웬은 위독해서 생사의 기로를 헤매고 있었기 때문에 이럴 시간이 없었다. 오웬을 생각한다면 빨리 광주로 가야 했다. 그 길을 수많은 사람이 지나쳤다. 그러나 포사이드는 이 여인을 그냥 지나칠 수 없었다. '그리스도의 사랑을 외치면서 복음을 전하는 선교사가 어떻게 이 여인을 지나칠 수 있을까?', '그러고도 선교사라고 말할 수 있을까?' 이런 생각이 들자 더 이상 여인을 외면할 수 없었다. 마부가 빨리 가야 한다고 아무리 말을 해도 포사이드의 귀에 들리지 않는 듯했다. 어쩌면 못 들은 척 했는지도 모른다. 그는 이미 오웬의 위독한 상황은 잊은 듯했다.

마부는 '한센인을 가까이하다가 전염이 되면 어떻게 하나' 두려워하고 있었다. 어쩌면 마부는 그 자리를 도망치고 싶었을지도 모른다. 그런데 웬일인가? 포사이드가 여인을 부축하면서 말 위에 앉히고 있었다. 그런 모습을 보던 마부는 충격을 받을 수밖에 없었다. 그러나 마부는 선교사를 도울 수 없었다. 마부는 그냥 지켜볼 뿐이었다. 이때 광주에서 마중 나오던 김윤수 집사와 최영종 청년이 이 광경을 보았다. 두 사람도 포사이드를 돕기보다 단지 지켜볼 뿐이었다. 지금까지 수많은 사람이 그녀를 외면했다. 마부도, 김윤수 집사도, 최영종 청년도 대부분의 조선인이 한센인들을 외면했다. 그런데 조선인도 아닌 서양에서 온 선교사가 한센인 여인을 외면하지 않았다. 오히려 그는 한센인 여인을 묵묵히 자신의 말에 태우고 있었다.

예수님께서 말씀하셨던 선한 사마리아인도 강도 맞은 사람을 이렇게 도와주지 않았을까? 선한 사마리아인이 한센인 여인을 만났다면 그렇게 하지 않았을까? 포사이드는 마치 선한 사마리아인 같아 보였다. 그는 여인을 자신이 타고 오던 말 위에 태우고 광주로 열심히 출발했다. 포사이드는 말을 타는 대신 마부와 마중 나온 두 분과 함께 걷고 있었다. 그들은 한시가 급한데 이렇게 행동하는 포사이드 선교사를 이해할 수 없었다. 어쩌면 그들은 포사이드가 걱정되기 보다 자신들의 안위를 걱정했는지 모른다. 그들은 앞으로 광주에서 어떤 일이 일어날 것인가를 걱정하고 있었을지도 모른다. 반면 포사이드 선교사의 얼굴에는 한 영혼의 생명을 살릴 수 있다는 생각을 하면서 기쁨으로 발걸음을 옮기고 있었다. 오웬 선교사가 위독하다는 생각은 잠시 잊은 듯 보였다.

2) 한 알의 밀알이 된 오웬 선교사

포사이드가 광주에 도착한 날은 1909년 4월 3일이었다. 그는 마중 나온 두 사람의 안내로 오웬 선교사가 있는 곳으로 향했다. 그런데 이 어찌된 일인가? 오웬은 급성폐렴으로 이미 돌아가셨다. 포사이드의 의술이 아무리 좋아도 이제는 소용이 없게 되었다. 오웬 선교사는 더 이상 세상에 없었다. 지금까지 조선의 복음화를 위해서 열심히 사역했던 오웬! 누구보다 열심히 조선을 위해서 선교했던 오웬! 쉬지 않고 더 많은 사람에게 복음을 전하려 했던 오웬! 이렇게 빨리 떠날 거였더라면 조금 여유를 갖고 사역을 했으면 얼마나 좋았을까? 포사이드 선교사는 그제야 한센인 여성을 데리고 오느라 시간이 지체되었다는 것을 깨달았다. 오웬 선교사의 장례를 치루는 동안 그의 마음은 편치가 않았다. '조금만 더 빨리 왔으면 오웬 선교사는 돌아가시지 않았을 텐데' 포사이드는 자신의 잘못으로 오웬 선교사님이 돌아가셨다고 자책을 하는 듯했다. 그때는 선한 사마리아인 같은 자신의 행동이 훗날 얼마나 많은 한센인을 구원할지 알 수 없었기 때문이다.

오웬의 장례식을 치른 후 포사이드는 한센인 여인이 생각났다. 그는 광주에서 사역하는 윌슨 선교사에게 여인을 치료해 달라고 부탁했다. 포사이드가 끝까지 책임을 지면 좋겠지만, 자신의 사역지를 오래 비워둘 수 없었기 때문이다. 여인을 윌슨에게 부탁하고 자신의 사역지인 목포로 돌아갔다. 그런데 이 어찌 된 일인가? 며칠 후 여인도 세상을 떠나고 말았다. 여인의 병세가 이미 악화되었기 때문이다. 광주 선교부는 갑자기 두 명의 생명을 잃게 되었다. '이렇게 될 것이었다면 여인을 데리고 오지 말았어야 하는데'라고 생각하는 사람도 있었을 것이다. 오웬 선교사도, 한센인 여인도 더 이상 세상에서 만날 수 없게 되었다.

포사이드는 하나님을 원망하는 듯했다. '한 사람이라도 살려주셔야지요!', '하나님, 왜 한꺼번에 두 사람을 데리고 가시나요?' 그러나 하나님께서 하시는 일을 사람이 어찌 다 이해할 수 있으랴?

선교사들이 "예수님 믿으세요!"라고 수없이 다니면서 전도했지만, 굳게 닫혔던 조선인들의 마음은 쉽게 복음을 받아들이지 않았다. 그런데 포사이드와 윌슨 선교사가 한센인 여인에게 베풀어준 선행이 많은 사람에게 전해지면서 수많은 한센인이 선교본부로 찾아왔다. 한센인들이 한센인들을 데리고 왔다. 윌슨 선교사는 점점 많아지는 한센인들을 치료해 주기 바빴다. 그들은 대부분 복음을 받아들이고 그리스도인이 되었다. 이 얼마나 놀라운 일인가? "예수님 믿으세요"라고 그토록 외쳤지만 전도가 되지 않았는데, 한 번의 선행이 이런 놀라운 역사를 일으킨 것이다. 포사이드는 이런 일이 일어날 것을 예상하지 못했다. 더욱이 이런 일을 예상하고 선행을 베푼 것도 아니었다. 오히려 목포로 돌아간 포사이드 선교사는 오웬 선교사의 죽음으로 인해서 한동안 괴로워하고 있지 않았던가? 그러면 그럴수록 그는 사역에 집중할 수 없었다. 이 모든 것이 자신의 잘못이라고 생각했기 때문이다. 그러던 중에 광주에서 들려오는 이야기를 들으면서 포사이드는 하나님께 감사의 기도를 드렸다. 하나님의 뜻을 이해하는데 그리 오랜 시간이 필요하지 않았다. 그의 마음에 말할 수 없는 감동이 밀려오고 있었다.

하나님께서 하시는 일은 사람이 예측할 수 없을 때가 있다. 예수님은 한 알의 밀알이 죽으면 많은 열매를 맺는다고 말씀하셨다. 예수님의 말씀이 그대로 이루어지고 있었다. 지금까지 오웬이 전도한 사람보다 죽은 후 전도된 사람의 숫자는 헤아릴 수 없을 정도였다. 그렇다. 오웬은 한 알의 밀알이었다.

3) 물을 주고 가꾼 사람, 윌슨

오웬 선교사는 하나님의 나라로 갔다. 포사이드는 그의 사역지인 목포로 갔다. 한센인 여인도 세상을 떠났다. 이제 광주에는 윌슨만 남았다. 광주에서 생각지도 못한 일들이 벌어지고 있었다. 수많은 한센인이 광주 제중원으로 몰려오기 시작했다. 그렇지 않아도 많은 환자가 재중원으로 찾아왔는데, 한센인들까지 오면서 몇 가지 문제로 인해서 시끄럽게 되었다.

가장 큰 문제는 재중원에서 선교사들이 한센인을 치료하는 것을 사람들이 싫어했다. 싫어한 정도가 아니었다. 만약에 한센인을 치료한다면 그들은 재중원에 오지 않겠다고 했다. 두 번째 문제는 몰려오는 한센인들을 어떻게 하느냐의 문제였다. 그들은 이미 가정과 사회로부터 버림받은 사람들이었기 때문이다. 광주에서 반발하는 사람들 때문에 선교사들이 한센인을 외면한다면 그들은 더 이상 의지할 곳이 없어지게 되기 때문이다. 광주 선교부는 몰려오는 한센인의 문제를 해결할 방법을 찾지 못하고 있었다.

제중원에서 벌어지고 있는 일들은 윌슨 선교사가 자처한 일이 아니었다. '만약 포사이드가 한센인 여인을 데리고 오지만 않았다면 이런 문제는 없었을 텐데', '오웬 선교사가 아프지만 않았으면 이런 일은 일어나지 않았을 텐데' 윌슨과 광주 선교부에서 자처한 일은 아니지만, 이 문제를 해결해야 했다. 이쯤 생각하자 윌슨의 머리는 복잡해졌다. 앞이 캄캄했다. 앞으로 이 문제들을 어떻게 해결할 수 있을까?

하나님은 두 가지 문제를 모두 해결해 주셨다. 전혀 생각지도 않았던 사람들을 통해서 하나님께서 문제를 해결하고 계셨다. 하나님의 섭리 하심을 인간이 어찌 헤아릴 수 있으랴? 포사이드와 윌슨 선교사로부터 감동을 받은 사람이 있었다. '가족도 한센병이 옮을까봐 가까이 가지 않는데, 서양 선교사들은 어떻게 한센인들을 가까이 할 수 있을까?' 라고 생각한 사람이 있었다. 그 사람은 포사이드를 마중 나갔던 최영종 청년이었다. 하나님께서 그의 마음을 움직이고 계셨다.

서양 선교사들의 선행을 보면서 충격을, 아니 감동을 한 최영종 청년은 한센인들을 위해서 자신도 무엇인가 하고 싶었다. 그가 할 수 있는 일을 고민할 때 하나님께서 그에게 한 가지 생각을 주셨다. '한센인들을 위한 치료소가 있어야 한다.' '한센인들도 마음 편하게 치료를 받아야 한다.' 이 같은 생각이 들자 더 이상 머뭇거릴 수 없었다. 최영종은 부모님께 물려받은 봉선리 땅 1,000평을 광주 선교부에 기증했다. 이곳에서 한센인 치료를 위한 병원이 시작되었다. 윌슨이 걱정하던 가장 큰 문제가 해결되는 순간이었다. 최영종 청년은 땅만 기증한 것이 아니다. 한센인들을 사랑의 손길로 치료해주는 윌슨 선교사의 모습에 감동을 한 그는 간호 보조하는 일에 자원했다. 예전의 최영종은 한센인을 보면 피하던 사람이었다. 이제는 더 이상 무서워하거나 피하지 않았다. 외국 선교사들처럼 한센인의 치료를 위해서 자신의 젊음을 바쳤다.

얼마 지나지 않아서 광주에서 놀라운 일이 일어났다. 서양 선교사들이 한센인을 치료해주었다는 소식이 입에서 입으로 전달되기 시작했다. "발 없는 말이 천 리를 간다"는 속담처럼 수많은 사람에게 포사이드와 윌슨 선교사의 선행이 전해지기 시작했다. 많은 한센인이 광주로 모여들기 시작했다. 광주의 재중원은 일반인 치료도 벅찬 상황인데, 많은 한센인이 오면서 더 이상 진료를 할 수 없는 상태까지 이르게 되었다. 그러나 걱정이 없었다. 최영종이 바친 봉선리 땅이 있었기 때문이다. 이곳에 한센인을 위한 치료소를 건축했기 때문이다. 이곳이 애양원의 전신이 되었다.

오웬 선교사는 한 알의 밀알로 죽었다. 포사이드는 한 알의 밀알을 심었고, 윌슨 선교사는 물을 주면서 가꾸었다. 이 일로 수많은 한센인이 스스로 선교부를 찾아오게 되었다. 그들은 선교사들의 사랑의 손길을 통해서 대부분 그리스도인이 되었다. 이 모든 일이 하나님의 섭리였다.

3. 소록도가 세워지다

소록도는 조선인들로부터 존경받는 선교사들을 시기하던 조선총독부에 의해서 세워졌다. 한반도에 사는 한센인들을 남해안에 있는 작은 섬, 소록도로 보내서 눈에 띄지 않게 하려는 숨은 의도가 있었다. 그러나 하나님은 다른 계획을 가지고 계셨다. 생각지도 못한 방법으로 눈물의 섬 소록도를 지상천국으로 변하게 하셨다.

1) 조선의 민심을 잡아라

1910년 조선을 합병한 조선총독부는 한반도 땅뿐 아니라 조선인의 민심까지 잡으려고 했다. 그러나 나라를 잃은 조선인의 마음은 꿈적하지 않았다. 그 당시 서양 선교사들이 한센인들을 치료해준다는 소문이 수많은 조선인에게 전해졌다. 그 결과 조선인의 민심은 기독교와 서양 선교사들에게 향하게 되었다. 조선인의 민심을 잡고 싶은 조선총독부는 이러한 상황을 내버려둘 수 없다고 판단했다. 서양의 선교사들은 조선의 한센인을 위해서 이렇게 헌신하는데, 조선총독부에서는 한센인을 위해서 아무것도 하는 것이 없었다. 그러던 중 전남 녹동 앞에 있는 소록도로 한센인들을 강제로 보내기 시작했다. 1916년에 일어난 일이었다. 갑자기 소록도가 한센인들의 수용소가 되었다.

소록도를 만든 것은 한센인을 사랑하거나, 염려해서 시작한 것이 아니다. 한센인들의 아픔과 상처를 치유하기 위한 배려가 아니었다. 소록도에 한센인을 보내서 일본도 무언가를 한다고 말하고 싶었던 것이다. 또한 한센인들만 소록도에 가두게 된다면 조선의 민심은 더 이상 서양 선교사들에게 향하지 않을 것으로 생각했기 때문이다. 그래서 거리에서 배회하는 한센인들을 보이지 않도록 소록도로 보낸 것이다.

조선총독부는 소록도에 한센인 수용소를 설치한 후 육군 군의였던 사람을 원장으로 보냈다. 1916년 7월 10일 최초로 아리카와 토우로(蟻川享) 원장이 부임했다. 그는 한센인들의 상처와 아픔을 치유해주기보다 오히려 많은 고통을 주었다. 아리카와는 한센인에게 나막신을 신게 했고, 한복 대신 일본 옷을 입게 했다. 또한, 천황 신을 섬기도록 강요했다. 그뿐만 아니었다. 아리카와 원장은 추위에 약한 한센인들을 일본인처럼 다다미방에서 살도록 했다. 한센인은 감각이 둔하지만, 추위를 매우 잘 탔다. 온돌방이 아닌 다다미방에서 지내는 것은 한센인들에게 매우 큰 고통이었다. 식사도 일본식으로 먹게 했다. 원장은 손가락이 불편한 한센인에게 수저 대신 젓가락만 사용하게 했다. 저녁 8시 이후에는 통행금지를 해서 주민들을 통제했다.

이렇게 하는 것은 전혀 한센인을 위한 행동들이 아니었다. 오히려 한센인을 탄압하고, 고통을 느끼게 했다. 그러면서도 조선총독부는 소록도에서 한센인을 치료해 주고, 돌봐준다고 했다. 그럴수록 소록도는 점점 눈물의 섬으로 변해가고 있었다.

2) 하나이 젠키치(花井善吉) 원장

하나이 젠키치가 소록도에 2대 원장으로 오면서 많은 변화가 생기기 시작했다. 1대 아리카와 원장의 강압적인 행동이 많은 한센인을 고통스럽게 했다면, 젠키치 원장은 한센인들에게 사랑으로 다가갔다. 그동안 소록도에서 고통받던 한센인 성도들이 하나님께 얼마나 많이 기도했을까? 핍박과 고난이 많을수록 그들은 절망하기보다 하나님께 간절히 기도했다. 그들은 육지에서 선교사들을 통해서 복음을 받아들였기 때문이다.

"빛은 가장 어두울 때 가장 빛난다"는 말이 있다. 가장 어두울수록 빛이 밝게 빛난다는 의미이다. 해가 뜰 시간이 가까워지고 있기 때문이다. 하나님은 성도들의 기도를 듣고 계신다. 앞이 캄캄하다고 생각하던 소록도 성도들을 위해 생각지도 못한 큰 은혜를 준비하고 계셨다. 하나님은 그들을 위해서 하나이 젠키치 원장을 소록도로 보내주신 것이다. 소록도에 사는 한센인들을 가장 힘들게 한 것은 원장의 횡포가 아니었다. 다다미방이나, 나막신이나, 일본식 옷도 아니었다. 육체의 질병도 그들을 아프게 하는 것이 아니었다. 그들이 가장 힘들었던 것은 하나님께 예배를 드리지 못하는 것이었다. 하나님의 백성들이 예배를 드리지 못하는 것이 가장 큰 고통이다. 그들은 예배에 굶주리고 있었다. 하나님을 찬양하고 싶었다. 말씀을 갈망하고 있었다. 예배를 드리고 싶지만, 드릴 수 없는 고통이 그들의 마음을 더욱 아프게 했다.

하나이 원장이 가장 잘한 것을 꼽으라면 다나까 목사를 초청해서 예배를 드리게 한 것과 한센인을 인간답게 대접해 준 것이다. 그리고 그들을 위해서 학교를 세워서 교육을 해준 것이다. 하나이는 한센인들이 생각지도 못한 긍휼을 베풀고 있었다. 인간이라면 당연히 받아야 할 권리가 있다. 그러나 소록도에서 한센인들은 지금까지 인간다운 대접을 받지 못했다. 하나님은 그들을 위해서 하나이를 보내주신 것이다. 소록도는 하나이 원장이 오면서 전혀 다른 섬으로 바뀌어가고 있었다.

1대 아리카와 원장 때 한센인들은 직원들로부터 인간다운 대접을 받지 못했다. 소록도의 직원들은 한센인들을 무시했고, 탄압하는 것을 당연하게 생각하고 있었다. 그러나 하나이 원장이 부임하면서 직원들에게 한센인을 함부로 대하거나, 불법적으로 탄압하지 못하게 했다. 하나이 원장은 "만약에 그렇게 하는 자는 엄벌을 받을 것이다."라고 말했다. 그는 한센인의 보호자였다.

1929년에 하나이 원장이 죽자 소록도의 모든 한센인은 슬퍼했다. 자신들을 사랑하고, 인간답게 대접을 해주었던 하나이 원장의 죽음은 한센인들에게 고통 그 자체였다. 하나이는 살았을 때나 죽었을 때나 한센인들에게 가장 존경받는 원장으로 기억되었다.

한편 1913년경부터 조선에서 선교하던 일본인 목사인 다나까 목사가 있었다. 조선에서 포교허가를 받고 전라도 광주에서 선교를 하고 있었다. 하나이 원장은 다나까 목사에게 소록도에서 사역할 수 있도록 했다. 소록도에 들어온 다나까 목사는 예배드릴 장소가 없었다. 하나이 원장은 천황을 모신 신사에서 예배를 드리도록 허락을 했다. 천황 신전이면 어떤가? 얼마 만에 드리는 예배였던가? 하나님께 예배를 드릴 수 있다는 자체가 감격이었다. 모든 한센인 성도들은 눈물의 예배, 감격의 예배를 드릴 수 있었다. 아마도 천황 신전에서 예배를 드린 것은 소록도가 전무후무하지 않을까?

천황 신전에서 예배를 드리면서 많은 성도가 모이기 시작했다. 모여드는 성도들이 점점 많아지면서 더 이상 감당할 수 없게 되었다. 예배를 드리기 위해서 찾아오는 성도들이 너무 많아서 자칫 사고가 날 정도였다. 이제 다른 장소를 구해야 할 정도가 되었다. 하나이 원장과 다나까 목사는 문제를 해결하기 위해서 머리를 맞대고 상의했지만, 해답이 없어 보였다. 결국, 하나이 원장이 결단을 내리게 되었다. "신전을 바꾸라!" 하나이는 천황 신전을 예배당으로 바꾸게 했다. 그 누구도 예상할 수 없는 일들이 소록도에서 일어나고 있었다. 다나까 목사는 하나이 원장의 도움 아래 신전을 예배당으로 바꿀 수 있었다.

얼마나 감사한 일인가? 몇 년 전까지만 해도 상상할 수 없는 일이었다. 하나이 원장이 오기 전에는 너무 고통스럽고, 힘이 들어서 하나님께 눈물의 기도를 많이 드렸지만, 하나님께서 그들의 기도를 들어주신 것이다. 하나님은 한센인 성도들이 기도한 것보다 더 큰 은혜를 베풀어 주셨다.

신전은 새로운 건물로 바뀌어 예배당이 되었다. '얼마나 기뻤을까?' 새예배당에서 모든 성도는 감격의 예배를 드렸다. 어떤 성도들은 손가락이 없는 손으로 박수를 치면서 하나님께 감사의 찬송을 드렸다. 기적이 현실이 되는 순간이었다. 넓은 예배당에서 하나님의 은혜를 체험한 성도들의 믿음은 튼튼한 건물만큼 더욱 건강하게 자라고 있었다.

하나이 원장이 소록도에 2대 원장으로 온 것은 한센인들을 위한 하나님의 섭리였다.

3) 다나까 신사부로(田中道三郎) 목사와 시오자키 사모

하나이 원장의 후원 아래 다나까 목사는 소록도에서 열심히 목회했다. 다나까 목사는 동양선교회 성결교회 소속이었다. 동양선교회는 동경의 스가모중학교 야간부를 다니던 손연준(손양원의 본명)에게도 영향을 준 교단이었다. 당시 성결교단에서는 구원과 중생 그리고 순회전도 등에 열심을 냈었다.

다나까 목사는 전도하기 위해서 일본에서 조선으로 왔지만, 한센인을 전도하기 위해서 온 것이 아니었다. 그는 조선 사람에게 복음을 전하기 위해서 온 것이었다. 다나까 목사가 한센인 사역을 하게 된 것은 하나이 원장을 만나면서 시작된 것이다. '처음에 한센인이 사는 곳이라는 말을 들었을 때 다나까는 어떤 마음이 들었을까?', '혹시 한센병에 전염될지도 모른다는 마음 때문에 두려워하지 않았을까?' 그러나 하나이 원장이 그곳에서 살고 있다는 생각이 들자 거절할 수 없었다. 오히려 하나이 원장에 비하면 목회자인 자신의 모습이 부끄럽게 여겨졌을 것이다. '일반인도 소록도에서 한센인들과 함께 사는데 목회자라면 더욱 가야 하지 않겠는가?'라는 생각이 들자 하나이 원장을 통해서 하나님께서 소록도로 부르신다는 마음이 들었다.

다나까 목사가 소록도에 도착하자 곧 성도들이 은혜를 얼마나 사모하는가를 알 수 있었다. 소록도에 사는 한센인들은 복음을 전해줄 사람을 기다리고 있었던 것이다. 다나까는 박극순을 통역으로 세워서 예배를 드렸다. 누구도 통역의 불편함을 느낄 수 없을 정도로 은혜가 풍성한 시간이었다. 이런 모습을 본 다나까 목사는 '조금이라도 빨리 왔었으면 좋았을 것을...'이라는 생각이 들 정도였다.

소록도는 사역의 손길이 점점 많이 필요했다. 다나까 목사 혼자 사역하기에는 많은 한계와 어려움이 있었다. 그러던 중에 일본에서 온 시오자키 자매를 만났다. 그녀는 한센인 이상촌 건설을 위한 비전을 갖고 조선으로 왔다. 다나까는 한센인 목회를 하고 있었고, 시오자키는 한센인 사역에 대한 비전을 품고 있었다. 그런 두 사람이 만나게 되었다. 다나까 목사와 시오자키는 서로의 사역과 비전에 대해서 대화를 나누었다. 두 사람은 대화할수록 하나님께서 예비하신 짝이라는 것을 깨닫게 되었다. 이런 일이 어떻게 가능했을까? 하나님께서 소록도의 성도들을 위해서 두 사람을 준비하고 계셨던 것이다. 두 사람은 한센인 사역의 비전을 나누면서 사랑이 싹트기 시작했고, 결혼까지 하게 되었다.

시오자키 사모는 다나까 목사와 결혼한 후 소록도에 들어와서 본격적으로 한센인을 섬기기 시작했다. 그러나 막상 소록도에서 사역한다는 것이 쉬운 일은 아니었다. 일본인이 조선인 한센인에게 복음을 전하기가 쉽지는 않았을 것이다. 언어도, 음식도, 문화도 다른 사람들에게 더구나 상처와 아픔으로 가득한 한센인들에게 복음을 전하기가 쉽지만은 않았을 것이다. 다나까 목사와 시오자키 사모는 어떻게 어려움을 극복할 수 있었을까? 어떻게 두 사람은 소록도에서 최초의 교회를 세우고, 사역할 수 있었을까? 두 사람은 힘들 때마다 서로의 비전을 위해서 기도하며 어려움을 극복해 나갔다. '하나님이 자신들을 왜 소록도로 보내주셨는가?' 어려울 때마다 처음 가졌던 마음들을 위해서 기도하며 고난을 극복할 수 있었다. 다나까 목사 혼자서 이 사역을 감당했다면 쉽지 않았을 것이다. 하나님은 그런 다나까를 위해서 시오자키를 만나게 하신 것이다. 하나님은 아담을 위해서 돕는 배필로 하와를 보내주셨다. 시오자키는 다나까를 돕는 배필이었다. 두 부부는 서로 약해지지 않도록 기도로 도우며 소록도교회를 세워나갔다. 이렇게 다나까 목사 부부는 사랑의 힘으로 소록도에 교회를 세울 수 있었다.

하나님은 두 사람을 돕도록 하나이 원장을 먼저 소록도에 보내주셨다. 두 사람이 소록도의 한센인들을 위해 헌신하기 전에 하나님은 하나이 원장을 준비해 주신 것이다. 하나이 원장은 하나님께서 소록도로 보내주신 다나까 목사 부부의 동역자이며, 후원자였다.

4) 미츠이 테루이치(三井輝一) 전도사 이야기

다나까 목사님과 시오자키 사모가 오면서 교회가 안정되었고, 영적으로도 부흥하고 있었다. 성도들이 기쁨으로 신앙생활을 할 수 있었다. 그러나 점점 많아지는 성도들을 체계적으로 훈련하는데 한계가 있었다. 돕는 사역자가 필요했다. 다나까 목사 부부가 사역을 감당하기 어려울 정도로 일이 많았기 때문이다. 이때 미츠이 테루이치 전도사가 소록도에 왔다. 미츠이는 한센병 경력자였다. 그는 한센병에 걸리면서 겪었던 고통과 힘든 시간을 잘 극복한 후 전도사가 되었다. 미츠이는 누구보다 한센인들의 고통을 잘 이해해 주고 공감할 수 있다고 생각했다. 그는 남은 생을 한센인들을 섬기기 위해서 하나님께 헌신했다. 그리고 조선에서 고통당하는 한센인들을 돕기 위해 소록도로 온 것이다.

한센인 출신인 미츠이가 소록도에 왔을 때 환영받을 것으로 생각했다. 그러나 생각과 현실은 전혀 달랐다. 한센병 경력자였던 미츠이 전도사가 오자 조선의 한센인들은 너무 차갑게 대했다. 미츠이는 조선인들로부터 무시를 당하고, 푸대접을 받았다. 아마도 한센병력자였던 일본인 한센인에게 도움받는 것을 기뻐하지 않았던 것 같다. 이때부터 미츠이는 소록도에 온 것을 후회할 정도로 힘든 시간을 보내게 되었다. 그는 한센인들에게 무시를 받을 때면 '내가 왜 여기에 와 있는가?' 라고 생각하며 일본으로 돌아가고 싶었을 것이다. 만약에 미츠이가 일본으로 돌아갔다면 어떻게 되었을까? 감사한 것은 미츠이가 한센인들로부터 무시를 당할수록 기도하면서 고통의 시간을 잘 극복했다는 것이다.

미츠이는 소록도에서 한센인을 위해서 9년간 사역하면서 쉬는 날이 없이 사랑으로 섬겼다. "낙숫물이 댓돌을 뚫는다"는 속담처럼 미츠이의 사랑과 섬김이 굳게 닫혔던 한센인들의 마음을 조금씩 열기 시작했다. 미츠이는 자신이 무시당하는 것보다 한센인들의 닫힌 마음을 더욱 염려했다. 그도 한센인이었을 때 많은 사람에게 마음을 닫고 살았던 경험이 있었기 때문이다. 그때의 경험이 소록도에서의 사역에 많은 도움이 되었다. 하나님은 미츠이의 아픈 경험도 사용하셨다. 그는 굳게 닫힌 한센인들의 마음을 열기 위해서 더욱 열심히 사랑하며 섬겼다. 소록도에서 9년간 사역을 하면서 하루도 쉴 수 없었다. 미츠이는 그들을 이해하고 있기 때문이다.

하나님은 조선의 한센인들에게 미츠이의 헌신과 사랑의 마음이 전달되게 해 주셨다. 점차 소록도의 한센인들은 그의 진심을 받아들이기 시작했다. 그들의 마음이 열리기 시작했다. 미츠이가 오직 사랑의 마음으로 다가갔기 때문에 가능한 일이었다. 그가 도중에 포기했다면 이런 일은 결코 일어나지 않았을 것이다. 한국교회에 미츠이같은 분들이 많아진다면 얼마나 좋을까? 9년간 사역한 미츠이는 소록도의 모든 한센인 성도들에게 가장 존경받는 사역자가 되었다. 훗날 미츠이가 소록도를 떠날 때 모든 한센인은 울면서 슬퍼했다고 한다. 그의 승리는 사랑의 승리이며, 믿음과 섬김의 승리였다.

5) 신사참배를 거부한 야다 분이찌로 목사 이야기

1930년대는 신사참배의 문제로 교회가 힘들 때였다. 조선총독부에서는 교회를 파괴하기 위해서 신사참배를 더욱 강하게 요구하며, 온갖 핍박과 계략을 꾸미고 있었다. 소록도도 신사참배에서 자유롭지 못했다. 일본 헌병대가 소록도에서 사는 모든 한센인에게 신사참배를 강요했기 때문이다.

1930년대에 소록도에서 야다 분이찌로 목사가 사역하고 있었다. 일본 헌병들은 야다가 일본인이기 때문에 신사참배에 협조적일 것으로 생각했다. 그러나 야다 목사는 누구보다 하나님의 말씀을 강력하게 전하고 있었다. 야다는 십계명에 위배되는 신사참배를 허락할 수 없었다. 아무리 조선총독부에서 강력하게 요구할지라도 하나님께서 명령하시는 말씀을 외면할 수 없었다. 야다 목사는 모든 한센인 성도들에게 신사참배를 거부하도록 하나님의 말씀을 강력하게 가르쳤다.

헌병대는 소록도에서 한센인 성도들에게 존경받는 그를 눈엣가시처럼 생각했다. 아무리 헌병대라도 야다 목사가 소록도에 있는 한 아무것도 할 수 없었다. 결국, 일본헌병대는 소록도에서 야다 목사를 추방하기로 결정을 했다. 야다 목사는 일본헌병대에 끝까지 저항했지만, 더 이상 소록도에서 버틸 수 없게 되었다. 결국 야다 목사는 1936년 12월에 소록도를 떠날 수밖에 없었다. 야다 목사를 추방한 후 목사님 대신 승려를 불러서 소록도에서 시무하게 했다. 지금까지 일본 목사들이 소록도에 교회를 세우고, 열심히 성도들에게 복음을 전했지만, 소록도교회는 영적인 암흑기를 맞이하게 되었다.

다나까 목사 부부의 헌신으로 세워졌던 소록도교회는 이렇게 무너지고 있었다. 한 교회가 세워지는 것이 얼마나 힘이 드는가? 많은 성도의 헌신과 중보기도와 헌금 그리고 목회자의 희생 등이 합쳐져서 한 교회가 세워지는 것이다. 교회가 세워지기까지 많은 분의 헌신과 기도로 새워지지만, 교회가 순식간에 무너지기도 한다. 소록도교회가 그렇게 된 것이다.

4. 한센인 사역을 한 한국 목회자

한센인 사역은 1909년에 외국 선교사들로부터 시작되었다. 영호남을 중심으로 한센인선교가 활발하게 이루어졌다. 그 후 1922년에 다나까 목사가 소록도에서 한센인 사역을 했다. 일제 강점기 때 소록도는 일본 목회자들의 선교지였다. 외국 선교사들과 일본 목회자들의 영향을 받으면서 우리나라 목사들 중에서 한센인을 위해 사역한 분들이 생기기 시작했다. 지금도 우리나라에 70여 곳의 정착마을에서 목사들이 한센인 교회를 사역하고 있다. 한센인 사역은 110년 전 선교사들로부터 시작되었지만, 이제는 한국 목회자들이 사역의 뒤를 잇고 있다.

1) 애양원을 위해 봉선리 땅을 드린 최흥종 목사

애양원에서 빠뜨릴 수 없는 분이 있다. 광주에서 최 망치로 불리던 최영종 청년이다. 그의 주먹이 돌쇠 주먹처럼 강해서 사람들은 그를 최 망치라고 불렀다. 최영종 청년은 김윤수 집사와 함께 포사이드 선교사를 마중 나갔다고 위에서 이야기했다. 포사이드 선교사를 마중 나간 일이 최영종 청년의 인생을 완전히 바꿔 놓았다. 전혀 생각지도 않았던 길을 가게 된 것이다.

사람이 살면서 누구를 만나는가에 따라서 선한 영향을 받기도 하고, 주기도 한다. 최영종의 경우는 포사이드와의 만남이 선한 영향을 받은 경우이다. 그는 포사이드의 섬김을 보면서 선교사에 대해서 그리고 기독교와 복음에 대해서 새로운 눈이 떠지게 되었다. 이 일로 최영종 청년이 감동을 받고, 부모님께 유산으로 받은 봉선리 땅 1,000평을 선교부에 기증한 것이다. 선교사들은 이곳에 건물을 짓고, 한센인을 치료하기 시작했다.

최영종은 세례를 받은 후 '예수님으로 흥하는 종'이라는 의미로 '최흥종'으로 이름을 바꾸었다. 1912년에 최흥종 청년은 북문안교회에서 초대 장로가 된 후 평양신학교에 입학했다. 목회자가 되어 광주 북문밖교회, 남문밖교회, 제주도 모슬포교회, 광주중앙교회 등에서 목회하면서도 한센인을 위한 많은 사역을 했다. 1933년에 그가 한센인 500여 명을 데리고 조선총독부까지 행진해서 우가끼 총독과 면담을 한 구라 대행진은 유명한 사건이다. 최흥종 목사는 한센인의 치료와 갱생을 위해서 총독과 담판을 지으러 갔던 것이다.

사랑의 원자탄으로 유명한 손양원 목사보다 22살이 많은 최흥종 목사는 한센인의 아버지라고 불릴 정도로 한센인들에게 유명했다. 손양원 목사보다 덜 알려졌지만, 최흥종 목사가 한 일들은 결코 작은 일들이 아니었다. 많은 일을 하고도 알려지지 않은 분들이 있다. 최흥종 목사의 경우가 그렇다. 요즈음 최흥종 목사에 대해서 조금씩 알려졌지만, 얼마 전까지만 해도 최흥종 목사에 대해서 알고 있는 분들이 그다지 많지 않았다. 문순태씨가 쓴『성자의 지팡이』(다지리출판사)를 보면 최흥종 목사에 대해서 자세히 알 수 있다.

최흥종 목사는 유명해지기 위해서 한센인들을 도운 것이 아니다. 많은 일을 하고도 자신이 한 일을 광고하거나, 사람들에게 알리려고 하지 않았다. 최흥종 목사는 하나님이 기뻐하시는 일을 했다. 사람들이 싫어하더라도 하나님이 기뻐하는 일이라면 타협하지 않았다. 한센인들을 위한 사역이 그랬다. 한센인을 위한 사역을 사람들이 싫어했다. 만약에 최흥종 목사가 한센인들을 돕는 일을 하지 않고, 일반목회만 했다면 유명해질 수도 있었다. 그러나 그는 유명해지는 일이 아닌 하나님이 기뻐하시는 일을 했다. 우리의 기준은 사람의 가치관이 아니라 하나님의 말씀이어야 한다. 그런 의미로 볼 때 최흥종 목사는 하나님의 말씀을 기준으로 따랐다는 것을 알 수 있다.

2) 이단에서 사랑의 원자탄이 된 손연준 전도사

함안에서 3.1 운동의 주동자였던 손종일 장로는 장남 손연준을 일본으로 피신 보냈다. 장남을 염려한 아버지는 일본 땅으로 가는 것이 안전할 것으로 생각하고 내린 결정이었다. 일본으로 간 손연준은 동양선교회 소속인 판교교회의 담임 나까다 주지 목사의 영향으로 구원과 중생의 체험을 하게 된다. 훗날 순회전도자가 되어 많은 교회를 세우게 된 것도 나까다 주지 목사에게 영향을 받았기 때문이다. 또한 무교회주의로 유명한 우찌무라 간조를 통해서 복음의 사회적 사명에 대한 영향을 받았다.

조선으로 돌아온 손연준은 경남성경학교를 나온 후 전도사가 되었다. 손연준 전도사가 부흥회를 인도하면서 전했던 내용이 문제가 되었다. 우찌무라 간조에게 영향받은 대로 설교를 했기 때문이다. 이 일로 인해서 부산 상애원과 경남노회로부터 1932년에 이단으로 정죄를 받게 되었다. 당시 상애원에서는 손연준 전도사에게 선교헌금을 보내서 순회전도를 하며 교회를 세우게 했다. 우찌무라 간조의 영향을 받았던 내용을 그대로 부흥회에서 전했기 때문에 상애원과 경남노회에서 이단으로 정죄가 된 것이다.

손연준 전도사는 이단으로 정죄받은 후 묵묵히 기도했다. 하루아침에 이단으로 정죄된 손 전도사에게 내일이 없을 것처럼 보였다. 부흥회를 인도할 때 강력하게 말씀을 전하던 전도사는 침묵의 시간을 보내야 했다. 자신은 이단이 아니라고 말하고 싶어도 이미 노회에서 정죄를 받은 그가 할 수 있는 일은 아무것도 없어 보였다.

이단으로 정죄받은 손연준 전도사는 평양신학교에 입학했다. 평양신학교 학생이 된다고 과거의 경력이 없어지는 것은 아니다. 평양신학교를 다니면서 손연준 전도사는 얼마나 힘이 들었을까? 그는 고통의 시간을 보내면서 어려움을 잘 극복했다. 그 당시 받았던 고통의 시간들이 참을 수 없는 아픔이었을 것이다. 그러나 그때의 아픔이 훗날 애양원에서 사역하면서 사회로부터 고통당하던 한센인 성도들을 사랑으로 품을 수 있는 원동력이 되었다.

평양신학교를 졸업한 손연준 전도사를 애양원교회에서 청빙했다. 애양원교회의 당회는 손연준 전도사가 이단으로 정죄된 경력을 알면서도 청빙을 한 것이다. 오늘날 이런 일이 일어났다면 어떻게 되었을까? 아마 이력서도 받지 않았을 것이다. 하나님은 훗날 사랑의 원자탄으로 쓰임 받을 수 있도록 애양원교회에서 손연준 전도사를 청빙하게 하신 것이다.

애양원교회에서 기회를 준 것에 감사해서 손연준 전도사는 개명을 했다. 부모님이 지어주신 이름 '연준'을 버리고, 자신에게 사역의 기회를 준 애양원에 감사하는 마음으로 '양원' 두 글자를 자신의 이름으로 사용한 것이다. 당시 사모의 이름은 정쾌조였는데, '쾌조' 대신 '양순'이라는 이름을 붙여서 정양순으로 개명을 했다. 이제 손양원 전도사와 정양순

사모로 불리게 되었다. 훗날 손양원 목사는 이단이었던 자신을 애양원 교회에서 받아 준 것처럼, 동인이와 동신이를 죽인 안재선을 양아들로 받아들인 것이다. 이렇게 해서 손양원 목사가 "사랑의 원자탄"으로 세상에 알려지게 된 것이다.

3) 무너진 소록도교회를 세우라

해방될 때까지 소록도에서 신앙생활을 하던 한센인 성도들은 소록도에 다시 교회가 세워지도록 간절히 기도했다. 그러나 해방이 되어도 한센인 성도들은 관심 밖이었다. 누군가가 소록도에 들어가서 교회를 세워야 했지만, 누구도 들어가려 하지 않았다. 대한민국이 일본으로부터 해방된 날, 소록도에도 해방의 기쁨이 찾아올 것으로 기대했다. 일본의 탄압 때문에 소록도교회가 문이 닫혔지만, 이제는 교회의 문이 다시 열리고, 곧 예배가 회복될 것을 기대했다.

소록도에서 살던 한센인들도 곧 해방과 함께 세상으로 나아갈 수 있다는 꿈에 부풀어 있었다. '희망이 너무 커서 그랬을까?' 그러나 대한민국이 해방의 기쁨을 누리고 있을 때 소록도에서 생각지도 못한 일이 발생했다. 소록도의 직원들과 한센인들 간에 자치권의 문제가 발생했다. 자치권을 놓지 않으려는 직원들이 한센인들을 무차별하게 죽이는 사건이 발생하게 되었다. 직원들에 의해서 84인의 한센인들이 살해되었다. 그 결과 소록도는 해방의 기쁨이 아닌 공포스러운 분위기가 만들어졌다.

소록도교회는 해방된 후에도 한국교회의 관심 밖에 있었다. 수천 명의 성도가 있었지만, 누구 하나 소록도교회 성도들을 돌보려 하지 않았다. 그러던 중 소록도에 관심을 갖은 분이 있었다. 그분은 애양원교회의 손양원 목사였다. 손양원 목사는 소록도에 사는 수천명의 성도들을 목양할 목사를 찾고 있었다. 그러던 중 손양원 목사는 18살 많은 대선배인 김정복 목사를 찾아갔다. 김정복 목사는 고흥읍교회에서 사역을 하고 있었다. 손양원 목사는 소록도에 교회를 세울 수 있도록 김정복 목사를 설득했다.

당시 김정복 목사의 나이가 65세였다. 고령의 나이였기 때문에 소록도에서 목회하는 것이 쉬운 일이 아니었다. 더군다나 홍영 사모의 반대가 있었다. 목회는 사모의 도움이 없이는 많은 제약이 따른다. 사모의 반대는 김정복 목사에게 많은 고민을 하게 했다. 그러나 "부름받아 나선 이 몸 어디든지 가오리다" 찬송을 부르지 않았던가? 하나님께서 김정복 목사에게 사명을 주셨기에 더 이상 거부할 수 없었다. 1946년 4월에 김정복 목사는 한센인 사역을 반대하는 사모를 육지에 남겨놓고 홀로 소록도로 들어갔다.

김정복 목사는 자녀가 없었다. 늘 자녀가 없어서 허전하게 느끼던 김정복 목사는 소록도에서 목회하며 어린 자녀들을 보며 자신의 자녀처럼, 손주처럼 사랑해 주었다. 늘 주머니에 사탕을 가지고 다니면서 만나는 어린이들에게 사탕을 주곤 했다. 김정복 목사는 소록도의 어린이들에게 진정한 아빠였고, 할아버지였다.

김정복 목사가 들어가서 무너졌던 교회를 다시 세우기 시작했다. 사모가 따라오지 않았기 때문에 얼마나 힘이 들었을까? 그러나 하나님의 부르심에 응답하며 교회를 다시 세운다는 사명과 기쁨으로 어려움을 극복할 수 있었다. 김정복 목사의 헌신을 통해서 그동안 단절되었던 예배와 찬양소리가 다시 소록도에서 울려 퍼지게 되었다. 1946년 5월 1일부터 10일까지 손양원 목사를 강사로 불러 부흥회를 통해서 소록도교회를 든든하게 세워나갔다. 하나님은 헌신된 사람을 사용하신다. 김정복 목사는 소록도 성도들을 위해서 하나님께 헌신된 분이었다.

김정복 목사는 누구보다 미래를 내다보는 목회자였다. 4천 명이 넘는 소록도의 한센인 성도들이 신앙으로 설 수 있도록 훈련을 시켜야 했다. 평신도를 훈련시키기 시작했다. 소록도는 각 마을마다 교회가 있었다. 중앙리에 있는 중앙교회에서 관리하지만, 교회마다 자치적으로 움직일 수 있도록 장로와 안수집사 그리고 전도인을 두었다. 평신도에게 많은 권한을 주어서 교회를 섬길 수 있도록 했다. 그렇게 한 이유가 몇 가지 있다. 첫째, 부교역자를 두기가 쉽지 않았기 때문이다. 부교역자를 두더라도 많은 재정이 필요하기 때문이었다. 해방될 당시의 소록도교회는 담임목사 한 가정도 책임지기 힘든 상태였다. 둘째, 많은 성도가 김정복 목사의 목회방침을 기뻐하며 평신도 지도자로 헌신하고 충성했기 때문이다. 이런 이유로 김정복 목사는 평신도들을 훈련시켜서, 한센인 성도들이 교회를 섬길 수 있도록 했다. 이것은 오늘날 평신도사역의 모델이 아닐까 싶다.

김정복 목사는 1946년 4월에 소록도에 들어가서 목회를 하다가 1950년 9월 30일 인민군에 의해서 순교를 당하셨다.

나가는 글

마이너스 성장 속에 있는 교회의 문제를 어떻게 해결할 수 있을까? 세상에 빛과 소금된 기능을 회복할 때에 교회의 문제가 해결될 수 있을 것이다. 교회의 본질이 회복될 때 한국교회가 다시 부흥할 것이다.

110여 년 전에 선한 사마리아인이 되었던 포사이드 선교사와 소록도에 교회를 세운 일본 목회자들 그리고 초기 한센인 선교를 위해 헌신했던 한국 목회자들을 소개했다.

그들은 오직 하나님의 부르심에 응답하여 주어진 사역지에서 충성했다. 그들은 절망 속에 빠진 한센인들을 찾아갔다. 복음으로 소망을 갖게 했다. 가족으로부터 버림받은 그들을 누구보다 사랑했고, 그들과 함께 살았다.

오늘날 한국교회가 잃어버리고 있는 것이 무엇인가? 『한센인에게 복음을 전한 사람들』을 통해 한국교회가 잃어버린 것을 되찾는 기회가 되기를 간절히 바라면서 마무리를 한다.

대학에서는 역사를 전공하여 대구 청구고등학교에서 역사를 가르치다가 부르심을 받아 장로회신학대학교 신대원(M. Div)과 연세대학교 연합신학대학원에서 한국교회사를 전공하고(Th. M), 미국 풀러신학교에서 목회학 박사(D. Min)를 받았다.

1997년 토론토에서 캐나다동신교회를 개척하여 22년간 이민목회를 하고 있다. 소래에서 선교하다 순교한 캐나다 선교사 윌리암 존 맥켄지에게 진 복음의 빚을 갚으러 캐나다로 건너가 복음적이며, 선교지향적이며, 친환경적인 교회를 세워 지역사회에 희망과 영혼구원의 역사를 만들고 있다. 서울 신답교회 부목사, 서울 동신교회 부목사, 최초의 베트남선교사로 파송받아(통합측, 서울 신일교회 후원) 베트남 한인교회 초대목사로 섬겼다.

저서로는 『사이공강은 흐르는데』, 『서울신답교회35년사』, 『다시 희망을 노래하자』가 있다. 해외한인장로회(KPCA) 캐나다동노회 노회장을 역임했고, 아내 양미원목사(토론토대학 목회상담 Ph.D)와 함께 토론토 부부학교 강사, 토론토아버지학교 강사, 미주 부부학교 강사로 활동하고 있고, 슬하에 딸과 아들을 두고 있다.

선교는 계속된다

박 태 겸

26년 전 통합측 최초로 베트남 선교사로 파송 받았던 필자는 현재 캐나다에서 목회하고 있다. 7년마다 안식월을 보냈지만, 이번 안식월은 특별한 시간을 가지려고 한다. 지난 사역을 돌이켜보며 한국에서 『인생미션』이라는 공저 출간을 준비하고 있다. 지난 26년의 결산을 통해서 목회를 더욱 풍성하게 하는 계기가 될 수 있기를 바란다.

1. 나의 영적 고향 베트남 사이공 강

모든 문명은 강으로부터 시작되었다. 인류 최초의 거주지인 에덴에도 강이 있었다. 그 강은 에덴에서 흘러나와 동산을 적시고, 거기서부터 갈라져 네 근원을 이루었다. 여호와 하나님이 아담을 이끌어 그 동산에 두면서 인류의 문명이 탄생하였다. 동산의 중앙에는 선악을 알게 하는 나무와 생명나무가 존재했다. 그곳이 아담의 고향이며, 동시에 인류의 고향이다. 생명나무가 있고, 생명수 강이 흐르는 곳, 바로 그곳이 우리 육신의 고향이다.

나는 신학교에서 공부하면서 언더우드와 윌리암 존 맥켄지 선교사에게 큰 영향을 받았다. 그들을 본받아 선교사가 되어 아무도 찾지 않는 미지의 곳으로 가기로 작정했다. 기도 중에 성령의 인도를 받은 곳이 사이공의 호치민이었다.

인도차이나 반도의 흑진주 베트남은 한국인과 밀접한 관계를 맺으며 근세기를 보내고 있다. 예전에는 월남전쟁과 라이따이한의 문제로 적대적인 관계로 가까이 할 수 없었다. 그러나 한국 기업의 베트남 진출과 박항서 감독의 축구 신화, 한국 총각들과 베트남 여인들의 결혼 그리고 베트남 노동자들의 한국 진출 등을 통해 그 어느 때보다 친밀한 관계를 맺고 있다. 일종의 신용어인 '한베가족'이 탄생한 것이다.

1992년 12월 미국과 베트남 사이의 엠바고가 풀리면서 필자는 1993년 2월에 장로교 통합측 최초의 선교사로 베트남에 파송되었다. 호치민의 상황은 지금처럼 자본주의 물결이 들어오기 전이라 탄손누트 공항에서부터 분위기가 살벌했다. 한국에서 사용하던 기독교 서적을 가지고 간 것이 검열에 걸려 통관에 애를 먹었다. 그후부터 나의 모든 만남과 행위는 베트남 당국에 감시되고 있었다. 그럼에도 불구하고 베트남을 향한 성령의 바람을 막기는 역부족이었다.

수백 명에 불과하던 호지민의 한인들이 이제는 10만 명을 넘어서고 있다. 공인된 한인교회가 한 곳이었으나, 이제 25개 곳의 예배처로 늘어났다.

"오직 성령이 너희에게 임하면 너희가 권능을 받고 예루살렘과 온 유대와 사마리아와 땅끝까지 이르러 내 증인이 되리라"고 하신 말씀처럼 한국에서 일어난 성령의 바람은 중국을 거쳐 마카오와 홍콩을 지나 호치민으로 힘차게 불고 있었다. 나는 그 성령의 바람을 타고 어느새 호치민에 와 있었다.

이곳은 내가 의도한 선교지가 아니었다. 언더우드가 인도로 가려다가 마지막 순간에 "그럼, 조선은 어떻게 하느냐?"라는 하나님의 음성을 듣고 선교의 방향을 조선으로 돌렸듯이 말이다. 내 경우도 일본으로 가려고 했지만, 하나님께서 베트남 호치민으로 인도해 주셨다.

나는 고백할 수 있다. "내가 선교지를 베트남으로 정한 것이 아니라 하나님이 그곳으로 보내셨다." 이 둘의 차이는 무엇일까? 내가 선택한 선교지라면 언제든지 포기할 수 있다. 그러나 하나님이 선택한 선교지라면 하나님의 뜻에 순종해야 한다. 내 마음대로 중단할 수 없다. 22년 전 나는 하나님의 인도 하심을 따라서 베트남에서 캐나다로 옮겨야 했다. 그 이후 베트남은 언젠가 다시 돌아가야 할 영원한 고향 같은 곳이 되었다.

나는 캐나다에서 교회를 개척하여 22년간 이민목회를 하고 있다. 그러나 언제나 생각나는 선교지는 베트남이다. 나는 2~3년 마다 어떤 형태로든 베트남 선교현장을 찾아간다.

베트남의 과일도 좋고, 사람들도 좋고, 공간도 풍요롭고, 바람까지 시원하다. 나에게 베트남은 너무나 매력적인 곳이다. 왜 베트남을 사랑하게 되었냐고 물으면 이유가 없다. 그냥 그들과 함께 있는 것이 좋기 때문이다. 그곳이 영원한 내 마음의 고향 같은 장소이기 때문이다. 그곳에 나의 처음 열정을 심었기 때문이다. 자전거를 오랜만에 타도 뇌가 타는 방법을 기억하듯이 내가 베트남에 오면 처음 선교를 불태웠던 그 마음으로 돌아간다. 나는 베트남에 중독되어 있다.

나는 이민 목회 22년 동안 목회의 안정기를 꿈꾸지 않았다. 내 몸은 26년 전 캐나다로 떠나왔지만, 내 마음은 언제나 베트남의 버려진 영혼들을 향하고 있다. 베트남이 동남아시아에서 신흥강국으로 떠오르고 있다. 그러나 무엇보다 복음으로 무장되는 베트남이 되기를 간절히 바라며 베트남에 진 빚을 갚으려고 한다. 그것은 못다 이룬 선교에 대한 빚이다.

"예수께서 대답하여 이르시되 이 물을 마시는 자마다 다시 목마르려니와 내가 주는 물을 마시는 자는 영원히 목마르지 아니하리니 내가 주는 물은 그 속에서 영생하도록 솟아나는 샘물이 되리라." (요 4:13, 14)

2. 고향의 우물은 위험을 담고 있다.

다윗은 블레셋과의 전쟁이 길어지자 어릴 적에 마시던 고향 베들레헴 성문 곁 우물물을 마시고 싶었다. 다윗의 세 용사가 블레셋 사람의 군대를 충돌하고 지나가서 그 물을 길어 가지고 왔으나 다윗이 마시기를 기뻐하지 아니하고 그 물을 여호와께 부어드렸다. 다윗은 자신의 이기적인 모습으로 세 용사의 생명을 잃을 뻔한 사건을 돌아보며 시험의 늪에서 벗어났다.

베트남 선교는 처음부터 위험의 요소를 담고 시작되었다. 선교에 있어서 가장 중요한 것은 동기이다. 아무리 좋은 일도 선한 동기에서 시작되지 않으면 결코 아름다운 열매를 맺을 수 없다. 선한 동기는 집착과 분노와 욕심이 아니요, 순결한 사랑이다.

다윗은 선한 동기보다 개인적인 욕구 때문에 베들레헴 성문 곁의 우물물을 가져오게 한 것이다. 주님은 무슨 일을 이루시기 전에 먼저 순수한 동기를 물으신다. 아나니아와 삽비라는 선한 마음으로 밭을 드리지 않았다. 그들이 선한 마음으로 헌금을 했다면 얼마나 좋았을까? 그들은 선한 동기로 밭을 드리지 않았다. 결국, 아나니아 부부는 부끄러운 최후를 맞이하게 되었다.

선교를 자신의 유익과 성공의 도구로 이용하려 할 때 주님은 그 길을 막으신다. 아니 훈련의 시간이 더 필요하다. 나는 한국 선교의 영웅과 같은 언더우드가 되려고 했다. 선교의 밀알이었던 맥켄지가 되려는 생각이 없었다. 언더우드가 세운 새문안교회와 연세대학은 많은 선교의 열매를 맺고 있다. 반면 맥켄지 선교사는 소래교회에 부임하여 1년 6개월을 목회하다 열병에 걸려 죽었다. 그의 선교는 미완성으로 끝났다. 그러나 그는 조선 선교에 한 알의 밀알이 되었다.

누구나 위대한 선교사를 꿈꾼다. 위대한 선교사는 하나님이 주시는 은혜요, 선물이지 나의 노력의 대가로 얻는 공로가 아니다. 꿈을 성취하기 위해서는 먼저 희생의 대가를 치를 수 있어야 한다.

나의 베트남 선교의 실패는 너무 조급하게 상대를 알지도 못하고 무모하게 덤벼든 것에 있었다. 나와 함께 베트남 선교사로 부름을 받은 절친이 한 명 있다. 그의 선교 전략은 나와 대조적이었다. 그는 지난 26년간 아무런 선교도 하지 않았다. 그는 철저히 베트남의 언어와 문화를 배우며, 그들과 함께 살아갔다.

베트남이 기독교에 배타적인 것은 지나간 기독교 국가들이 베트남에 행한 악한 행위 때문이다. 베트남의 통일 영웅 호치민은 독립을 위해 기독교에 손을 내밀어 보았지만 모두 그를 외면했다. 그들을 침략한 프랑스와 미국은 모두 기독교 국가였다. 호치민은 제국주의 앞잡이 노릇을 하는 정치적인 기독교인 밖에는 만나보지 못했다. 결국, 호치민이 이끄는 베트남은 기독교에 배타적으로 변해갔다.

나의 절친은 선교의 출발을 내면에서 찾고 선교의 핵심을 회개로 보았다. 베트남 사람들에게 기독교를 전하는 것보다 기독교인의 잘못을 회개하는 것이 우선순위라고 판단했다. 그래서 그는 사전에 모든 것을 인민위원회에 신고하고, 허락되는 부분만 선교하기로 결심했다. 자연히 그의 선교는 대부분 닫히고, 지난 26년간 구제와 봉사에 국한된 일을 할 수밖에 없었다. 그러나 이것이 공산주의 사회에서 기독교가 신뢰를 얻는 진정한 선교적 교회의 모형이 되었다.

베트남 당국은 그가 하는 사역을 보며 서구 선교사와는 다른 모습을 보았다. 그의 선교가 국가와 공동체를 살리는 이타적인 종교임을 발견하자 점점 그를 신뢰하며 사역의 장을 넓혀 주었다. 이 얼마나 놀라운 선교의 전략인가!

다윗과 바울을 내 선교의 모델로 삼고 있다. 그들의 위대함은 바로 회개와 진정성에 기초한다. 다윗은 "주 밖에는 나의 복이 없다"라고 했고, 바울은 "내가 약하지 않고는 주님의 복음이 왕성하게 일어날 수 없다"고 고백한다. 바로 그때 그리스도의 능력이 나와 세상 속에서 강하게 역사하기 시작한다.

선교는 성공하기 위해서 하는 것이 아니다. 나를 죽이고 회개하기 위해서 하는 것이다. 선교는 상대를 이기기 위해서 하는 것이 아니다. 선교란 바로 자기를 부인하는 예수의 성육신 사건의 재현이다. 자신의 뜻을 포기하고 십자가에 죽기까지 순종하신 주님의 낮아짐을 따라가는 삶이다. 그때 선교의 주체가 내가 아닌 성령으로 패러다임이 전환되는 것이다. 이것이 나를 이기고 세상을 이기고 사탄을 이기게 하는 선교의 핵심 가치이다.

인간이 분노를 이기는 길도, 자기 안의 상처를 극복하는 길도, 세상의 유혹을 이기는 길도 오직 성령이 주시는 힘이 아니면 불가능하다.

베트남에서 직접 선교를 하지 못하고, 많은 선교비를 구제와 봉사에 사용하는 것은 위험요소가 매우 큰 상황이었다. 많은 교회가 선교지에 방문하면 보내준 선교비로 교회건물을 잘 건축했는지, 현지인들이 많이 모이고 있는지를 보게 된다.

때로 보이지 않는 곳에 많은 선교비를 사용해야 할 때도 있다. 나의 절친은 많은 헌금을 구제와 봉사와 교육에 사용했다. 처음에는 많은 헌금이 없어지는 것처럼 보였다. 그러나 그렇게 한 결과 베트남 당국으로부터 신뢰를 얻게 되었고, 사역의 장이 점점 넓혀지게 되었다. 때로는 선교비가 낭비되는 것처럼 보일 때가 있어도 선교지의 시선으로 바라보고, 기다려줄 필요가 있다.

3. 캐나다 원주민 선교를 통해 본 선교 동향

나는 23년 전 캐나다 동신교회를 개척하며 주님 앞에 약속한 것이 있다. 그것은 끝까지 선교사의 심령으로 목회하는 것이었다. 그래서 지난 13년 동안 선교 지향적인 목회를 하고 있다. 온두라스와 쿠바 선교, 베트남과 캄보디아 선교, 아프칸과 러시아 선교, 에드먼턴 도시 원주민 선교와 원주민 보호구역 선교이다.

11년 동안 우리는 자동차로 토론토에서 16시간 북쪽에 있는 아롤랜드와 롱렉 원주민 보호구역에 여름과 겨울에 들어가 선교를 하고 있다. 선교를 하면 할수록 한계에 부딪힌다. 그들은 근본적으로 기독교에 적대적인 감정을 갖고 좀처럼 마음의 문을 열지 않고 있다. 그럴 때면 스스로 선교의 한계와 벽을 느낀다.

그들이 유독 기독교에 마음을 닫은 근본적인 원인은 백인들이 원주민 자녀를 위해 만든 '기숙학교' 때문이다. 백인들은 원주민 자녀들을 기숙학교에 수용하여 백인화 작업을 했다. 백인들은 원주민 자녀들이 서구 사회에 적응하기 위해서는 마약과 술에 찌든 원주민 부모의 생활 습관과 주술적 신앙을 떠나 서구적인 문화와 기독교적 환경에서 자라야 한다고 판단했다. 서양 교육을 통해 우수한 백인 문화와 종교를 배워야 원주민 자녀들이 서구사회에 빨리 적응할 수 있다고 믿었다.

이것을 주관한 단체는 캐나다 연합교회와 성공회 그리고 장로교단이었다. 그 결과는 완전한 실패였다. 원주민 자녀들이 자신의 정체성을 버리고 백인화되도록 강요받았지만, 그들은 더욱 깊은 수렁과 우울함에 빠져 무능한 인간이 되어버렸다. 서구화가 복음화는 아니다. 백인화가 기독교화도 아니다. 자신의 문화를 버리는 것이 참된 신앙인이 되는 길도 아니다. 자기가 속한 가정과 사회적 전통을 모두 무시하고 완전히 서구 형태의 교육과 종교만으로 인간을 변화시킬 수 없다는 사실을 절실히 깨달았다. 이는 기독교가 형식화되고, 율법화 되어 내면의 생명을 잃어버린 대표적인 경우이다.

기독교는 또 하나의 종교가 아니라 삶이요, 생명이다. 선교를 무너뜨리는 가장 무서운 적은 종교적 편견과 영적 교만이다. 이때 인간은 진짜가 되지 않고 가짜가 되며, 종교는 생명을 주지 못하고 독선에 빠지게 된다.

어린이 동화책 『벨벳 토끼 인형 The Velveteen Rabbit』에서 어떤 장난감 토끼가 한 아이에게 사랑을 받아 진짜 토끼가 되는 과정을 그리고 있다. 거기에 나이가 많고 지혜로운 스킨호스 장난감이 등장한다. 그 장난감들은 모양과 소리에 있어서 아주 굉장했지만 그들의 자랑은 인간의 사랑을 만나지 못했을 때 결국 아무런 가치도 없는 것이 되고 말았다. 자랑은 결국 그 안에 있는 생명의 본질을 빼앗아 갔다. 우리가 해야 할 자랑은 하나뿐이다. 그것은 나의 약함이다. 하나님의 은혜와 사랑이다. 예레미야는 우리가 해야 할 자랑을 다음과 같이 말씀하고 있다.

"지혜로운 자는 그의 지혜를 자랑하지 말라. 용사는 그의 용맹을 자랑하지 말라. 부자는 그의 부함을 자랑하지 말라. 자랑하는 자는 이것으로 자랑할지니 나를 아는 것과 나는 여호와인 줄 깨닫는 것이다." (렘 9:23,24)

참된 기독교가 되려면 외부의 문화와 형식보다 그 안에 들어 있는 생명과 가치에 초점을 두어야 한다. 바울 선교는 로마의 노예제도를 바꾸는데 목표를 두지 않았다. 그들의 문화와 가치를 인정해주면서도 변하지 않는 복음의 내용과 생명을 불어넣는 것이 선교의 올바른 방향이다. 귀족이든 종이든, 유대인이든 헬라인이든, 할례받은 자든 무할례자든 차별이 없었다. 거기에는 나를 부인하는 내면의 회개와 겸손이 따라야 한다.

바울의 선교가 빛을 발하는 기점이 바로 고린도교회가 분열의 어려움을 통해 선교의 접촉점을 새롭게 발견한 데 있다. 나의 영적 고향인 사이공으로 내려가는 작업이 우선되어야 한다. 이는 변화의 주체가 내가 아니고 주님이시요, 성령님임을 인정하는 길이다. 원주민 자녀들을 끌어내려 백인처럼 만드는 것보다 기독교인이 원주민 속으로 들어가 그들처럼 되는 것이 성육신적인 선교전략이다. 그때 비로소 그들이 하나님의 절대적인 사랑을 깨닫고, 우리의 것을 배우고, 받아들이기 시작할 것이다.

"나에게 이르시기를 내 은혜가 네게 족하도다. 이는 내 능력이 약한 데서 온전하여짐이라 하신지라. 그러므로 도리어 크게 기뻐함으로 나의 여러 약한 것들에 대하여 자랑하리니 이는 그리스도의 능력이 내게 머물게 하려 함이라. 그리므로 내가 그리스도를 위하여 약한 것들과 능욕과 궁핍과 박해와 곤고를 기뻐하노니 이는 약한 그때에 강함이라." (고후12:9,10)

4. 선교와 이민목회에는 교파가 없었다

호치민에 세워진 최초의 한인교회는 '베트남한인연합교회'로 이름을 지었다. 나중 베트남한인교회가 하노이에 한인교회를 개척하면서 이름을 '사이공한인연합교회'로 개명했다. 그 당시 외국인 교회는 하나밖에 승인될 수 없었다.

여기에 다양한 교파에서 신앙생활을 하는 사람들이 한 공동체로 모였다. 그러다 보니 처음에는 많은 갈등을 겪었다. 서로의 구원론이 달랐고, 교회론과 성령에 대한 이해가 각각 달랐다. 뜨거운 사람과 이성적이고 냉철한 사람의 갈등, 남자와 여자의 차이, 감리교인와 장로교인의 간격, 복음주의 신학과 자유주의 신학의 분열, 보수와 진보적 성향이 한 교회 안에 다 섞여 있었다. 세례와 침례의 차이, 유아세례를 부정하는 재침례파 등 너무나 다양한 성도들이 자기들의 목소리를 보이지 않는 중에 조용히 내고 있었다. 한국 사람들만 모였는데도 이렇게 신앙의 형태가 달랐다.

나와 생각이나 신앙의 모습 등이 다른 것은 틀린 것이 아니다. 모든 것을 똑같이 만들려고 하지 말고, 이들의 있는 모습 그대로 인정해 주는 것이 이민목회요, 선교의 현장이다. 나와 다른 사람을 인정해 줄 때 그도 나를 인정해줄 것이다. 내가 그를 바꾸려고 하면, 그도 나를 바꾸려고 할 것이다. 내가 그를 받아줄 때, 그가 나를 받아줄 때 우리는 변화될 것이다.

한 친구가 한국에서 토론토행 비행기를 타고 오면서 가장 많이 들은 영어가 "What kind of... ?" 였다고 한다. "무슨 종류의 음식을 드시겠습니까?", "어떤 샐러드를 드릴까요?", "어떤 드레싱을 선택하실래요?", "무슨 알레르기가 있습니까?", "커피를 어떻게 만들어 드릴까요? 블랙입니까, 더블 더블입니까?", "우유를 넣을까요, 크림을 넣을까요?" 등 모든 것이 상대의 취향과 개성을 존중하여 그들이 원하는 것에 맞추기 위해 힘쓰는 모습을 발견하고 놀랐다고 했다.

우리는 공동체 문화에 익숙해서 다 같이 짜장면을 먹든지 짬뽕을 먹든지 하나로 통일해야 한다는 강박관념에 사로잡혀 살았다. 음식에 오이나 양파를 빼달라고 차마 말하지 못하고, 주는 대로 먹고 집에 와서 설사했다. 회식 자리에서 술을 돌리면 거절하기가 힘들다. 혹시 나의 상관이 돌리는 잔을 거절하면 자신이 거절되는 것으로 여겨져 왕따를 당하지 않을까 염려하며 그냥 받고 만다. 이것이 우리의 체면문화이다.

바울 선교의 위대함은 유대인의 장벽을 넘어 이방인을 위한 선교사로 부름을 받았다는 것이다. 그는 유대인에게는 유대인처럼 행하며 복음을 전했다. 그는 할례받은 선민이지만 할례받지 못한 이방인에게는 할례받지 못한 자처럼 되었다. 귀족들 앞에서는 자신의 로마 시민권을 활용했고, 가난하고 눌리고 병든 자 앞에서는 함께 고통받고 갇히고 매를 맞으며 복음을 전했다. 그렇지만 복음의 본질에 대해서는 타협하지 않았다.

그가 복음을 부끄러워하지 않은 이유는 복음은 모든 믿는 자에게 구원을 주시는 하나님의 능력이 됨을 믿었기 때문이다. 이는 구원의 대상이 유대인이나 헬라인이나, 선민이나 이방인이나, 남자나 여자나, 가난한 자나 부유한 자나, 높은 자나 낮은 자나 차별이 없기 때문이다. 인종과 민족과 언어와 신분과 빈부의 차이를 온전히 극복하고 오직 예수 그리스도를 통한 구원의 복음을 전했다.

복음은 변하지 않지만, 복음을 담는 문화는 끊임없이 변하고 새로워져야 한다. 찬양의 방법이 다르고, 하나님을 만나는 통로가 서로 다른 것을 인정하지 않으면 우리는 많은 젊은이를 잃어버릴 수 있다. 유대 형식주의에 빠진 바리새인을 향한 예수님의 비난이 우리를 향하게 될 것이다.

나의 정체성을 지니는 것이 중요한 만큼 남의 문화와 정체성도 중요하다. 그들을 있는 모습 그대로 받아들일 때 우리가 전하는 복음도 능력있게 전파될 것이다.

그렇다고 다양한 것만 인정하면 힘을 받을 수 없다. 통합은 가만히 있는 것이 아니다. 그것을 하나로 묶는 통일성을 동시에 지녀야 한다. 몸에 많은 지체가 있지만 각 마디를 통해 연결되어 한 머리의 지시를 받아

일사불란하게 움직여야 한다. 손이 발에 나와 같지 않다고 비난할 수 없다. 귀가 입에 너무 시끄럽다고 정죄할 수 없다. 귀의 역할이 있고, 눈의 역할이 있기 때문이다.

이들이 하나로 조화를 이룰 때 온전한 몸을 형성하여 건강하게 살아갈 수 있다. 이것을 연결하는 길이 십자가 사건과 성령강림이다. 주님은 원수 된 하나님과 인간 사이를 십자가로 화평을 이루셨다. 그냥 저절로 하나가 되지 않는다. 성령이 오셔야 가능해진다. 여기에 희생과 섬김의 리더십이 존재한다. 희생과 섬김의 리더십은 단순히 나와 다른 것을 받아들이는 것만이 아니다. 하나님의 직접적인 임재로 인식하지 못할 때도 그를 따라 살아가려는 적극적인 노력을 요구한다. 이런 은혜를 체험하려면 믿음의 위험을 감수해야 한다. 이것이 십자가로 화평을 이루는 길이다.

우리 안에 내재하시는 하나님은 우리와 더불어 상처받고 고통받으며, 우리의 기쁨과 행복에 모두 관여하신다. 하나님의 실재는 우리 마음의 상태와 분리될 수 없다. 우리는 하나님이 우리의 이해를 초월하신다는 것을 기억해야 할 것이다. 이 신비를 통하여 하나님은 성육신 하셔서 우리와 삶을 공유하시며 집착이 아닌 은혜와 사랑과 화평으로 우리에게 다가오신다. 이에 우리는 그분에 대한 신뢰와 믿음이 형성되어 자신의 모든 것을 맡겨도 되겠다는 확신이 설 때 삶의 변화가 시작한다.

5. 다시 가 본 베트남

실패한 곳은 다시 가보고 싶지 않다. 상처가 생각나기 때문이다. 베트남은 항상 아픈 손가락과 같은 곳이었다. 하나님은 나의 상처를 잘 알고 계셨다. 하나님은 나의 아픔을 치유해주기를 원하셨다.

내가 베트남을 떠난 후 16년이 지난 2011년에 결정적인 사건이 일어났다. 생각지도 못했던 일을 통해서 하나님은 나의 아픔을 영광으로 바꾸어 주셨다.

사이공 한인교회 20주년을 맞아 사료를 정리하다가 나의 희생을 발견했다고 한다. 그동안 수면 아래 숨겨져 있던 나의 발자취가 세상 밖으로 나오게 된 것은 전적인 하나님의 은혜였다. 20주년 감사예배를 드리면서 나를 초청하기로 결정했다고 연락이 왔다.

내가 떠남으로 베트남 한인교회는 하나가 되었고, 지금의 부흥하는 교회를 이룰 수 있게 된 것을 알게 되면서 떠났던 베트남 땅을 다시 밟게 되었다. 베트남을 떠나면서 아픔을 갖고 캐나다로 갔지만, 하나님은 내 마음을 헤아리고 계셨다. 하나님은 이렇게 나의 상처를 치유해주셨다.

역사는 우리를 속이지 않는다. 공의로우신 하나님은 모든 것을 합력하여 선을 이루신다. 하나님의 섭리는 너무나 오묘하여 우리의 생각으로 그 깊이를 측량할 수 없다. 하나님이 왜곡된 길을 다시 펴서 열어주실 때 전혀 예상하지 못한 방법을 사용하셨다.

진실은 언제나 오래된 인고의 시간을 먹고야 드러난다. 눈물을 흘리며 희망찬 베트남 선교의 꿈을 접고 몸부림치며 괴로워할 때 어떤 선교사가 내게 건네준 말씀 구절이 있다. "죽은 자가 수족을 베로 동인 채로 나오는데 그 얼굴은 수건에 싸였더라. 예수께서 이르시되 풀어 놓아 다니게 하라 하시니라."(요11:44) 선교의 길이란 내가 매듭을 잡고 원하는 길로 끌고 가는 것이 아니다.

지금은 다 이해가 되지 않는가? 내가 사건의 경위를 일일이 다 설명할 필요가 없다. 주님이 아시고 쓰신다. 좋으신 주님을 믿고 앞으로 나아가라. 성령님이 끈을 풀어주면 주님께서 반드시 매듭을 지어주시는 것을 경험하게 될 것이다.

주님은 빌라도 앞에서 다른 변명을 할 필요가 없었다. 하나님이 허락하지 않으면 아무도 주님을 십자가에 내줄 수 없다는 것을 알고 있었기 때문이다. 그러므로 복음을 전하다가 붙잡혀 심문을 당할 때 무슨 말을 할지 고민하지 말라고 하셨다. 우리 안에서 말하는 이가 내가 아닌 성령이시기 때문이다.

상처로 무너진 선교사의 꿈을 재생시키는 하나님의 사랑은 측량할 수가 없다. 하나님은 한 번도 우리의 기도를 실망시키신 적이 없으시다.

이방인 룻은 모압 땅으로 이민 온 나오미의 아들과 결혼했지만, 남편과 시부는 죽고, 그 가정은 몰락했다. 과부들만 남은 상황에서 나오미는 실패한 이민자로 홀로 베들레헴으로 떠나려고 자부들을 돌려보낸다. 그때 첫째 자부 오르바는 희망이 사라진 나오미 가정을 바라보며 제 갈 길로 갔다. 룻은 홀로 남은 시어머니 나오미를 끝까지 모시겠다고 결단을 했다.

하나님은 룻의 결단과 마음의 중심을 아시고 계셨다. 베들레헴에서 시모 나오미를 섬기기 위해 이삭을 줍는 룻을 위해 하나님께서 보아스를 준비해 주셨다. 이 얼마나 놀라운 섭리인가!

룻은 하나님의 은혜를 입어 보아스와 결혼하게 되었다. 룻은 보아스 사이에서 오벳을 낳고, 오벳은 이새를 낳고, 이새는 다윗을 낳았다. 하나님은 결혼에 실패한 룻에게 다시 기회를 주셨고, 보아스와 재혼하게 하셨다. 더욱이 예수 그리스도의 족보에 들어가는 영광을 누리게 되었다.

십자가에서 무참히 무너졌던 주님을 바라보던 베드로도 절망했었다. 베드로의 발걸음은 주님을 만나기 전에 있었던 갈리리로 행했다. 마치 주님을 모르는 사람처럼 갈릴리에 서 있었다. 그런 그에게 주님이 찾아오셨다. 주님은 베드로에게 두 번째 기회를 주시기 원하셨기 때문이다. 부활하신 주님이 먼저 갈릴리로 가서 제자들을 기다리셨다. 절망과 두려움에 사로잡혀 갈릴리로 돌아간 베드로는 예전처럼 고기를 잡고 있었다. 밤새 그물을 내려보지만, 어찌 된 일인지 빈 그물만 올라왔다.

지쳐 있는 베드로를 행해 누군가가 속삭였다. “얘들아 너희에게 고기가 있느냐? 그물을 배 오른편에 던지라. 그리하면 잡으리라.” 이에 베드로가 그물을 던졌더니 물고기가 많아 그물을 들 수 없었다. 주님은 이미 강가에 숯불을 피워놓고 생선과 떡으로 조반을 준비해 놓고 계셨다. 주님은 이렇게 베드로를 치유해 주고 계셨다. 이제 베드로는 주께로 다가가는 것 외에 다른 선택을 할 수 없었다.

당신은 지금 어떤 형편에 놓여 있는가? 주님이 절망하던 베드로를 찾아가셨던 것처럼 실패한 우리를 찾아오신다. 그곳에서 주님을 다시 만나게 될 것이다. 그곳이 사명을 다시 회복 받고, 새 힘을 얻는 실제적인 자리가 될 것이다. 그 강가는 내 영혼이 부활의 생명을 다시 얻는 역사적인 자리가 된다. 이런 이유로 가장 순수한 믿음의 행위는 언제나 모험처럼 느껴진다.

6. 사역지에서 떨어져 안식할 때 지나간 흔적이 보인다

나는 7년 마다 안식월을 지냈다. 안식년마다 안식월을 지내기는 쉽지 않은 결정이었다. 캐나다 동신교회를 개척하고 22년째를 맞는 올해 3번째 안식월을 지내고 있다.

나는 한국에 올 때마다 늘 숙소 문제로 고민했다. 그런데 올해는 일산 충정교회(옥성석 목사 시무)와 5주간 교환 목회를 하게 되면서 걱정할 필요가 없게 되었다. 교회 강단과 집과 차를 모두 바꾸는 새로운 시도를 했다. 목회자는 새로운 사람들을 만나니 그저 반갑고, 성도들은 새로운 말씀을 들으니 서로에게 신선하게 느껴진다. 무슨 요구나 강요함 없이 주일 강단만 지키고, 나머지는 자유로운 시간을 갖기로 했다.

한적하고 잘 정리된 일산은 내가 사는 캐나다 토론토 근교 옥빌(Oakville)과 비슷한 느낌을 준다. 무엇보다 호수를 끼고 시원한 바람과 울창한 숲을 이루고 있는 일산은 마음의 안식을 준다. 주말이면 호수 곳곳에서 버스킹으로 추억의 음악을 들려줘 고국을 찾은 나에게 옛 정서를 환기시켜 준다.

내가 사는 옥빌은 환상적인 도시이다. 인구 20만 명의 작은 도시 옥빌은 백조의 호수를 연상하는 쟁반의 도시이다. 집에서 걸어서 10분 거리에 있는 옥빌 브론테 항구는 하늘과 땅과 호수가 만나는 천국의 그림자이다. 천국을 말하라면 옥빌을 제외하고 설명하기 힘들 것이다.

옥빌 호수는 하늘과 하나 된 모습이다. 그 호수는 그날의 일기에 따라 팔색조를 띤다. 하늘의 색깔에 따라 날마다 호수는 다른 옷으로 갈아입는다. 바람이 잔잔한 맑은 날이면 19마리의 백조들이 나타나 유유히 발레를 한다. 구름 속을 나는 캐나다 거위들과 청둥오리들과 갈매기들과 다양한 종류의 새들은 환상의 조화를 이루며 아름다운 그림을 그린다. 저절로 찬송이 터진다.

"주 하나님 지으신 모든 세계 내 마음속에 그리워 볼 때 하늘의 별 또 울러 퍼지는 뇌성 주님의 권능 우주에 찾네. 주님의 높고 위대하심을 내 영혼이 찬양하네. 주님의 높고 위대하심을 내 영혼이 찬양하네."

한국 일산과 캐나다 옥빌은 다른 것도 많다. 일산은 하나의 산으로 이루어져 있는데, 옥빌은 온전한 평지이다. 일산은 한국 사람들만 사는데, 옥빌은 백인이 주류를 이루면서 한국, 중국, 인도, 폴란드, 베트남, 필리핀 등 다양한 민족이 한 공동체를 이루며 살고 있다. 일산은 밤에 많은 젊은이가 호숫가로 모이지만, 옥빌은 밤이 되면 아무도 나오지 않는다. 일산의 호숫가에는 백조도 거위도 오리도 갈매기도 보이지 않고 오직 분수대만 보인다. 무엇보다 일산의 호수에는 배들이 보이지 않는다. 옥빌 호수에는 수많은 보트와 돛단배와 범선들이 장착해 있다. 한국이 그 호수에 빠질 만큼 큰 바다이다. 때론 파도가 무섭게 몰아치며, 지옥처럼 잔

인해진다. 호수는 일기의 변화에 따라 민감하게 반응한다.

어쩌면 우리 민족은 단일적인 것에 익숙해져 다양성이 부족한지 모른다. 그리고 한국인들의 삶은 경쟁적이고 그래서 속도가 너무 빠르다.

깊은 영성은 잠시 멈추는 곳에서 일어난다. 일산 호숫가에는 많은 사람이 마스크를 쓰고, 한쪽으로 열심히 걷기에 바쁘다. 물론 일산에도 다정히 그네를 타며 정다운 얘기를 나누는 여유 있는 가족들을 볼 수 있다. 그런데 모두 바쁘게 가느라 지나가는 사람에게 인사를 하거나 여유 있게 미소 짓는 사람들은 많지 않다. 옥빌 호숫가엔 대부분의 사람이 "하이" 인사하며 웃으며 자주 대화를 나누며 지나간다. 옥빌은 한 박자 쉬어가는 멈춤이 보인다.

누가복음 10장에 선한 이웃에 대한 예수님의 비유가 나온다. 한 사람이 여리고로 내려갈 때 강도가 그 옷을 벗기고 때려 거의 죽게 되어 길에 쓰러져 있었다. 제사장도 레위인도 그를 보고 피하여 그냥 지나친다. 그런데 어떤 사마리아 사람은 여행 중 거기에 이르러 멈춰 섰다. 그를 불쌍히 여겨 가까이 가서 기름과 포도주를 그 상처에 붓고 싸매주었다. 자기 짐승에 태워 주막으로 가서 돌보아 주었다.

사랑이란 가던 길을 멈춰 서서 남의 상태를 돌보는 것이다. 내가 익히 하던 것을 멈추고, 다른 일을 하는 것이 안식이다. 이때 평소 보이지 않던 것들이 보인다. 6일 동안 하던 세상일을 멈추고, 주일에는 주님을 경배하는 것이 안식이다. 6년 동안 열심히 달려온 길을 뒤로하고 멈춰 서서 다른 곳을 방문하고 다른 사람을 만나는 것이 안식이다. 안식은 그 자체가 축복이다.

“천지와 만물이 다 이루어지리라. 하나님이 그가 하시던 일을 일곱째 날에 마치시니 그가 하시던 모든 일을 그치고 일곱째 날에 안식하시니라. 하나님이 그 일곱째 날을 복되게 하사 거룩하게 하셨으니 이는 하나님이 그 창조하시며 만드시던 모든 일을 마치시고 그 날에 안식하셨음이니라.” (창2:1-3)

안식은 중단이 아니라 숨을 고르며 목표를 향하여 정조준하는 시간이다. 안식은 나무를 보며 달려가기에 바쁜 삶에서 멀리 떨어져 숲을 보는 시간이다. 안식은 땅으로 향하던 눈을 하늘로 향하여 어깨를 펴는 시간이다. 안식은 깊은 늪으로 끌려들어 가는 삶에서 벗어나서 새로운 미지의 세계로 도전하는 시간이다. 한 길이 막히면 다른 길이 열린다. 한 박자 쉬면 다른 사람이 보인다.

안식을 하면 평소에 느끼지 못한 것을 느낀다. 안식을 하면 평소에 중요하지 않던 일이 보인다. 안식을 하면 평소에 없던 사건을 만난다. 안식은 무엇보다 우리를 육신의 한계에서 영적인 공간으로 안내한다. 안식은 익숙한 일과 사람을 벗어나 잃어버렸던 사람들과 사건들을 만나게 된다.

이번 안식월을 맞이하여 예전과는 다른 시간을 보내고 있다. 특별히 이번 기회를 통해서 몇 가지를 계획했다. 나의 목회와 선교에 대한 비전을 점검하고, 개인적으로 희망하던 일들을 하려고 한다.

먼저, 안식월을 통해서 지난 22년 목회를 돌아보며 내 인생의 미션을 기록으로 남기게 된 것을 하나님께 감사한다. 지금까지 쉼 없이 달려왔기에 깨닫지 못하던 나의 사역을 점검하며, 주님이 기뻐하시는 일에 집중하려 한다. 그런 의미로 이번에 베트남의 몇 분 선교사님들과 국내의 목사님들과 함께 나의 인생미션을 책으로 출간하기 위해 준비할 수 있어서 너무 감사하다.

두 번째로, 24년 전에 선교지를 떠나면서 이루지 못했던 베트남 선교의 꿈을 다시 점검할 수 있게 되어 감사하다. 하나님의 뜻이 계셔서 베트남에서 캐나다로 나의 목회지가 바뀌었지만, 지금까지 한 번도 베트남 땅을 잊은 적이 없다. 2~3년에 한 번씩 베트남 선교를 해왔고, 이제는 캐나다의 원주민들을 선교하고 있다. 안식월을 보내면서 잊고 있던 맥캔지 선교사님의 발자취가 남겨져 있던 그 땅을 밟아보려 한다.

세 번째로, 28년 전 결혼식 때 아버지께서 해주신 결혼반지를 새로 리모델링하는 것이다. 그동안 간직해둔 결혼반지를 가지고 나왔다. 부친께서는 반지를 만드는 기술자요, 보석을 감별하는 감별사였다. 내가 약혼할 때 아버지께서 손수 십자가로 수놓은 은반지를 선물로 주셨다. 결혼할 때 우리 부부에게 다이아몬드와 진주반지 6세트를 직접 만들어 주셨다. 가난한 목회자의 결혼식에 이런 선물을 받은 것은 놀라운 선물이었다.

아버지는 부도를 당해 모든 것을 잃어버렸지만, 아들의 결혼을 위해 비밀스럽게 보석을 숨겨 놓았다. 우리는 실패하여 모든 것을 잃어버려도 하나님은 우리에게 전해줄 놀라운 선물을 숨겨 놓고 계신다. 리모델링한 반지를 손에 끼면서 아버지의 숨은 사랑에 다시 한 번 감격했다.

내가 아무도 가지 않던 베트남 선교사의 길을 정직히 걸어가려 할 때 하나님은 그 방향을 캐나다 이민 목회의 자리로 옮기셨다. 지금도 주님은 나를 리모델링하여 꼭 필요한 곳에 사용하시려고 일산 호수를 걷게 하신다.

하나님께서 6일 동안 천지를 창조하신 후 안식하셨다. 하나님은 아담과 하와에게 안식일을 선물로 주셨다. 하나님은 안식일을 통해서 오직 하나님께만 집중하기를 원하셨다. 이번 안식월이 오직 하나님께 집중하며, 나의 사역을 점검해서, 하나님께서 기뻐하시는 목회를 회복하는 시간이기를 바란다.

이제 다음 안식월을 맞이하기 위해서 힘차게 출발을 한다.

신학교를 졸업하고 한국과 베트남이 수교 되기 직전인 1992년 말에 자비량 선교사로 파송 받았다. 섬유회사 지사장으로 근무하며 한국의 본사가 부도가 나고 베트남 지사가 경영난을 겪었다. 한국으로 돌아갈 수도 없는 국제 미아의 상태에서 절망과 실의에 빠져 선교를 포기할 수밖에 없는 상황에 빠지기도 하였다.

모든 역경을 극복하고 현재는 베트남에서 30여 년간 꿋꿋이 선교사로 헌신하고 있다. 2010년부터는 호치민에 새빛교회를 시작하였다. 베트남 선교를 하면서 수많은 아픔과 기쁨을 경험하며 현장에서 체험한 경험을 바탕으로 베트남 선교뿐만 아니라 인도차이나 반도 선교를 위해 기도하고 있다. 서울 배명고등학교와 칼빈 신학교, 그리고 개혁신학원을 수료하였다.

예배를 자유롭게 드릴 수 없는 환경 속에서 안타까운 마음으로 기도하며 준비하던 중 베트남 정부로부터 외국인 목사 1호 예배처소 교회로 공인을 받았다. 성경 역사에 탁월한 통찰력을 가지고 있고, 신구약 중간사를 연구하여 강의하며 열정적으로 목회에 전념하고 있다.

베트남을 넘어 인도차이나를 품다

강 명 규

1. 쓸모없는 놈

'쓸모없는 놈'이라는 말은 '존재 가치도 없다'는 말로 당사자에게는 치욕적인 이야기가 아닐 수 없다. 누구나 이 세상을 살아가면서 쓸모 있고, 가치 있는 사람으로 평가받기를 원하지만 어디 그것이 쉽던가?

그 날은 유난히 피곤했다. 새벽기도회를 시작으로 한 주간에 두 번 있는 장년 성경공부, 교구별 심방, 한인교회 청년부 수련회 준비, 개인적인 선교 사역인 냐짱지역 사랑의 집짓기 사역 그리고 저녁에는 현지인 청년들과의 '게데온 선교회 기도회 모임' 등의 일로 동분서주했다.

점심을 먹고 피곤한 몸을 제대로 가누지 못하고 쇼파에 누어 잠시 쉬고 있었다. 갑자기 '쓸모없는 놈'이라는 책망의 소리가 천둥 치듯이 들려왔다. 깜짝 놀라 눈을 뜨니 꿈이다. 꿈인데 너무 생생하여 꿈같지 않았다. 커피 한잔으로 정신을 차리며 도대체 무슨 일이 있었던 거지? 기억의 필름을 되돌려 보았더니 그곳에 학창시절 우리를 지도해 주셨던 선생님이 호통을 치고 계셨다. 뒤늦게 신학을 하셔서 지금은 목사님이 되셨다. 존경하던 신앙의 멘토였던 선생님이셨다. 그분이 나에게 호통을 치시는 것이었다.

혼자서 기차를 타고 어디론가 가고 있었다. 기차 안은 한가하고 조용했으며 차창으로 보이는 들판에는 벼가 누렇게 익어가고 있었다. 신선한 공기를 마시고 싶어서 끙끙거리며 창문을 들어 올리려 했지만 꿈쩍도 하지 않았다. 갑자기 승무원 옷을 입고 나타나신 선생님께서 소리를 지르신 것이다. 기억의 필름이 이곳까지 이르자 서운하고 화가 났다. 왜 내가 쓸모없는 놈이란 말인가? 내가 요즈음 얼마나 열심히 주의 일에 헌신하며 사역을 하고 있는데…. 도대체 내가 무엇을 얼마나 더 해야 한단 말인가? 열악한 환경 가운데서 이만큼 하면 격려와 칭찬도 모자랄 판인데 내가 쓸모없다니….

갑자기 마태복음 25장에 기록된 달란트의 비유가 떠오른다. 주인은 한 달란트 받은 종에게 쓸모없는 놈, 가치도 없는 놈이라고 혼을 내면서 밖으로 쫓아버렸다. 달란트를 나눠준 주인의 입장에서 보면 한 달란트 받은 종도 쓸모 있는 종이었을 것이다. 비록 금액은 차이가 나더라도 자신이 받은 한 달란트만큼의 쓸모가 있는 종이었을 것이다. 그런데 자신의 역량을 발휘하지 못했기 때문에 주인에게 호되게 꾸지람을 받고, 그 집에서 쫓겨났다.

지난날 내가 속한 크고 작은 공동체에서 쓸모 있는 사람으로 인정받고, 칭찬받으며 생활할 수 있었던 사건이 있었다. 초등학교 때의 일이었다. 그 일은 작은 사건이었지만 누군가에게 쓸모 있는 사람으로 인정되는 최초의 순간이기도 했다.

5학년이 된 어느 날, 선생님께서 물 당번할 사람은 손을 들어 보라고 하셨을 때, 나는 거침없이 오른손을 번쩍 들었다. 손을 든 학생은 오직 나 하나뿐이었다. 그 날 이후로 내 몸집만 한 노란색 양은 주전자에 수돗물을 받아 물을 떠다 날르는 '주전자 맨'이 되었다. 운동장에 있는 수돗가에서부터 3층에 있는 교실까지 물을 나르는 일은 힘든 일이었다. 그러나 머리를 쓰다듬어 주시며, 칭찬해 주시는 선생님의 격려가 있었기 때문에 힘든 줄 몰랐다.

그렇게 몇 달 동안 물 당번을 하자 학교에서 표창장을 주었다. 선행을 한 학생들을 찾아내어 표창장을 주고, 교실 문 옆에 그 표창장을 게시했다. 그런 영광의 기쁨을 내가 받게 되었다. 오랜 세월이 지나 그 표창장은 없어졌지만, 지금도 그 문구만큼은 생생하게 기억난다.

"위의 학생은 반을 위해 헌신적으로 물 당번을 잘하였기에 청량의 '고·미·안' 어린이로 표창합니다." '고·미·안'은 '고맙습니다', '미안합니다', '안녕하세요'라는 뜻으로, 예의 바르고 쓸모 있는 청량초등학교의 어린이로서 삶에서 '고·미·안'을 실천할 줄 아는 사람이라는 뜻이다.

그 이후로 사회생활을 하면서도 공동체를 위한 나의 섬김과 헌신은 끊임없이 지속되었다. 베트남에 와서도 열정을 가지고 사역에 헌신해 왔는데, 왜 내가 쓸모없는 놈이라는 말인가?

가끔 인간을 곤충에 비유하기도 한다. 거미 같은 인생, 개미 같은 인생, 꿀벌 같은 인생으로 비유하며, 꿀벌 같은 인생이 쓸모 있는 인생이라고 한다. 쓸모 있는 인생과 쓸모없는 인생이 있다. 인생이 세상에 한 번 태어났으면 쓸모 있는 인생을 살아야 한다. 이것이 하나님께서 인생을 세상에 보내신 목적이다.

어떤 이들은 하나님의 목적을 잘 알아서 쓸모 있는 인생을 살아가지만, 어떤 이들은 깨닫지 못하고 쓸모없는 인생으로 살아간다.

복음주의 목회자 중에 좋아하는 A. W. 토저 목사가 있다. 그는 『하나님이 평생 쓰신 사람』이라는 책에서 이렇게 이야기하고 있다. "녹슬어 버려지기보다 쓰임 받아 닳아 없어지는 것이 낫다."

핸드폰을 사용하다 보면 밧데리의 수명이 다 되어서 버려야 할 때가 있다. 수명이 다 된 밧데리는 더 이상 쓸모가 없기에 버리고, 새것으로 교체해야 한다. 컴퓨터에는 포맷(format)이나 리셋(reset) 의 기능이 있어서 필요에 따라 지워버리고 새로 만들 수 있다. 기계들은 쓸모없으면 버리고 새것을 사고, 컴퓨터는 포맷하여 리셋하면 되지만, 사람은 쓸모없다고 버릴 수 있는 것이 아니다. 하나님 앞에는 쓸모없는 사람은 없다. 사랑의 하나님께서 쓸모없던 인간을 위해서 독생자 예수님의 생명을 십자가에 내어주셔서 쓸모 있는 인간으로 만들어 주셨다. 우리는 그 하나님께 감사해야 한다.

찜찜한 기분으로 사무실에 출근하여 동역하는 목회자들과 꿈 이야기를 했다. 꿈은 반대라고 말하며 앞으로 큰일을 할 것 같다고 덕담과 위로의 말들을 건넨다.

동역자들의 덕담과 같이 꿈은 반대라는 말로 굳이 위로를 받으며 그 날을 보냈다. 오랜 세월이 흐른 지금도 생생하게 '쓸모없는 놈'이라는 말이 기억난다. 그 말을 떠올리며 오늘도 베트남 선교를 위해서 열심히 사역한다. 조금 나태해지려고 할 때마다 나는 '쓸모없는 놈'이 아닌 '쓸모있는 놈'이 되고자 사역에 집중하려고 한다.

그때 꾸었던 꿈 때문에 한동안 기분이 나빴다. 그러나 그 꿈 때문에 오히려 나의 사역을 더욱 깨어있게 하는 계기가 되었다. '잘하였다, 충성된 종아'라는 말씀을 듣기 위해서 더욱 깨어 있는 사역자가 되어야겠다고 오늘도 다짐해 본다.

2. 에고 창피해!

에고 창피해! 신학교 4년 동안 무엇을 배웠단 말인가?

바쁜 주일을 보내고 잠자리에 들기 전에 하루 일을 정리하며 묵상하는 시간이었다. 낮에 주일학교 설교시간에 말씀을 전했던 일이 떠올랐다. 마태복음 7장을 본문으로 '비판하지 말자!'라는 제목의 말씀이었다. 설교 시작 전부터 아이들을 집중시키지 못했다. 무슨 말씀을 어떻게 전했는지도 모르게 설교가 끝났는데 '들보'라는 단어 하나가 머릿속에 스쳤다. 순간 갑자기 얼굴이 확 달아오르는 것 같은 부끄러움이 느껴졌다.

'어찌하여 형제의 눈 속에 있는 티는 보고 네 눈 속에 있는 들보는 깨닫지 못하느냐?' 자신을 돌아보라는 예수님의 교훈의 말씀이었다. 들보는 집을 지을 때 기둥과 기둥을 연결하는 큰 나무를 이야기하는 것이다. 그런데 나는 엉뚱하게 방에 들어갈 때 신발을 벗어놓는 섬돌을 들보라고 설명했다.

그때 일이 생각나는 순간 정신이 아찔했다. 아이들은 들보가 무엇인지 섬돌이 무엇인지 관심도 없었을 것이다. 그러나 나 자신에게는 용납할 수 없는 일이었기에 부끄러워 한동안 멍하니 벽만 쳐다보았다. 그 자리에 함께 있었던 교사들이 나를 어떻게 생각할까를 상상하니 무식하다 못해 상 무식해 보였다. 나 자신의 벌거벗은 듯한 수치심 때문에 잠을 이룰 수가 없었다.

수치심을 느끼는 것은 일반적으로 우리가 어떤 일을 잘못 처리했을 때 느끼는 감정이다. 자신이 잘못한 어떤 일들이 주변에 알려졌을 때 내가 못난 사람처럼 느껴지는 감정의 다른 이름이다. 이럴 때 우리는 '에고 창피해!' 라는 말로 자신을 질책하게 된다. 이 수치심을 어떻게 극복하느냐는 사람마다 조금씩 다를 수 있으나 그 수치심을 통해 더 나은 삶을 만들어 가는 것은 지혜로운 자일 것이다.

이론은 폐기되었지만, 용어는 아직도 사용하고 있는 히포크라테스의 기질 중에 다혈질이라는 것이 있다. 이 기질을 가지고 있는 사람은 활기차고 열정적인 성격으로 많은 사람을 즐겁게 해주기도 하지만, 외부의 자극에 쉽게 마음이 동요되며 급하고 말이 앞서기 때문에 실수도 많이 나타난다. 심할 경우 자신의 행동으로 인하여 커다란 수치심을 느끼기도 한다.

예수님의 제자 중 베드로가 그런 사람이었다. 예수님께 칭찬도 받았지만, 책망도 끊이질 않았다. 급기야 그는 예수님을 세 번이나 모른다고 부인했다. 고통받으시는 예수님을 부인했다는 양심의 가책이 수치심이 되어 밖으로 뛰쳐나가 펑펑 울었던 베드로였다. 그러나 베드로는 수치심으로 좌절하기보다 기도하며 다시 일어나서 초대교회의 커다란 기둥으로 쓰임을 받았다.

벌거벗은 듯한 수치심을 느끼며 '왜 이러한 일이 생겼을까'를 돌아보았다. 아이들이라고 대충대충 준비한 것이 문제였다. 설교자는 어른이든 어린이든 누구 앞에서 설교하든지 하나님 앞에 서 있는 것 같은 떨림과 두려움이 있어야 한다. 그날은 그런 기본적인 것을 무시해 버렸으니 목회자로서 부끄럽기 짝이 없었다.

'전화위복'은 '재앙이 오히려 복이 되어 돌아온다'는 의미의 사자성어이다. 나에게 '들보사건'은 전화위복의 기회가 되었다. 그 일 이후 말씀을 준비할 때마다 성경 본문이 말씀하시고자 하는 정확한 의미를 파악해서 성도들과 함께 나누고 있다. 신임 전도사 때 그런 일을 경험했기에 다행이지, 지금도 그런 오류를 범한다면 얼마나 창피할까?

어느 날 하나님께서 "내가 너를 귀하게 사용하고 싶구나"라고 말씀하셨을 때, 나는 그 의미를 알지 못했다. 하나님께서 사용하신다면 인류사회를 위해 커다란 일을 하는 위대한 인물이 된다는 기대만 했다. 그 이면에 있는 고난은 생각지도 못했다. 그렇게 시작된 하나님과의 동행에 얼마나 많은 아픔과 좌절과 고통이 따르던지, 차라리 하나님이 나를 사용하지 않으시면 좋겠다는 푸념까지 쏟아 놓았다.

성경에 비판하지 말라고 했는데 얼마나 많은 사람이 비판하는가? 앞에서는 칭찬하는 듯하지만, 뒤에서는 교사들과 항존 직분자들을 비난하고, 버릇없는 아이들의 부모들을 비난한다. 심지어 담임 목회자를 비난하는 일들이 버젓이 일어나고 있다. 현실 속에서 많은 사람이 이렇게 이중적인 모습으로 살아가는 것이 일상화되어버렸다.

아주 오래전에 아이들에게 비판하지 말라고 가르쳤다. 그 후로 세월이 흘러 조금은 성숙해진 모습을 갖게 되었다. 옛일들을 되돌아보니 수없이 남을 비판하며 살아왔던 지나온 과거가 부끄럽다. 이것은 단순히 단어의 해석을 잘못해서 느끼는 수치심이 아니라 잘못 살아온 삶에 대한 부끄러움이다. 비판은 자기 의에서 나온다. 인생을 어느 정도 살다 보면 지식도 생기고, 상식도 제법 생기게 된다. 그 제법 생긴 알량한 지식과 상식 쪼가리들이 어느새 내 의를 이루고, 타인의 충고는 거부하고, 자신의 논리를 내세워 상대방을 정죄하곤 한다.

신약시대에 종교 지도자들이었던 바리새인들이 그랬다. 율법의 진정한 의미는 버려둔 채 형식만 남아 있는 율법의 세부조항들을 가지고 메시야로 오신 예수님을 비난하기에 바빴다. 그 비난은 메시야를 십자가에 못 박는 무서운 죄로 발전했다.

바리새인들의 비판은 대를 이어 내려온 가문의 가업이었다. 그들은 자신들의 의를 내세워 누군가를 비판하는 것을 천직으로 여기고 있었다. 수많은 사람이 그들에 의해 비판을 받아 왔다. 그러나 오늘날 신약성경을 읽는 독자들은 그들을 비판한다. "비판을 받지 아니하려거든 비판하지 마라. 너희의 비판하는 그것으로 너희가 비판을 받게 될 것이다."

예수님의 말씀처럼 많은 사람들을 비판하던 바리새인들이 이제는 비판을 받는 것이다.

인생을 살면서 창피한 순간들이 얼마나 많은가? 실수해서 겪는 창피는 고치면 되겠지만, 완악함에서 오는 창피는 수치를 동반하게 되지 않던가?

마태복음에 기록된 양과 염소의 비유에서 세상 심판 날에 수치를 겪는 무리를 만날 수 있다. 심판 주이신 주님께서 그들을 책망하신다. “저주를 받은 자들아! 나를 떠나 마귀와 그 사자들을 위하여 예비된 영원한 불에 들어가라.” 책망과 저주의 말씀은 그들에게 창피를 넘어 영생과 영벌의 문제가 되었으니 내가 세상 마지막 날에 수치를 당하지 않으려면 어떻게 살아야 할까?

3. 꽃밭 가꾸는 목사

교회 입구에 조그만 화단이 있다. 그곳에 가끔 물을 주며 꽃나무들이 자라는 것을 보면서 성도들의 신앙도 이렇게 자랐으면 좋겠다는 마음을 가져본다.

꽃밭을 정성 들여 가꾸는 여자 집사님이 있다. 바쁜 가운데에서도 늦은 저녁 시간까지 꽃들을 가꾸느라 수고가 이만저만이 아니다. 꽃이 시들면 뽑아버리고, 꽃들을 사다 심는다. 시들은 꽃나무를 뽑아 버릴 때마다 집사님의 마음이 편치 않아 보인다. 교회 일이라는 것이 다 그렇듯이 귀찮은 일은 처음 맡은 사람의 몫으로 돌아간다. 폼나고 생색나는 일이야 누가 시작하든 서로 하려고 할 것이다. 하지만 귀찮은 일이야 어디 그런가? 평소에 많은 일 때문에 바쁜 집사님은 피곤할 텐데도 불평 한마디 없다. 꽃밭을 가꾸시는 집사님의 그런 모습이 귀하다.

베트남에서 한인교회를 개척해서 섬기다 보니 어려움이 한둘이 아니다. 대외적으로는 지역 인민위원회에서 예배 허가를 받아야 한다. 내부적으로는 소외된 성도들과 아직 신앙적으로 미성숙한 성도들을 돌봐야 한다. 모두 쉽지 않은 사역이지만 하나님께서 주신 거룩한 사명이기에 눈물로 기도하며 주님을 섬기는 마음으로 섬긴다. 기쁨으로 꽃밭을 가꾸는 집사님 같은 성도들이 있기에 힘을 내어 목회 사역을 감당한다.

며칠 전에도 집사님은 늦은 시간에 와서 새로운 꽃나무를 심고 있었다. 그런 모습이 너무 귀하고 아름다워 보였다. 시내를 나갔다가 돌아오는 길에 집사님의 수고를 생각하며 꽃나무 몇 그루를 사 왔다. 오토바이에 싣고 오는데 여간 힘든 것이 아니었다. 푹푹 찌는 날씨에 꽃나무를 심고 물을 주는데 장난이 아니다. 나무를 심은 후 물 조리개로 고작 예닐곱 번 물을 주는데 온몸에 땀은 어찌 그리도 많이 나던지….

새삼 꽃밭을 정성껏 가꾸는 집사님의 수고가 더 귀하게 여겨져 주님께 간절한 기도를 올린다. "하나님! 꽃밭 가꾸는 아름다운 마음으로 하나님 나라를 가꾸어가게 하옵소서!"

교회를 개척하여 6개월 남짓 되니 주변에 홍보가 되어 새 가족들이 한두 명씩 늘어나기 시작했다. 마치 화단에 예쁜 꽃나무들이 하나둘씩 심어지는 느낌이었다.

어느 주일에 '천사 집사님', '예쁜 집사님', '착한 집사님'이라는 수식어가 붙은 집사님이 초등학교 다니는 남매를 데리고 등록을 했다. 그 집사님은 한국에 있을 때 중형교회를 출석하며 안정적인 신앙생활을 했던 분이었다. 교민 잡지의 광고를 보고 교회를 오게 되었는데, 한국에서 섬기던 교회에 비해 작아도 너무 작은 교회였기에 조금은 어색하게 예배를 드리는 듯 보였다. 예배를 마치고 집에 돌아가자 교회를 다니지 않는 남편이 묻는다.

"교회는 커?"

"구역은 있어?"

"구역도 없는 그런 작은 교회를 다닐 거야?" 등등.

요즘 성도들은 교회 규모에 관심이 더 많은 것 같다. 우리가 흔히 말하는 대형교회들은 시스템으로 돌아간다고 하지 않던가? 대형교회들은 잘 훈련된 분들이 새로 오는 성도들을 세심하게 잘 돌봐준다. 덕분에 대형교회는 성도들이 점점 더 늘어나고 있다. 그렇다고 그들이 모두 신앙의 성숙한 단계까지 이르는 것은 아닌데도 왠지 대형교회에 다니면 자신이 뭔가 대단해진 것 같이 어깨가 으쓱해진다.

남편의 철없어 보이는 질문에 그 집사님이 명쾌한 답을 한다. "내가 구역장이 돼서 섬기면 되지." 어디서 그런 재치 있고 성숙한 신앙인의 대답이 나왔을까? 참 기특하고, 예쁘기도 하다.

그리스도인의 말에는 하나님이 주시는 권세가 있는데 하나님께서는 그 집사님의 말에 권세를 주셔서 한국으로 귀국하기 전까지 몇 년간 충성스런 구역장으로 섬겼다. 이런 분들을 볼 때마다 꽃나무들이 자리를 잘 잡아 예쁜 꽃들을 활짝 피우는 것을 바라보는 듯한 행복과 기쁨이 있다.

목회에서 행복한 일들만 있는 것이 아님을 알기에 긴장의 끈을 붙잡으며 기도하지 않을 수 없다. "하나님이 아시겠지?" 라는 말은 언뜻 듣기에 성숙한 신앙인의 거룩한 고백같이 들려지기도 한다.

남편과 이혼하고 오랜 세월 동안 아들 잘되기만 바라며 근근이 살아가던 집사님이 있다. 지인의 배려로 샌드위치 노점을 차릴 수 있었다. 맛도 좋았지만 도와주려는 성도들이 단골이 되어 팔아 주고, 홍보해주자 장사가 잘 되었다.

그런데 장사가 잘 된 것이 화근이었다. 점점 욕심이 생겼는가 보다. 장사하느라 주일날 자주 빠지자 노점을 차릴 수 있도록 여러 면에서 도움을 주었던 집사님이 찾아갔다. "내일은 주일이니 교회에 다녀와서 장사하자"고 권면을 하자 대뜸 하는 소리가 "내 형편 하나님이 아시겠지?" 였다. 그리고 주일에 교회를 나오지 않고, 장사를 계속했다. 그동안 경제적으로 어렵게 사는 가운데서도 교회에 나갔는데 하나님께서 형편을 잘 아시고 그 보상으로 장사가 잘되게 해주시는데 '주일 몇 번 빠져도 하나님께서 이해해 주시겠지!' 라는 논리일 것이다.

물론 하나님은 성도들의 형편을 잘 알고 계신다. 전지전능하신 하나님이라고 하지 않는가? 하나님이 형편을 아시기에 일 할 기회를 주시고, 살아갈 수 있는 환경을 주신다. 그동안 일 하지 못하다가 일 할 수 있는 여건을 주셨으면 감사하고 예배를 잘 드려야 하지 않는가? 그런데 "내 형편 하나님이 아시겠지?" 라는 말로 자신의 삶을 합리화해 버리니 하나님의 마음이 얼마나 답답하셨을까?

베트남어 중에 '뜩~꽈'라는 단어가 있다. 베트남 사람들이 이 말을 사용할 때는 자신의 손으로 가슴을 두세 번 치며 "뜩~꽈"라고 이야기한다. 우리가 흔히 사용하는 "어휴! 답답해" 라는 의미이다.

집사님의 모습을 보시는 하나님이 이렇게 가슴을 치며 "아휴~ 답답해" 하시지 않을까? 심방을 가서 하나님의 백성에게는 예배가 가장 우선시 되어야 하며, 그것이 마땅히 해야 할 일이라고 권면을 했다. 그러나 "소귀에 경 읽기"다.

꽃밭을 가꾸다 보면 어떤 꽃나무들은 윤기 있게 꽃을 피워 가꾸는 이나 보는 이들에게 기쁨과 행복을 주기도 한다. 하지만 어떤 꽃들은 시들해져서 꽃망울도 피우지 못하고 사그라지는 것들이 있다. 목회는 꽃밭을 가꾸는 사람들의 마음과 비슷한 것 같다. 자신이 정성껏 꽃밭을 가꾸었음에도 시들어 가는 꽃나무들을 볼 때, 마음이 편치 않을 것이다. 목회의 현장에서 신앙이 성장하지 못하는 성도들을 볼 때, 목회자의 마음도 그렇다.

꽃밭에 아름다운 꽃들을 활짝 피운 꽃나무들처럼, 목회에도 아름다운 열매들이 주렁주렁 열렸으면 좋겠다. 요즘 들어 꽃밭을 가꾸던 집사님 생각이 더욱 많이 난다.

4. 가자! 인도차이나 반도를 향해

지정학적으로 인도차이나 반도는 인도의 동쪽, 중국의 남쪽, 아시아의 남동쪽에 자리 잡은 동남아시아의 반도이다. 영국, 프랑스 등의 열강들에 의해 식민지로 다스려졌던 슬픈 민족의 역사를 간직한 채 살아가는 민족들이다. 저자가 30여 년째 살아가고 있는 베트남은 그 가운데서도 근대사가 전쟁으로 얼룩진 아픔이 있는 민족이다.

아내는 우리가 사는 베트남을 소개할 때 '내 나라' 라고 한다. 조국인 대한민국은 '우리나라' 라고 한다. 아내가 베트남을 대한민국과 같이 사랑한다는 의미가 담겨 있는 말이다. 아내가 말하는 내 나라 베트남은 서구 열강의 식민정책과 전쟁의 아픔 속에서도 꿋꿋하게 버텨온 자랑스러운 민족이다. 오랜 세월 동안 살면서 삶의 현장에서 느끼고 경험한 베트남은 인도차이나 반도 선교의 허브가 될 것이다.

수많은 민족적 어려움을 겪는 과정에서도 베트남 교회는 비교적 신앙의 인프라를 잘 형성해 왔다. 1911년 미국에서 활동하는 기독교 선교연합회에서 다낭에 선교사를 파송했다. 이렇게 복음이 들어온 뒤로 복음의 불길은 활발하게 번져나가 전국 61개 성으로 복음이 전파되었다. 1, 2차 인도차이나 전쟁을 치르는 숱한 어려움을 겪는 중에도 복음은 생명력 있게 뿌리를 내리고 성장해 갔다.

1975년 북베트남에 의해 민족이 통일되었지만, 기독교는 최악의 어려움을 겪게 된다. 그 어려움 중에서 우리의 마음을 가장 아프게 했던 것은 1976년에 신학교가 폐교되는 사건이었다. 복음이 들어 온 지 약 65년 만의 위기였지만, 베트남 교회는 그렇게 쉽게 무너지지 않았다.

역경 가운데서도 목회자와 성도들이 믿음을 굳게 지켜왔다. 하나님께서 그들의 믿음을 보시고 은혜를 내려주셔서 베트남 정부가 개방 정책을 펴면서 복음의 문이 활짝 열리는 쾌거를 이루게 되었다. 그동안 간절하게 기도하던 신학교 문제도 해결되었다. 베트남 정부가 공식적으로 신학교를 승인하며 다시 개교하게 되었고, 목회자를 배출하게 되었다.

그뿐만 아니라 2006년까지 '베트남 복음성회(CMA)' 한 곳만 공인되어 활동하였으나, 현재에는 10여 개 이상의 교단이 공인되어 활동하고 있다. 그로 인하여 전국적으로 교회가 급속하게 성장하고 있다.

2011년에 기독교 100주년 기념 대회가 복음이 처음 들어온 다낭에서 개최되었다. 집행부 발표에 의하면, 100만 명이 넘는 성도들이 베트남과 인도차이나 반도의 복음화를 위해 헌신을 다짐하기도 했다고 한다. 이러한 신앙의 인프라로 인하여 베트남은 인도차이나 반도의 선교를 감당할 만한 충분한 힘을 가지고 있는 나라로 손색이 없게 되었다. 특히 베트남은 타민족에 비해 기독교 문화 수용이 쉽다. 대부분의 동남아 국가들은 불교가 국가의 근본을 이룬다. 흔히 하는 말로 '뼈 속까지 불교'라는 것이다.

캄보디아 선교사들에게 들은 바에 의하면, 사역자로 양육하여 교회에서 사역하고 있음에도 전도사로서 결혼식은 불교 사원에 가서 한다고 한다. 또한, 이력서를 기록할 때에도 직업란에는 전도사인데, 종교는 불교라고 적는다고 한다. 몰라서 그러는 건지 뼛속까지 불교라서 그런 건지 알 수 없는 일이다. 캄보디아에서는 절에서 운영하는 유치원에 다니며 초등학교 다닐 때도 수업이 끝나면 집으로 가기보다 절 마당에서 공을 차거나 놀이를 하다가 돌아간다고 한다. 그렇게 불교문화에 깊이 젖어 있는 사람들에게 복음을 전하기가 쉽지 않다.

그러나 베트남 민족은 100여 년간 프랑스 천주교의 영향으로 동남아 다른 나라들보다 기독교에 대한 거부감이 상대적으로 적다. 그러므로 베트남은 인도차이나 반도 선교 거점의 역할을 감당할 수 있는 충분한 조건을 가지고 있다.

베트남은 회복돼야 할 나라이다. 전쟁의 참혹함과 신앙의 자유를 빼앗겼던 아픔이 회복되어야 한다. 하나님께서는 그 아픔을 회복시키시기 위해 세계 각국에서 선교사들을 보내주셨다. 오늘도 선교사들은 자신들에게 주어진 회복의 사명을 위하여 헌신하며 제자들을 양육하여 다음 세대와 인도차이나 반도를 복음화시킬 준비를 하고 있다.

영화 대사 중에 "살아있네!"라는 말이 있는데, 베트남 교회를 함축적으로 표현한다면 이보다 더 적절한 표현은 없을 것이다. 베트남 목회자들이 살아있고, 성도들은 신앙이 살아 있는 목회자들로부터 좋은 신앙을 계승 받고 있다. 그로 인하여 교회가 건강하게 성장하고 있다. 이렇게 베트남 교회가 건강하게 성장하는 과정 속에는 세계 각국에서 파송 받은 선교사들의 역할이 중요하게 작용을 했다. 선교사들은 재정적인 지원뿐만 아니라 제자훈련, 신앙 서적 번역 보급, 목회자 연장 교육 등의 프로젝트들을 가동하여 베트남 교회를 섬기고 있다. 이로 인하여 베트남 교회는 빠르게 성장하고 있다.

이러한 때에 베트남에 세워주신 새빛교회의 역할은 매우 중요하다. 그동안 한국인 교회를 포함한 외국인 교회들은 현지교회 건물에서 예배를 드렸다. 그러나 2018년 1월 1일 종교법이 바뀌어 외국인들이 자치적으로 건물을 마련하여 드릴 수 있도록 허락이 되었다. 이 법에 따라 본 저자가 섬기고 있는 새빛교회가 베트남 정부 외국인 목사 1호 예배처소 승인을 받게 된 것은 매우 고무적인 일이 아닐 수 없다.

새빛교회는 선교의 비전을 가지고 2010년에 세워졌다. 개척 첫 예배를 드리는 자리에서 베트남 현지인 청년을 한국의 횃불 트리니티 신학교에 입학시켰으며 한국에서 생활하는 베트남 근로자들을 위한 선교사로 파송했다. 그는 신학교를 다니는 3년 동안 베트남 근로자들이 밀집해 있는 공단 근처의 교회를 잘 섬겼다. 현재는 베트남에 돌아와 베트남 교단으로부터 목사 안수를 받고 담임목사가 되어 목회를 잘 감당하고 있다. 새빛교회의 비전은 베트남 현지인 사역자를 인도차이나 반도에서 사는 베트남 교민들을 위한 선교사로 파송할 계획이다.

"질긴 놈이 이긴다"는 세간의 소리가 있는데, 베트남 민족에게 딱 맞는 이야기이다. 베트남 민족은 세계열강의 틈바구니에서도 꿋꿋이 살아남았다. 전쟁으로 인한 온갖 고난을 견뎌온 베트남 교회는 이제 인도차이나 반도를 복음화하기 위해 서서히 기지개를 켜고 있다.

5. 글을 마치며

“북풍이 바이킹을 만들었다. 고요한 바다에서는 유능한 뱃사공이 만들어지지 않는다.”는 영국 속담이 있다. 영국의 해군력은 바이킹으로부터 만들어진 것이다. 한때 세계패권 국가였던 영국은 해가 지지 않는 나라로 불렸었다.

그동안 베트남과 베트남 교회는 많은 시련을 겪어왔다. 북풍으로 단련된 영국 해군들은 무력으로 세계를 제패했지만, 베트남 교회는 인도차이나 반도를 복음으로 정복하는 그런 나라가 되도록 새빛교회도 열심히 기도와 물질로 섬기려 한다.

하나님은 준비된 사람을 사용하신다. 네비게이토 창시자인 도슨 트로트맨은 “하나님은 준비되지 않은 사람을 쓰신 적이 없고, 준비된 사람을 쓰시지 않은 적이 없다.”고 말했다. 새빛교회도 인도차이나 반도의 복음화를 위해서 쓰임 받기 위해서 열심히 준비하려고 한다.

연세대학교(B.A.)와 장로회신학대학교 신학대학원(M.Div.)을 나오고, 독일 튀빙겐대학교에서 "히브리서에 나타난 하나님의 백성-히브리서의 신론과 교회론에 대한 기여"로 박사학위(Dr. Theol.,신약학)를 받았다. 독일에서 기독교 재독한인교회협의회 회장과 통일특별위원장을 역임했고, 뷔르템베르그주교회 외국인 목사로 독일 교회와 한인 교회를 함께 섬겼다. 20여 년간의 독일생활을 마치고 2010년에 귀국하여 서울장신대대학교. 숭실대학교 그리고 장로회신학대학교에서 초빙교수로 가르쳤다.

저서로는 『디아코니아 신학 선언』이 있고, 공저로 『신학으로 이해하는 장애인』, 『성경과 장애인』, 『하나님의 정치』, 『하나님의 나라와 장애인』, 『장애인 사역의 신학적 의의』 등이 있다.

2012년부터 지금까지 "함께하는 교회 예수마을" 담임목사로 섬기면서 성서 한국 대의원, 장애인 선교단체인 세계밀알연합 이사, 학원복음화협의회중앙위원, ISF(국제기독학생회)이사, 한국기독교연구소 이사와 서울 YWCA 봉천종합복시관 운영위원으로 섬기고 있다. 2015년에 신학도들과 목회자들, 가나안 성도들을 섬기는 "예수 희년과 하나님 나라연구소(예희회)"를 열었다. 아내와 세 딸을 둔 행복한 가장이기도 하다.

예수, 희년과 하나님의 나라

사회적 약자를 위한 선교적 신학

장승익

1. 시작하면서 : 나의 미션의 발견

> 주의 성령이 내게 임하셨으니 이는 가난한 자에게 복음을
> 전하게 하시려고 내게 기름을 부으시고 나를 보내사
> 포로된 자에게 자유를, 눈먼 자에게 다시 보게 함을 전파하며
> 눌린 자를 자유롭게 하고 주의 은혜의 해를 전파하게 하려
> 하심이라 하였더라(눅 4:18~19)

나의 목회철학을 눅 4장 18~19절에서 가져왔는데, 한마디로 표현하면 '예수, 희년과 하나님의 나라'입니다. 이 말씀은 구약 이사야 61장 1~2절에 근거해서 예수께서 갈릴리 나사렛 회당에서 하신 공생애 첫 번째 설교입니다. 독일 유학 시

기부터 목회 그리고 귀국하여 목회를 하고 있는 지금까지 나의 목회와 신학과 삶을 붙잡아주는 말씀입니다. 나로 하여금 다른 길, 다른 삶을 살지 못하도록 항상 경책하고 감시하는 말씀이기도 합니다.

한국 그리고 전 세계 여러 나라에서 선교사역을 감당하고 있는 사역자들은 예수의 이 말씀을 명심해야 하리라고 생각합니다. 그 이유는 예수께서 공생애 복음 사역을 시작하면서 가장 먼저 구약을 인용하여 전하신 복음의 말씀이기 때문입니다. 두 번째 이유를 든다면 이 말씀 안에 오늘의 교회가 전해야 할 복음의 핵심이 녹아 있기 때문입니다. 하여 필자는 이 말씀이야말로 목회자든 신학자든 그가 어디에서 어떤 사역을 하든지 붙잡아야 할 진리의 말씀이라고 믿고 있습니다.

한 걸음 더 나아가 눅 4장 18~19절에서 발견한 "예수, 희년과 하나님의 나라"라는 주제를 생각해 봅니다. 이 주제는 우리의 목회와 신학과 선교에 있어서 빼놓을 수 없는 항목으로 이루어져 있습니다. 어느 나라에서 사역하든지 우리의 목회와 선교 그리고 교수에 있어서 예수 없는 목회와 신학과 선교를 생각할 수 있을까요? 결코, 그럴 수 없습니다. 희년과 하나님의 나라라는 주제 역시 마찬가지입니다. 예수의 삶과 선포의 중심에 하나님의 나라가 있습니다. 그의 메시지 중심에 희년이 자리하고 있습니다. 가는 곳마다 예수는 병든 자들, 장애인들과 귀신들린 자들을 고치셨습니다. 예수의 치유와 축귀 행위는 곧 희년의 선포요, 이 희년의 선포는 하나님 나라의 도래와 밀접한 관련이 있습니다. 의심할 수 없는 한 가지 사실은 '예수의 삶과 선포의 중심에 희년 사상과 하나님 나라가 있다.' 라는 것입니다.

모든 목회자와 선교사는 예수의 가르침과 삶을 본받는 사람들입니다. 그러므로 어디에서 무엇을 하든지 예수로 말미암아 이 땅에 도래한 희년과 하나님의 나라를 선포할 뿐만 아니라 몸으로 구현해내야 할 것입니다.

그러므로 나의 목회신학과 소명인 “예수, 희년과 하나님의 나라”에 대한 이 부족한 글이 전 세계에서 목회하고 선교하고 또한 연구하고 가르치는 목회자와 사역자에게 도전과 울림이 되기를 간절히 바랍니다.

독일 유학과 목회를 포함하여 약 20년 6개월을 독일에서 살았습니다. 짧지 않은 이 기간에 저는 하나님의 많은 은혜를 체험했습니다. 지금도 제 목회와 신학에 자양분이 된 체험 한 가지를 소개하려고 합니다. 그것은 독일 유학 3년째 되던 해인 1992년 여름부터 1994년 여름까지 약 2년여간 독일 장애인들을 가가호호 방문하며 돌보았던 일이었습니다.

저는 독일의 개신교 사회봉사국에 속한 디아코니센터에서 장애인과 사회적 약자를 섬기고 돕는 아르바이트를 했습니다. 일주일에 하루 약 10시간 정도 장애인과 사회적 약자들을 방문하며 목욕을 시켜드리고, 집 청소, 시장 보기, 음식 준비, 식사 시중, 산책, 말동무 그리고 때로는 대소변까지 두루 챙기는 사역이었습니다. 가난하고 병들고 고독한 장애인들과 함께한 이 2년 동안의 삶은 저에게는 정말 잊을 수 없는 ‘황홀한’ 경험이었습니다. 때로 힘들고 고달픈 일도 있었지만 나 같은 사람에게 이런 일을 할 수 있는 은혜를 주신 하나님께 감사한 마음으로 감당했습니다.

이후 이 체험은 30세에 목사 안수를 받고 목회하며 학위논문을 쓰는 과정에 지대한 도전과 영향을 끼쳤습니다. 그때의 경험과 더불어 예수의 삶과 누가복음 4장 18~19절 말씀이 지금도 변함없이 제 심장과 신앙 양심을 울립니다.

2. 나의 목회와 신학의 중심으로서의 예수, 희년과 하나님의 나라

독일에서 10년째 목회를 하던 중 어느 날 복음서를 읽는데 예수께서 병자들을 치유하시는 말씀들이 갑자기 제 가슴에 와 닿았습니다. 말씀들이 마치 혁명을 일으키며 일어나 제게 다가왔다고나 할까요. 마태복음 4장 23~24절이 특히 그러했습니다.

"예수께서 온 갈릴리에 두루 다니사 그들의 회당에서 가르치시며 천국 복음을 전파하시며 백성 중의 모든 병과 모든 약한 것을 고치시니 그의 소문이 온 수리아에 퍼진지라 사람들이 모든 앓는 자 곧 각종 병에 걸려서 고통당하는 자, 귀신 들린 자, 간질하는 자, 중풍병자들을 데려오니 그들을 고치시더라."

'아 그렇다! 이런 예수의 삶이야말로 정말 내가 본받고 따라야 할 목회가 아닌가!' 하는 신선한 충격과 더불어 뭐라 형언할 수 없는 감동이 눈 깜짝할 사이에 교차되는 순간이었습니다. 그 길로 곧장 장애인 선교사역을 하는 유럽밀알에 전화를 걸어 장애인 선교사역에 참여하는 교회가 되겠다고 알렸습니다. 이후 지금까지 장애인 선교사역에 음으로 양으로 참여하며 섬겨오고 있습니다. 이처럼 '예수, 희년과 하나님의 나라'는 유럽에서의 목회와 신학에 지대한 영향을 미쳤습니다. 특히 유럽의 장애인들과 소외받는 가난한 이웃들과 나그네의 삶에 관심을 갖고 참여하는 계기가 되었습니다.

저는 목회란 오직 예수가 하셨던 바로 그 일을 이어서 하는 것이라고 확신했습니다. 물론 신학 작업도 이와 다르지 않다고 생각합니다. 저의 신학 역시 예수의 말씀과 삶을 논리적으로 이 세상에 바르게 전하고 설명하는 것일 뿐입니다. 그런 의미에서 눅4장 18~19절의 말씀은 오늘의 교회와 사역자들이 반드시 기억하고 실천해야 할 복음이라고 생각합니다.

그리 짧다고도, 혹은 길다고도 할 수 없는 그간의 제 목회와 신학을 생각할 때, 그 중심에 단연 예수와 하나님의 말씀이 있습니다. 예수의 말씀과 인격 그리고 삶을 본받아 예수의 마음을 품고 성도와 동역자와 가난한 이웃을 대하려고 최선을 다하며 달려왔습니다. 오직 예수의 공생애의 삶, 곧 가난한 자와 병든 자, 사회적으로 소외당해 투명인간처럼 살아가는 사람들을 찾아가서 위로하는 그의 삶이 저의 목회와 삶의 근간을 형성하고 있습니다. 물론 그렇다고 사회 참여적인 활동을 적극적으로 해온 것은 아니지만, 누가복음 4장 18~19절이 지금까지 저의 목회와 삶을 지탱해 주는 생명줄 같은 말씀이 되었습니다.

예수와 하나님의 말씀을 치열하게 붙잡고 씨름하는 목회자와 신학자의 당연한 목회 신학적 과제는 희년과 하나님의 나라라는 것이 저의 분명한 확신입니다.

제가 희년과 하나님의 나라라는 두 기둥을 붙잡고 신학자로 그리고 목회자로 지금까지 살아올 수 있었던 것은 정말 하나님의 은혜입니다. 그것이 하나님으로부터 주어졌기 때문입니다. 희년의 근본 취지는 구원, 자유와 해방이요, 더불어 행복하게 사는 삶에서 우러나오는 기쁨과 공의가 아닌가 생각합니다. 우리는 이 받은바 은혜를 널리 전해야 할 것입니다. 그러기 위해서 우리는 예수를 깊이 바라보고 생각하는 성찰적 작업을 늦춰서는 안 될 것입니다.

목회를 하면서 저는 저 자신에게 수없이 묻고 또 묻습니다. "나는 왜 목회를 하는가?", "나는 어떤 설교를 준비하여 성도들에게 선포하는가?", "나의 목회와 설교와 신학을 예수께서 보시면서 뭐라고 평가하실까?" 사람의 평가에 일희일비하기보다는 하나님 앞에서 진정 부요한 목회자요, 신학자로서의 길을 오롯이 걷는 것이 저의 소신이요, 소망입니다.

예수께서 나사렛에서 선포하신 누가복음의 이 설교는 예언자로서, 목자로서, 대제사장으로서의 사역을 압축해 놓은 말씀이라는 게 제 생각입니다. "내가 지금 제대로 목회하고 신학하며 설교하고, 그리스도인으로 온전히 살고 있는가?"라는 물음은 분명 모든 목회자와 신학자뿐만 아니라 성도에게도 유용한 물음일 것입니다. 예수의 이 메시지가 자기 삶에 꿈틀거리고 있는지를 잣대 삼아 살아가면 모든 그리스도인은 나름대로 해답을 어느 정도 찾을 수 있으리라 생각합니다.

3. 나의 목회와 신학에 있어서 예수는 어떤 분인가?

오늘의 교회 곧 성도는 당연히 예수의 뒤를 따르는 자들입니다. 예수의 뒤를 따르는 자들은 곧 예수의 제자라는 의미입니다. 예수의 뒤를 따른다는 것은 그의 가르침과 행하심을 본받아 살아가는 것을 의미합니다. 그러므로 우리 그리스도인과 사역자들은 오늘 내가 걷고 사역하는 자리와 방향이 예수와 어느 정도 부합하는지를 돌아보며 치열하게 물어야 할 것입니다.

오늘의 사역자와 선교사들은 각자의 사역 현장에서 누구를 주로 만나며 무엇을 하고 있는지 자기 삶의 족적에 대해 성찰해야 합니다. 예수의 동선을 따라가 보면 그의 활동은 공적이었음을 알 수 있습니다. 수많은 순례자가 모여 있는 성전에서 장사하는 사람들과 돈 바꾸는 사람들의 책상을 뒤엎으셨습니다. 성전 마당에 있는 짐승들을 채찍으로 몰아내셨습니다. 예수의 의로운 분노를 보게 됩니다.

예수는 당신의 말씀을 듣다가 배가 고픈 무리를 향해 긍휼한 마음을 가지셨습니다. 이 사람들을 위해 오병이어의 기적을 행하셨습니다. 제자들과 함께 나인성으로 가시다가 성에서 나오는 장례행렬과 마주쳤습니다. 과부 아들의 장례였는데, 예수는 아들의 죽음에 대해 슬피 우는 어머니를 보시고 역시 긍휼한 마음을 가지셨습니다. 여인에게 말씀하시기를 "울지 말라"고 하셨고, 죽은 아들을 살리셨습니다.

저는 예수께서 무리와 이 과부를 향해 가지셨던 긍휼한 마음을 오늘의 성도와 사역자들이 반드시 가져야 한다고 생각합니다. 왜냐하면 사역자들과 교회는 예수의 제자이고, 예수는 그들의 주가 되시기 때문입니다. 그러므로 항상 교회의 선교적 과제와 사역은 예수의 삶과 밀접한 관계가 있습니다. 예수의 삶과 관계없는 선교는 있을 수 없습니다. 예수와 관계없는 사역과 선포는 복음과 생명 없는 껍데기 같은 말의 상찬에 불과합니다.

예수의 자아 인식은 어떠한가? 마가복음 10장 45절을 보면 "인자가 온 것은 섬김을 받으려 함이 아니라 도리어 섬기려 하고 자기 목숨을 많은 사람의 대속물로 주려 함이니라"고 말씀하셨습니다. 예수는 자신의 사역을 섬기는 사역으로 그것도 자기 목숨을 내주는 사역으로 인식하였습니다. 눅 22장 27절에서도 예수는 제자들에게 다음과 같이 말씀하셨습니다. "앉아서 먹는 자가 크냐 섬기는 자가 크냐 앉아서 먹는 자가 아니냐 그러나 나는 섬기는 자로 너희 중에 있노라."

그렇습니다. 예수는 항상 섬기는 자로 우리 가운데 계시다가 십자가에 달려 죽으셨습니다. 그의 오심도 공적이요, 그의 생애도 공적이요, 그의 죽음과 부활도 모든 인류와 피조물 앞에서 그들을 위한 공적인 죽음과 부활이었습니다.

그러므로 예수의 십자가의 죽음과 부활을 통해 이 땅에 탄생한 교회는 예수처럼 이 땅을 섬기는 자로 살아내야 할 사명을 갖고 있는 것입니다. 그리스도인이 세상에서 공적인 사명을 갖고 살아야 하는 것은 선택의 문제가 아니라 당연한 것입니다. 교회는 어디에 있든지 예수의 삶과 죽음을 바르게 선포하는 선교적 삶을 살아내야 합니다.

교회는 태생적으로 공적(public)입니다. 교회의 터가 바로 만유의 주이신 하나님의 아들 예수에게 있기 때문입니다. 이를 보다 구체적으로 말하면 성육신에 있다는 말로 바꾸어 말할 수 있을 것입니다. 인간의 몸을 입고 이 땅에 오신 예수의 삶은 하늘과 땅과 인간 그리고 모든 피조세계와 연계되어 있습니다. 그러므로 말씀이 육신이 된 성육신은 '공적(public)'입니다. 이것이 세상에 드러나 세상 모든 사람들이 명백하게 볼 수 있도록 한 하나님의 계시사건이기 때문입니다. 골로새서는 이를 가리켜 1장 19절에서 하나님 아버지께서 모든 충만으로 예수 안에 거하신다고 노래합니다. 또한 2장 9절에서는 신성의 모든 충만이 예수의 육체 안에 거하신다고 표현하고 있습니다.

교회가 이 세상에서 수행해야 할 공적 신앙의 근거는 어디에 있습니까? 말씀이 육신이 되어 우리 가운데 천막을 치고 거하신 하나님의 아들이실 뿐만 아니라 우리의 생명의 구세주이신 예수에게 있습니다. 또한 이스라엘과 세상을 향한 하나님의 구원 행동이 교회의 공적신앙의 토대이기도 할 것입니다.

교회가 말하는 공적 신앙과 공적 신학의 출발 역시 하나님의 아들 예수와 말씀인 성경이어야 합니다. 본회퍼(D. Bonhoeffer) 목사는 교회를 보이는 그리스도의 현존이라 말하기도 했고, 교회의 권위는 하나님의 말씀에 있다고 분명히 쓰고 있습니다.

교회의 삶의 자리는 예배당 안에서의 갇힌 공간이 아닌 삼위일체 하나님의 사역지인 세상이어야 합니다. 예수의 십자가의 죽음과 부활이 인간만을 위한 것이 아니라 모든 피조물을 위한 화해적 죽음이었듯이 우리가 행하는 모든 공적 신앙과 공적신학 역시 그러해야 할 것입니다. 예수는 자신 안에서 세상을 향한 하나님의 구원 계획을 온몸으로 이루신 분입니다.

한 걸음 더 나아가 예수의 삶과 죽음 그리고 부활을 온전히 이해하기 위해서는 구약의 율법서와 예언서를 이해해야 합니다(눅 24:27과 행 28:23 참조). 우리의 공적 신앙과 공적 신학이 구약에 대한 바른 이해와 해석 없이는 불가능하기 때문입니다. 그럼에도 불구하고 우리는 예수의 삶 속에서 구약을 읽습니다. 예수의 삶은 구약 말씀의 완성이기 때문입니다. 눅 24장 27절은 모세와 선지자들이 예수에 대해 썼음을 명확하게 알려주고 있습니다. 이를 바르게 분별하며 해석해 내기 위해서 구약에 대한 깊은 통전적 이해는 필수입니다. 이때 우리에게 절대적으로 필요한 것이 성령의 조명입니다.

구약의 가장 중요한 두 개의 계명은 '하나님 사랑과 이웃 사랑'입니다. 예수의 삶은 한마디로 이 두 계명을 몸으로 온전히 살아낸 삶 그 자체라 말해도 무방할 것입니다. 예수의 삶은 우리의 공적 신앙과 공적 신학의 출발이자 시금석이라 할 수 있습니다. 개혁 교회의 신앙과 신학이 문제가 있는지 없는지를 알려면 예수 그리스도라는 잣대로 재어보면 됩니다.

우리의 공적 신앙과 공적 신학은 하나님과 이웃과 연동되어 있습니다. 예수 안에서 이 두 측은 만납니다. 여기에서 이웃은 단지 인간만이 아니라 '우리 가까이 인접하고 있는 모든 것의 총칭'으로 정의한다면 땅을 포함하여 이 땅에 있는 모든 것이라고 말할 수 있겠습니다. 모든 것이 예수로 말미암았을 뿐만 아니라 그 안에 들어 있습니다.

예수, 희년과 하나님의 나라라는 나의 목회적, 선교신학적 주제는 단지 인간에게만 해당되는 것이 아니라 하나님이 창조하신 모든 피조물에게 적용되어야만 합니다. 예수의 십자가의 구속적 죽음이 여전히 탄식하는 피조세계와 연관이 있기 때문입니다(롬 8,18-22). 즉 희년 정신의 실현은 인간에게만 해당되는 것이 아니라 땅에게도 동일하게 해당됩니다.

희년 정신의 알짬이 예수 안에 녹아 있습니다. 희년과 하나님의 나라는 예수로 말미암았을 그뿐만 아니라 예수 안에서 완성됩니다. 예수야말로 알파와 오메가입니다. 히브리서 저자는 12장 2절에서 예수를 믿음의 창시자요, 온전케 하시는 분으로 고백하고 있습니다. 그렇습니다. 예수야말로 우리 믿음의 시조입니다. 그뿐만 아니라 우리의 믿음을 완성하시는 분입니다. 그러므로 우리는 예수를 깊이 생각할 그뿐만 아니라(히 3,1) 바라보아야 합니다(히 12,2). 예수는 또한 어제나 오늘이나 영원토록 동일한 분이십니다(히 13,7). 우리가 변하면 변했지 예수는 결코 변하지 않습니다. 그러므로 예수 안에서 그리고 예수와 함께 우리의 목회, 신학 그리고 선교가 이루어져야 합니다. 그러할 때만이 제대로 된 희년과 하나님 나라 운동을 진행할 수 있는 것입니다.

예수께서 친히 삶으로 본을 보여 주시면서 희년과 하나님 나라 운동을 하셨기에 오늘의 교회가 탄생되었습니다. 이 교회가 오늘 예수와 사도들의 뒤를 이어 이제 예수, 희년과 하나님 나라 운동을 하고 있는 것입니다.

조동화 시인의 “나 하나 꽃피어”라는 시가 있습니다. 이 시에서 시인은 "내가 먼저 꽃피면 너도 피고 나도 피니 꽃밭을 이룬다"고 노래합니다. 이어 다음과 같이 노래합니다. "나 하나 물들어 산이 달라지겠느냐고도 말하지 마라. 네가 물들고 나도 물들면 결국 온 산이 활활 불타오르는 것 아니겠냐?"

시인의 말대로 서로 꽃피면 꽃밭을 이루고 서로 물들면 온 산이 활활 불타오르듯 한 감동을 던져 줍니다.

그렇습니다. 예수, 희년과 하나님의 나라 운동도 마찬가지입니다. 오늘 여기 내가 먼저 변화되어 나의 목회, 신학과 선교가 오직 예수로 시작되어 예수로 미치면 희년과 하나님 나라 운동은 자연스럽게 활활 타오르게 될 줄 확신합니다.

4. 목회, 신학 그리고 선교의 정점으로서의 예수, 희년과 하나님의 나라

예수로 인해 이 땅에 도래한 하나님의 나라 역시 인간을 비롯한 모든 피조 세계에로까지 미친다고 할 수 있을 것입니다. 창조 이래로 말하지 못하는 피조 세계는 가장 연약하고 억눌려 있는 피조물입니다. 하여 로마서 8장은 탄식하는 피조물에 대해 언급하고 있습니다. 이러한 피조 세계 역시 마땅히 보존되고 회복돼서 하나님 나라의 충만함 가운데 거해야만 한다는 것입니다. 그러므로 교회의 목회와 신학 그리고 복음 선포의 내용에서 땅을 비롯한 피조 세계의 보존은 반드시 포함되어야 할 사항입니다. 만물이 예수로 말미암아 지은 바 되었기에 희년과 하나님의 나라 역시 모든 피조물에게 동일하게 차별 없이 적용돼야 할 것입니다.

인간만 하나님이 창조하신 것이 아니라 모든 피조물 역시 하나님이 창조하셨습니다. 모든 것이 하나님의 것이고, 하나님으로부터 나왔음을 교회는 명심해야 합니다(시 24,1; 레 25,23; 롬 11,36 참조).

교회는 또한 최우선으로 가난하고 힘없는 사회적 약자를 최우선으로 배려해야 합니다. 하나님께서 가난한 자를 지으셨고(잠 14:31; 17:5), 저들의 보호자가 되셨습니다(시 14:6). 하나님께서 가나한 사회적 약자의 대변자가 되시기에 교회는 당연히 먼저 그들에게 다가가 선포하고 그들의 형편을 돌아보고 보살피는 삶을 살아야 하지 않을까요? 저는 이것이 복음에 합당한 삶이요, 하나님께서 우리를 부르신 사명을 이루는 일이라고 생각합니다.

복음과 희년은 동전의 양면과 같기에 분리돼서는 안 됩니다. 복음과 희년이 예수와 밀접한 관계에 있는 것처럼, 그리스도의 몸인 교회와 교회의 선포와 희년 역시 떼려야 뗄 수 없는 관계에 놓여 있는 것입니다. 저는 오늘의 교회가 최우선으로 소유해야 할 영성을 "희년법적 영성"이라고 부르고 싶습니다. 희년이 하나님께서 선포하신 법이기에 희년법적 영성을 소유한다는 것은 하나님의 말씀에 대한 순종을 의미하는 것입니다.

구약에서 희년법적 영성을 소유한 대표적 인물을 든다면 보아스일 것입니다. 그는 가난한 나오미와 룻을 배려했고, 친족 엘리멜렉의 기업 무를 자가 된 것입니다. 일찍이 남편과 두 아들을 잃은 나오미와 남편을 잃은 이방 여인 룻에게 있어서 보아스는 희망이요, 구세주였던 것입니다. 결국 보아스와 룻이 결혼을 하여 그 가계에서 다윗 왕이 나왔고, 인류를 구원할 메시아가 탄생된 것입니다. (룻기를 참조) 보아스의 배려와 긍휼을 통해 하나님은 그 가정에 크고 위대한 일을 행하셨던 것입니다.

복음 없이 기독교 신앙을 말하거나 논할 수 없듯이 희년을 생각하거나 말하지 않고 우리가 우리의 신앙생활을 제대로 할 수 없고 복음을 전할 수 없다는 것입니다. 희년을 언급하지 않고 복음 또는 예수의 삶을 우리는 말할 수 없습니다. 희년 정신이 구약에만 있는 것이 아닙니다. 참된 희년의 정신을 온전히 실천하며 사셨던 분이 예수입니다.

하지만 지금까지 우리는 희년 없이 복음도 전하고 목회도 하고 성경공부도 하고 신앙생활을 하고 있습니다. 엄밀한 잣대로 말하자면 반쪽 신앙생활을 하고 있다고 말할 수 있습니다. 이제부터라도 우리가 복음을 말하고 전할 때 함께 희년도 말하고 전하면 좋겠습니다. 희년말하기 운동을 전개해도 좋을 것 같습니다. 특히 베트남, 미얀마, 라오스와 캄보디아 등을 포함한 동남아에서는 더욱 희년 정신을 선교 신학화 하는 작업이 절실히 요청된다고 하겠습니다. 왜냐하면, 가난하고 억눌려 있는 사람들이 여전히 많이 있기 때문입니다.

예수에게서 시작된 하나님 나라의 복음을 듣고 하나님의 백성이 된 사람들의 가장 중요한 특징을 든다면 당연히 삶의 변화입니다. 말로만 복음을 듣고 '하나님의 자녀가 되었다'라는 것은 있을 수 없는 일입니다. 복음은 능력입니다. 능력이기에 변화를 낳습니다. 그 변화는 삶의 변화, 즉 회심이요, 동시에 회심에 이은 구체적인 행동입니다. 이들은 희년을 받아들인 사람들이며, 동시에 희년을 실천하며 사는 사람들입니다. 저는 이런 일들이 선교 현장에서 날마다 풍성히 있어지기를 소망합니다.

예수를 만나 이러한 변화를 경험한 대표적인 사람이 바로 삭개오입니다. 삭개오는 자신의 집에서 예수에게 맹세합니다. 자기 소유의 반을 가난한 자에게 주겠고, 누구의 것을 속여 빼앗은 일이 있으면 네 갑절로 갚겠다고 선언합니다. 예수를 만난 사람의 진실된 변화입니다. 희년의 복음을 전해들은 사람은 삭개오처럼 변할 수 있습니다. 이러한 생명의 변화가 특히 동남아 여러 지역과 아프리카 대륙에서 많이 일어나기를 기도합니다.

복음이 들어가는 곳에는 참 자유와 해방의 기쁨이 있습니다. 눅 4,18-19절 말씀 그대로 장애인들도 회복될 것입니다. 빼앗긴 것을 되찾는 기쁨도 있을 것입니다. 또한, 현실에서의 삶을 넘어선 종말론적인 하나님의 나라의 도래를 선포하는 구원행위도 있습니다. 물론 이 땅에서 모든 것을 되찾거나 단번에 다 누릴 수는 없습니다. 하지만 예수로 말미암아 이 땅에 도래한 희년과 하나님 나라의 복음만큼은 양보함 없이 선포되어야 할 것입니다. 복음 선포의 삶을 통해 주님께서 가르쳐 주신 기도 대로 하늘에서 이루어진 뜻이 이 땅에서 이루어지는 것입니다. 교회는 이 땅을 살면서 동시에 하늘을 사는 존재입니다(엡 2,6 참조).

중남미를 대표하는 멕시코 작가 올리비아 파스는 시(詩)를 가리켜 "이 세계를 드러내면서 동시에 다른 세계를 드러내는" 양식이라고 했습니다(고진하, 『시 읽어주는 예수』, 서울:도서출판 비채, 2015, 20). 예수의 삶이 그러했다고 봅니다. 시인 정호승은 <시인 예수>라는 시에서 예수를 "모든 사람을 시인이게 하는 시인"으로 묘사했는데 정말 시인다운 눈으로 예수의 삶을 잘 표현하지 않았나 싶습니다.

시인 예수는 현실에 함몰되지 않으면서 가장 현실적이셨고, 또한 가장 이상적인 삶을 사셨습니다. 예수 안에서 하늘과 땅이 만나고 영원과 찰나가 만난다고나 할까요. 우리 목회자가 반드시 걸어가야 하는 길이 이러한 예수의 길이 아닌가 생각해 봅니다.

탁월한 구약학자였던 아브라함 요수아 헤셸은『예언자들』에서 예언이란 "인간 상황을 하늘의 눈으로 이해하는 것이다. 그러므로 예언은 하늘의 눈으로 인간 실존을 주석하는 것"이라 했습니다. 구약 예언자들은 하나님의 마음을 품은 자들이었습니다.

목회자들 특히 선교사들은 사역하는 그 나라의 국민들과 땅을 헤셸이 말한 것처럼 하늘의 눈으로 바라보아야 할 것입니다. 선교는 하늘 아버지의 마음으로 다가가는 것입니다. 창조주요, 구속주가 되시는 하늘 아버지의 심정을 갖고 나아갈 때 하나님 아버지의 뜻을 이루어 갈 수 있습니다.

선교와 목회는 나의 유익을 위한 것이 아닙니다. 내가 속한 교단과 교파를 현지에 심는 일도 아닙니다. 특정 교파와 교단을 세우고 확장하기 위한 수단으로 선교가 전락되기 쉽습니다. 그것은 큰 유혹인 동시에 위기입니다. 이를 막기 위해서는 늘 깨어 기도해야 합니다. 그래야만 하늘 아버지의 마음을 품고 선교할 수 있습니다. 하늘 아버지의 마음은 무엇인가요? 바로 긍휼입니다.

긍휼의 마음을 품고 복음을 전할 때 목회와 선교 현장에서 기적을 체험할 수 있습니다. 긍휼은 기적을 낳고 죽어가는 영혼을 살립니다. 오늘 우리의 사역이 그래야 할 것입니다. 긍휼한 마음을 갖고 다가갈 때 희년의 역사와 더불어 하나님의 나라가 선교지에 도래하게 되는 것입니다.

예수의 삶이 항상 그러했습니다. 예수는 자신 안에 긍휼로 충만했던 분이셨습니다. 그 안에 하늘이 있었던 것이지요. 그러기에 언제나 예수의 마음과 생각은 하늘 아버지와 일치했던 것입니다.

누가복음 4:18~19절은 예언인 동시에 예수의 목회 그 자체라 할 수 있을 듯합니다. 오늘의 목회자와 신학자는 이러한 예수의 예언과 목회를 따르는 자들입니다. 예수와 상관없는 목회나 예언은 있을 수 없습니다. 예수와 무관한 목회나 예언은 주술이요, 종교 행위에 불과할 것입니다.

오늘의 교회는 예수의 삶의 본질보다는 외형에 치중하는 것 같습니다. 그러다 보니 무늬만 있고 소리만 요란하여 정작 필요한 복음의 능력과 생명력은 찾아보기 어려워졌습니다. 오늘의 교회가 처한 상황이 바로 이러한 것 같습니다.

오늘 우리 교회의 목회와 선교 현장은 어떠한가요? 정말 믿지 않는 세상이 우리의 목회와 선교 현장을 보고 살아 계신 하나님께로 돌아올 만한 그런 사랑의 현장인가요? 혹여 이 세상의 헛된 우상을 숭배하는 현장은 아닌지 두렵기만 합니다. 요즘 교회와 성도의 모습은 정말 믿는 우리에게나 믿지 않는 세상에도 한시름이지 않나 싶습니다. 이 한시름을 과연 어떻게 덜 수 있겠습니까?

저는 누가복음 4장 18~19절의 말씀이 그늘진 곳에 비치는 빛과 같아 낡고 습한 곰팡이를 내몰듯이 오늘의 교회와 사회를 어둠에서 건져내고 치유하는 생명수가 되기를 오늘도 조용히 소망해 봅니다. 이를 위해서는 강력한 성령의 바람이 불어야 합니다. 성령은 하나님의 마음과 생각으로서 생명의 영입니다. 성령은 사람과 공동체를 살리십니다. 성령에 충만할 때 교회는 그리스도 예수께 집중할 수 있고 이 땅에 희년과 하나님 나라의 충만한 도래를 향해 지속적으로 나아갈 수 있습니다.

5. 결론 : 희년과 하나님의 나라를 전하는 영으로서의 성령

우리가 구약에 나타난 희년만 안다면 오늘 우리의 삶 속에서 이 희년을 어떻게 적용하며 살아야 할지 막막할 것입니다. 하지만 성령을 통해 복음의 빛에서 희년을 재조명할 때 성령의 은총 아래서 우리는 희년의 정신을 적용 실천하며 살아갈 수 있는 것입니다. 즉 성령은 우리로 하여금 예수의 공생애, 십자가의 죽음과 부활을 통해 온 하나님의 나라의 주역으로 살아가는 것을 가능하게 합니다. 또한, 구약의 레위기 및 희년 사상을 예수 그리스도의 빛 아래에서 재해석하도록 도와주십니다.

성령의 도움 없이는 기실 목회도 없고 선교도 없습니다. 우리의 목회와 선교를 가능하게 하시는 분이 바로 성령입니다. 성령은 우리로 하여금 희년의 정신을 깨닫게 하실 뿐만 아니라 희년법적 영성을 갖고 하나님의 뜻을 이루며 살아가도록 하십니다.

희년사회를 이 땅에 실현해 나가는 사람들은 창조주 하나님을 아버지라 참되게 고백하는 사람이어야 합니다. 왜냐하면, 이러한 믿음의 고백 안에 만물이 하나님의 것이라는 고백이 가능하기 때문입니다. 만물이 하나님의 것이라는 고백은 희년비전의 가장 기본적인 신앙입니다. 희년의 사람 곧 성령의 사람은 자기 소유를 자신의 것으로 여기지 않습니다. 하나님으로부터 온 것이기에 하나님의 것임을 선포하면서 필요한 사람들에게 흘려보냅니다.

이 신앙을 소유한 사람들은 육체의 원하는 바대로 행동하지 않고 성령에 의해 움직입니다. 왜냐하면, 이 고백을 주신 분이 성령이기 때문입니다. 희년사회를 꿈꾸는 사람들은 성령의 사람입니다. 희년은 곧 하나님 나라의 이상적인 모습이기에 이 나라는 성령으로 말미암지 않고는 불가능한 것입니다.

희년을 위해 우리는 반드시 성령의 능력을 의지해야 합니다. 롬 14장 17절의 말씀을 기억하시죠?

“하나님의 나라는 먹는 것과 마시는 것이 아니라 성령 안에서 의와 희락과 평강이니라.”

하나님 나라의 이 세 가지 특징은 곧 희년사회의 특징이기도 합니다. 공의, 기쁨과 평화가 없는 사회는 희년사회가 아닙니다. 그러므로 이러한 희년사회를 이루기 위해서는 사람의 힘, 이념, 생각과 의지로는 불가능합니다. 우리가 참 신앙인이라면 절대적으로 기도하며 성령의 능력을 의지해야 합니다. 그래야만 나의 목회와 선교가 아닌 온전히 하나님 나라를 위한 목회와 선교를 감당할 수 있는 것입니다.

희년정신은 가난한 사회적 약자와 더불어 살아가는 세상을 지향합니다. 우리 시대의 사회적 약자가 누구입니까? 청년들, 비정규직 노동자, 을과 병의 처지에 있는 사람들, 노인들, 경제적으로 가난한 사람들, 장애인, 북한이탈주민, 외국인노동자 등 너무도 많습니다. 이들을 돌보고 나누는 삶을 사는 것이 희년정신이며 그러한 삶을 실천할 때 희년사회와 평화가 도래하게 될 줄 믿습니다.

예수가 평화 그 자체입니다. 하여 평화는 예수로부터 옵니다. 이 세상과 우리 자신 안에서는 그 평화를 찾을 수 없습니다. 예수만이 우리에게 희년과 평화를 주실 수 있습니다. 희년사회와 희년평화는 예수를 떠나서는 도저히 생각할 수 없는 것입니다. 예수 없이 희년사회를 이룰 수 없고, 예수 없이 희년평화를 가져올 수 없습니다. 예수 없는 창조와 구원을 생각할 수 없습니다.

하여 우리의 목회와 선교의 현장에서 교회는 예수의 주되심을 선포하고 전하고 가르쳐야 합니다. 예수 안에 있는 복음, 곧 하나님의 은혜를 전해야 합니다. 은혜 없이 우리는 조금도 살 수 없음을 전해야 합니다. 오늘 내가 살아 누리고 있는 모든 것이 다 하나님의 은혜임을 날마다 입으로 선포해야 합니다. 그 은혜의 근원이 바로 예수요, 그의 십자가의 보혈의 피를 통해 드러난 하나님의 사랑입니다.

희년은 내 삶의 진정한 주인이 오직 예수밖에 없음을 고백하고 실천하고 선포하며 나아가는 사람들에 의해 이 땅에 조금씩 이루어집니다. 희년법적 영성의 소유자들은 맘몬과 하나님을 겸하여 섬기지 않습니다.

하나님만을 예배하는 참된 예배자로 사람을 세우는 우리의 목회와 선교가 되기를 기도합니다. 이러한 목회와 선교만이 영원토록 하나님께만 영광을 돌리게 된다고 확신합니다.

서울에서 태어나 건국대학교 임학과와 성균관대학교 무역대학원, 백석 신학대학원을 졸업하였다. 1991년 목사 안수를 받고 서울 영락교회 선교단체인 "새하늘선교회"의 파송을 받아 중국과 북한 사역을 시작했다.

1998년 이후로는 미국의 SAM 의료선교회와 프랑스의 "MSF/국경없는의사회"와 미국의 비영리단체 "JC Reach-out Foundation"의 협력과 후원을 받아 북한 주민들을 위한 의료품 지원과 구제 선교를 하면서 북한 주민들과 탈북자들을 대상으로 전도와 양육 사역을 하였다. 지금은 북한 지하교회와 연계하여 그들의 신앙과 생활 지원을 하며 극동방송과 자유북한방송의 설교와 프로그램을 진행하고 있으며 국내외의 선교컨퍼런스 강사로도 활동하고 있다. 현재 "북방선교회", "충주양의문교회", "새하늘선교회"에 소속되어 담임 목사로 섬기고 있다.

저서로 『오래된 소원』, 『통일을 앞당겨 주소서』,『북녘, 남은 자들의 외침』, 『다독다독 책꿈행복』 그리고 『근현대사로 읽는 북한교회사』가 있다.

북방의 속사도 행전

강 석 진

1. 건너와 우리를 도우라

1990년 11월에 중국 할빈에서 한국을 방문한 조선족 두 아주머니가 있었다. 그들은 영락교회 박권사님을 통해서 중국으로 돌아가기 전에 내게 성경 공부를 받고 싶다는 말을 전해왔다. 나는 박권사님과 영락교회 권사님들을 중심으로 모인 기도 모임에서 종종 설교했기 때문이다.

나는 한 달 이상 매일 아침 6시에 강남 청담동의 <아름다운교회>에서 성경 공부를 가르쳤다. 그들은 출국 날짜가 정해지자 자신들이 중국에 돌아가면 반드시 목사님을 초청하고 싶다고 했다. 자신들의 마을에 가정 <처소교회>가 있는데 와서 성경 학습을 해달라는 것이었다. 그 교회에는 성경 공부를 인도할 지도자가 없기 때문이다. 하지만 나는 중국에 가고 싶지 않았다. 그 당시는 공산 국가여서 거부감이 있었기 때문이다.

그때 중국과는 국교 관계도 없는 상태였으나, 곧 수교가 맺어질 것 같았다. 그러던 중에 중국의 조선 교포들이 모국 방문차 오기 시작하였다. 그즈음에 인천과 중국 산동성 <위하이항>과 정기 여객선이 다니고 있었다. 중국 교포들은 반세기 가까이 단절되었던 한국의 친인척을 방문하러 오기 시작하였으며 중국 한약재인 웅담과 차와 중국 한약재를 갖고 와서 서울역 지하도에서 장사로 돈을 벌어 갖고 가기도 하였다.

이 당시에는 관광 비자가 없어서 친지 방문 초청이 있어야만 출입국이 가능했다. 나는 그분들과 친지 관계도 없어서 인사말로 여겼다. 그런데 그분들이 중국으로 돌아간 지 약 8개월 만에 나에게 친지 초청장을 보내왔다.

"마게도냐로 건너와서 우리를 도우라 하거늘"(행16:9)

참으로 기가 막힌 일이었다. 적당히 친지라고 서류를 꾸미고 신청해서 초청장이 나온 것이었다. 그 일을 영락교회 권사님들과 상의를 했다. 그런데 놀라운 일은 어느 권사님이 나의 선교여행 경비로 1백만 원을 이미 작정했다고 하며 중국에 다녀오라고 했다. 나로서는 빼도 박도 못하는 상황이 되었다. 못 가겠다고 할 명분이 없었다. 그 당시 1백만 원은 대졸 신입사원 초봉의 두, 세 달 치 이상 되는 큰돈이었다.

나는 가고 싶지 않았다. 1991년 4월에 목사 안수를 받고 성남의 어느 교회의 부목사로 섬기고 있었다. 나의 사역은 국내 목회이지 선교는 아니라고 생각하고 있었기 때문이다. 중국 가는 문제를 놓고 기도를 하면서 이번 한 번만 다녀오자는 결심을 했다. 그것도 사실상은 권사님들이 떼밀어서 가는 모양새로 중국을 가게 되었다. 그때 나는 여권을 처음 만들었다. 중국에 입국하려면 선상 비자를 받아야 했고 그것으로 수속 절차가 끝난 것이 아니었다. 안기부에서 실시하는 안보 교육을 4시간 받아야 했다. 중국은 적성 국가이고 국교 관계가 없으므로 북한 사람과는 접촉하지 말 것과 중국의 법에 저촉되는 행동은 삼가고, 북한 사람들을 경계하라는 등의 교육을 받았다. 모든 수속 절차가 끝나자 결국 출국을 하게 되었다.

1992년 11월 어느 출국 날 남동생이 내 처와 딸을 태우고 인천 부두 국제터미널까지 와주었다. 짐이 엄청나게 많았다. 할빈은 11월에도 엄청나게 춥다는 얘기를 들었고 조선족 교인들에게 가르칠 성경 교재며 성경책 등 짐이 꽤 많았다. 이민용 큰 가방을 끌고 출국장을 들어서는데 딸이 손을 흔들며 인사를 했다. 왠지 울컥하는 기분이 들었다. 아내도 걱정스러운 눈초리로 바라보고 있기에 나는 그 시선을 피하고 손을 흔들고 입국장 안으로 들어갔다.

인천 부두에 있는 큰 배는 오래된 배처럼 보였다. 큰 트렁크를 지고 긴 사다리를 타고 배에 올라야 했다. 마치 6·25전쟁 때 흥남 부두의 피난민들이 배를 타려고 피난 봇짐들과 부모들이 애를 업고 손을 잡고 오르는 그런 모습들을 연상케 하는 장면이었다. 배 안은 정말 우중충했다. 수백 명의 중국 교포들이 중국 말로 쏼라대며 서로 얘기하는 소리가 귀에 거슬렸다. 마치 중국 사람들 속에 갇힌 기분이었다. 내가 들어가야 할 선실에 짐을 놓고서야 안도의 숨을 내쉬었다.

그런데 갑자기 정신이 번뜩 들었다. 내게 성경 학습을 받은 중국 동포분이 그날 나와 함께 인천항에서 만나기로 한 것이었다. 그런데 그분은 눈에 보이지 않았다. 나는 그들이 먼저 배를 타고 있을 것으로 생각했다. 그분은 할빈 사람이었기에 할빈의 초청자 집까지 데려다주겠다고 약속을 했기 때문이다. 나는 갑자기 걱정되었다. 선실마다 찾아보고 갑판 위에 나가서도 찾아보았지만 보이질 않았다. 더욱 걱정되어 안내실에 가서 그 사람의 이름을 알려 주고 선실 몇 호에 있는지를 확인해 보았다. 그러나 승선자 명단에 이름이 없었다. 눈앞이 캄캄했다. 내가 가진 것은 초청자의 편지에 적힌 할빈의 농촌 주소지와 이름뿐이었다. 그 당시 중국에는 전화가 농촌에는 거의 없었다. 도심지도 전화를 배정받기 위해 전신국에 신청해도 몇 년이 걸려야 하는 그런 상황이었다.

나를 더욱 두렵게 하는 것은 배가 산동성 위하이항에 도착지이지만, 가야 할 곳은 흑룡강성 할빈이었다. 더 큰 문제는 할빈으로 가기 위해서는 위하이 항에서 다시 밤배를 타고 요령성 대련으로 가서 거기서 기차를 타고 할빈으로 가야 했다. 중국 말을 못하는 내가 안내인도 없이 거기까지 간다는 것은 거의 불가능한 일이었다. 참으로 암담했다. 저녁 출항 시간이 되자 배는 고동 소리를 크게 울리며 인천항을 벗어났다. 그 당시 요나의 심정이 이해되었다.

"여호와의 낯을 피하여 함께 다시스로 가려고 선가를 주고 배에 올랐더라"(욘1:3)

다시 내릴 수도 없는 상황이었다. 모든 일정을 하나님께 맡겨야만 했다. 뱃전 갑판에서 노을 지는 서해를 바라보고 있었지만, 무사히 목적지 할빈에 도착하게 될지 걱정이 되었다. 이렇게 첫 선교 여행은 출발부터가 꼬이고 있었다. 떠밀려 가는 중국 선교 여행은 참으로 암담하기만 했다. 나로서는 더욱 홀로 내쳐진 기분이 들었고, 소음처럼 들렸다. 어느덧 배는 인천항과는 멀어진 어둠의 서해로 들어섰다. 나의 기분은 더욱 착잡했다.

찬 바닷바람에 추위를 느낀 나는 4인 선실로 들어왔다. 그 선실에는 나 말고 한국인 한 사람이 타고 있어서 말동무가 되었다. 그에게 나의 처지를 말하자, 그는 조선족으로 보이는 사람에게 "선생님은 어디로 갑니까" 라고 물어보았다. 그러자 그 조선족 남자가 "할빈으로 갑니다"라고 말했다. 그 사람은 나를 향해 "그러면 저 사람하고 같이 가시면 되겠네요" 라고 일방적으로 말했다. 조선족에게 자초지종을 얘기하자, "네. 제가 도와드리겠습니다"라며 친절하게 말해주었다. 이제 더 이상 걱정할 필요가 없게 되었다. 긴장이 풀어지면서 깊은 잠에 빠졌다.

"요나는 배 밑층에 내려가서 누워 깊이 잠이 든 지라"(욘1:5)

밤새 배는 서해상을 가로질러서 산동성 위하이항에 다다르고 있었다. 이른 아침이었다. 뱃전에 나가서 바라보니 안갯속에 보이는 중국 대륙의 첫 도착지인 위하이항구 도시가 어렴풋이 보이기 시작했다. 나는 마치 미지의 개척지인 신대륙을 보는 듯 신기하게 중국 대륙을 바라보고 있었다. 점차 눈앞에 위하이항이 확연히 눈앞에 드러나기 시작했다.

잠시 후 안내 방송이 들렸다. 모든 승객은 자신의 선실로 들어가서 대기하라는 것이었다. 선실로 들어온 나는 할빈까지 안내해 주겠다는 사람을 찾아보았다. 내 옆의 침대칸에 있던 그가 보이지 않았다. 그의 짐도 보이지 않았다. 갑자기 나는 절망감에 사로잡혔다. 배는 이미 위해항에 도착했다. 선내에는 국방색 제복을 입은 10여 명의 중국 관리들이 올라와서 뭔가 준비하고 있었다. 다시 선내 방송이 나왔다. 모든 승객은 하선을 준비하라는 것이었다.

나의 가슴은 타들어 가는 듯했다. 그 사람은 끝내 나타나지 않았다. 그가 다른 방으로 옮겨 간 건지, 아니면 하나님께서 나를 밤새 안심하고 자라고 천사를 보내어 연출하신 건지 알 길이 없었다. 만일 그가 없었다면 밤새 잠을 못 자고 근심 걱정하며 날 밤을 보냈을 거다.

2. 하나님의 인도 하심

결국, 나는 떠밀리듯 배에서 내리기 위해 짐을 들고 순서를 기다리게 되었다. 아무리 생각해도 앞길이 걱정되었다. 배에서 내리면 그다음 내가 어떻게 해야 할지 앞이 캄캄했다. 아마 그 당시 내 얼굴 표정은 흙빛이었을 거다. 나는 점차 떠밀리듯 출구 쪽으로 이동 중인데 나와 함께 방을 썼던 한국인이 갑자기 같은 줄에 선 어느 40대의 아주머니에게 말을 건넸다. "아주머니께서는 어디로 가시나요?" 그 여자는 "저는 할빈으로 갑니다."라고 하는 것이었다. 그러자 그 남자는 다시 나를 그 아주머니를 연계시켜 주면서 "이 분도 할빈을 가시는데 초행길이라는데 도와주세요." 라고 하자, 그 아주머니는 "네, 그러죠. 제 남편이 저를 마중 나와 있어요. 제 남편은 중국 할빈에 사업을 하려고 와 있어요."라며 친절하게 대답하는 것이었다. 그 여자는 한국인이었다. 나로서는 갑자기 천사를 만난 기분이었다.

막판에 하나님의 인도 하심이었다. 나는 안도의 숨을 내쉬며 하선을 마치고, 위하이항의 출입국에서 선상비자를 받았다. 내 여권에 입국 고무도장을 찍어 주고 공란에 내 이름과 입국 날짜와 출국 날짜를 만년필로 적어 주었다. 수수료로 30달러를 지불했다. 그다음 순서는 세관원의 짐 검사가 남아 있었다. 나는 다시 가슴이 방망이질했다. 가방 속에 성경 교재와 성경책이 많이 들어 있었기 때문이다. 국방색 군복을 입은 세관원은 짐을 들고 나가는 사람 중에 임으로 선택하여 가방을 열고 짐 검사를 하고 있었다. 내가 그 앞을 지나는데 그가 갑자기 손짓하며 중국말로 뭐라고 하는 것이었다. 가슴이 덜컥 내려앉았다. 그는 내 가방을 열어 보라는 손짓을 했다. 나는 모든 문제가 다 통과된 것으로 안심했는데, 막판에 입국이 좌절되는 게 아닌가? 걱정되면서 속으로 기도하면서 가방의 지퍼를 열었다. 가방 위의 옷을 보더니 그냥 가라는 손짓을 했다. 다시 한 번 "휴"하는 안도의 숨을 내쉬었다.

이제 모든 입국 수속이 끝났다. 짐을 들고나오자, 먼저 나온 한국 아주머니가 자기를 따라오라고 했다. 그녀를 따라가자, 그녀의 남편이 반갑게 기다리고 있었다. 그 여자는 남편에게 나를 소개했다. "여보 이분이 중국 초행길인데 혼자 할빈으로 가야 하는데 우리가 모시고 같이 가죠." 나는 선교 활동을 하러 할빈을 간다고 얘기해 주었다. 그는 나를 친절하게 대해 주었다. 그 부부는 나에게 천사 같은 안내인이 된 것이다. 그 남편은 나의 큰 짐을 일일이 들고 다니면 힘이 든다고 배편으로 할빈으로 탁송 수속까지 대행해 주었다. 그 남편은 중국말이 아주 능했다.

우리 세 사람은 중국 식당에서 식사하며 여러 이야기를 했다. 그는 사업상 갑자기 일이 생겨서 수산물 수입에 관련한 일을 보기 위해 산동성의 어느 도시에 가서 며칠을 보내게 되었다고 했다. 그 사장은 "목사님께서 원하시면 오늘 밤배로 대련으로 가는 배를 태워드릴 터이니 그렇게 하시겠습니까? 라고 물어왔다. 나는 혼자서 밤배를 타고 다시 대련에서 열차를 타고 할빈 농촌의 그 주소지로 가는 것이 불가능하다는 생각을 하여 같이 가겠다고 했다. 나로서는 참으로 염치없는 부탁이었다. 하지만 선택의 여지가 없었다. 이렇게 하여 그들과 함께 중국 대륙의 여행이 시작되었다.

그 후의 생긴 일이지만 10여 년 후에 놀라운 일이 벌어졌다. 그 부부는 미국과 한국에서 신학을 공부하고 목사 안수를 받고 선교사가 되었다. 그들은 하나님께서 1991년 배에서 이미 나에게 붙여주신 선교 동역자였다. 하나님의 선교는 인간의 상상을 늘 뛰어넘어 역사하셨다.

3. 이 산지를 내게 주소서

바울이 고린도에 가서 선교 활동할 때 하나님께서 브리스길라와 아굴라 부부를 만나게 하셨다. 바울은 그들과 함께 지내며 장막 짓는 일을 하며 선교를 했다. 하나님께서 그처럼 이 부부를 만나게 해 주신 것이었다. 그 남편은 일찍이 대만과 일본에서 중국의 역사를 공부한 역사 전문가였다. 중국어, 일어, 영어, 독어, 불어 등 언어도 능통한 인재였다. 부인은 동양화를 전공한 화가였다. 이 부부는 중국과 수교전인 1990년부터 중국에서 사업을 시작했다.

그들과 식사를 하면서 많은 이야기를 나누었다. 남편은 40대 후반이었고, 나는 38세였다. 그는 어린 시절 이북에서 피난 당시 영락교회 마당 텐트에서 지낸 적이 있다며 목사인 내게 극진히 존대해 주었다. 식사를 마치자 김 사장은 비즈니스 상 약속이 되어 있다면서 나를 데리고 여러 시간 떨어진 곳인 라이쥐(萊州)라는 곳으로 이동했다. 해안가 어업 도시였고, 경치가 뛰어났다. 그곳에서 중국의 첫 밤을 보내게 되었다. 푸른 청정 지역에 모래사장이 끝없이 펼쳐진 아름다운 휴양지였다. 중국 측 사업가로부터 극진한 해물요리를 대접받았다. 고급 승용차를 태워주면서 바닷가 호텔까지 잡아 주었다. 상상치도 못한 환대와 호화로운 여행으로 중국 사역을 시작하게 된 것이다.

그날 밤 나는 잠들기 전에 갖고 온 성경을 테이블 위에 올려놓았다. 그 순간 가슴이 뛰었다. 공산국가에 선교사로 왔다는 자체가 내 인생의 크나큰 의미 있는 일로 생각되었다. 선교 사역의 장을 새롭게 여는 순간이 긴장되기도 했다. 나는 성경 구절을 한 구절씩 조그만 소리로 읽어 내려갔다. 중국 대륙에 성경을 펼쳐 놓은 것이었고, 중국을 향한 복음의 나팔을 부는 선포식과도 같았다. 나는 성경을 천천히 읽어 나갔다. 그 순간이 너무도 거룩한 시간이었고, 하나님께서 나에게 중국 대륙을 열어주시는 것 같았다. 어제의 기억들이 먼 날의 이야기처럼 사라졌고, 내 마음속에 선교의 소명감이 들면서 하나님께서 중국에 나를 친히 보내셨다는 생각에 빠져들었다. 내 심경의 변화가 이처럼 간사하게 변했다는 것이 내 스스로가 믿어지지 않았다.

성경을 읽으면서 혹시 누가 훔쳐보는 것이 아닌가 하는 생각도 들었다. 내 평생에 잊을 수 없는 거룩한 첫날 밤이었다. 북방의 할빈이 아닌 산동성의 바닷가 휴양지 같은 곳에서 첫날을 보낸 것은 하나님의 각별한 나를 향하신 배려였고 위로였다. 하나님께서 가장 적기에 나를 중국으로 보내 주신 것이었다.

중국에서 둘째 날을 맞았다. 김 사장의 일이 중국 측과 계약이 늦어지면서 며칠을 더 머물러야 했다. 오랜만에 바다 휴양지에서 많은 기도와 성경을 볼 수 있었다. 참으로 조용한 바닷가였다. 중국은 상해와 광동, 청도 등 유명한 연안 도시가 많았지만 내가 머문 곳은 아직 휴양지로 개발이 안 되었다. 자연 그대로의 청정 바다였다. 황금빛 모래사장이며, 맑은 바닷물이며, 조용함이 휴양지로서 최적이었다. 하나님께서 내게 생각지도 못한 휴양의 보너스를 안겨주셨다.

나는 김 사장 부인에게 기독교책을 주면서 전도를 했지만 요지부동이었다. 김 사장은 나중에 사업이 잘되면 물질로 나를 돕겠다고 했다. 그 후 나는 그분들이 예수님을 믿도록 중보 기도를 했다. 사흘째 되는 날 김 사장은 나와 자기 부인에게 먼저 할빈으로 가라고 했다. 대련까지 데려다주겠으니 열차를 타고 할빈으로 가라고 했다.

나로서는 그냥 따를 수밖에 없었다. 참으로 이상한 상황이 벌어진 것이다. 배에서 처음 만난 남의 부인과 같이 할빈까지 간다는 것이 좀 어색하고 불편했다. 김 사장도 그의 아내도 매우 불편했을 것이다. 결국, 김 사장은 나와 자기 부인을 데리고 산동성 <용커우>항에서 오후 배를 타고 5시간 이상 걸려서 밤 시간에 대련항까지 왔다. 김 사장은 중국 역사에 대한 전문 지식을 갖고 있었다. 중국 공산당의 역사에 관해 공부한 그는 나에게 중국 역사의 오리엔테이션 강사가 되었다.

하나님은 선교 여행 중에 때마다 일마다 생각지 못한 은혜를 체험하도록 인도해 주셨다. 대련에 도착한 시간은 해가 진 저녁이었다. 김 사장은 열차표를 살 수 없게 되자 암표를 사서 열차 안까지 태워주었다. 나와 김 사장 부인은 자그마치 17시간이 걸리는 열차 여행을 동행하게 되었다. 동북 삼성 제일 남단인 대련에서 북단인 할빈까지의 거리는 참으로 기나긴 여정이었다. 밤새도록 의자에 앉아서 가야 하는 열차 여행은 매우 피곤했다. 하지만 내가 홀로 갈 수 없는 그 길을 하나님께서는 선한 두 부부의 손길을 통해 나를 인도하셨다. 나는 자다 깨다 하기를 수차례 반복하면서 밤을 새우다시피 했다.

어느덧 해가 뜨기 시작하면서 차창 밖의 광경이 보이기 시작했다. 놀라운 것은 밖의 모습은 눈 덮인 광활한 대륙 그 자체였다. 북방의 끝없는 설원을 열차가 달리고 있었다. 나는 그 광경에 빠져들었다. 갑자기 이곳이 우리 조상인 고구려의 대륙이었다는 생각이 들면서 묘한 감정을 느꼈다. 대고구려의 기상이 되살아나는 듯한 기분이었다. 고구려의 군사들이 말발굽 소리를 내며 이 광활한 땅을 달렸었다는 생각이 들면서 한국 선교사인 내가 이 땅을 달려가고 있다는 사실이 가슴을 뛰게 하였다.

"내가 그들 곧 이스라엘 자손에게 주는 땅으로 가라 내가 모세에게 말한 바와 같이 무릇 너희 발바닥으로 밟는 곳을 내가 다 너희에게 주었노라."(수1:2,3)

이제는 말발굽으로 정복하는 땅이 아니라 하나님께서 주시는 복음의 산지로, 하나님이 기업의 땅으로 주시어 나의 발자국을 내게 하시고 철길을 따라 달려가게 하시니 얼마나 놀라운가? 참으로 기이하며 가슴 뛰는 시간이었다. 한반도의 절반에 갇혀 살고 그 땅이 세상의 전부인 양 살아왔던 내 자신이 신대륙으로 뛰쳐나가는 것 같았다. 나는 호기심을 갖고 음미하며 파노라마 같이 펼쳐지는 광경에 빠져서 시간 가는 줄 몰랐다.

정오쯤 할빈에 도착할 예정이었다. 아직도 가야 할 시간이 많이 남아 있었다. 아침 식사 시간이 되자 김 사장 부인은 열차를 타기 전에 남편이 사준 식사 대용 먹거리를 열차 탁자에 준비했다. 빵과 과일 그리고 음료였다. 나와 김 사장 부인은 여러 이야기를 하면서 시간을 보냈다. 할빈에 자신의 두 자녀가 공부하고 있으며, 송화강이 흐르는 강변의 아파트에 살고 있다고 했다. 할빈에 도착하면 자기 집에 유숙하고, 찾아갈 집까지 자기 회사의 중국인 직원에게 데려다주겠다고 했다. 나는 할빈에 도착하면 역전 근처의 호텔에서 투숙하려고 했다. 너무도 친절하게 배려해 주었다. 처음 보는 남자를 자기 집에 들인다는 것은 상식상 이해하기 힘든 일이었다. 나로서는 하나님의 예비 하심이고 앞서서 행하시는 하나님의 손길처럼 느끼게 되었다.

말로만 듣던 중국 대륙의 크기는 일부에 지나지 않았는데도 기차를 타고 오며 대륙의 광활함과 그 힘이 충분히 느껴졌다. 어느덧 열차는 목적지 할빈에 다다르고 있었다. 왠지 막연한 기대감이 들기도 했다. 17시간, 1박 2일의 열차 여행이었지만 피곤함보다 기대감이 더 느껴졌다. 할빈 역전으로 나오자 김 사장의 회사 직원이 마중 나와 있었다. 중국인이 반갑게 맞아 주었다. 김 사장이 미리 전화해 놓은 것이었다. 택시를 타고 시내로 들어갔다. 시내의 모습은 점차 전형적인 중국 도시의 풍경보다는 서양의 풍취가 느껴지는 그런 건물들이 눈에 들어왔다. 할빈시는 북방의 파리라고 불리는 곳이었다. 나중에 알게 된 얘기지만 할빈은 러시아의 볼셰비키 혁명 때에 백러시아의 귀족과 지주들이 도주해 와서 그들이 세운 도시였다.

4. 서울에서 온 용한 목사

김 사장이 며칠 후 집에 돌아왔다. 그는 조선족 마을에 나를 데려다 주도록 중국인 청년과 차를 제공해 주었다. 김 사장 아파트 바로 건너편 송포진이라는 강 건너의 농촌 마을이었다. 송화강 다리를 건너서 나를 초청한 주소를 찾아갔다. 그 주소는 개인 집이 아니었다. 시골의 작은 면사무소 같은 곳이었다. 그곳에서 나를 초청한 사람을 찾자 바로 그 사람이 나타났다. 중국 청년이 그 사람에게 자초지종을 얘기하자, 그도 깜짝 놀라는 것이었다. 그가 나에게 초청장을 만들어 보냈지만 이렇게 빨리 올 줄 몰랐고, 올 것이라는 확신도 없었기에 놀란 것이다. 그는 바로 퇴근을 하여 자기 집으로 나를 데리고 갔다.

그 마을은 정말 낙후한 동네 같았다. 흙먼지가 날리는 비포장도로며 조그만 벽돌집들이 대부분이었고, 종종 토담집에 초가지붕이 있는 집들도 보였다. 한국의 60년대 시골 풍경 같았다. 내가 도착한 집은 토담집이었다. 내가 갑자기 나타나자, 오복순 조선족 아주머니는 놀라면서 마치 친정집 오빠가 온 듯 반갑게 맞아주었다. 서울에서 볼 때보다 훨씬 촌스러운 옷차림이었다. 나를 방으로 인도하면서 누추한 곳에 모시게 되었다고 매우 민망해했다.

집안의 방 구조는 일부분만 돌출된 구들이 높은 침대처럼 되어있었다. 바닥에는 비닐 장판이 깔려 있었다. 복순 아주머니는 시장을 보러 가겠다며 자전거를 타고 어디론가 사라졌다. 방에는 한국 면세점에서 사온 큰 텔레비전과 전기밥솥이 장식품처럼 진열되어 있었다. 옷장 위에 이불을 쌓아놓다. 그 덮개에 꽃무늬 수가 놓여 있었다. 한국의 수십 년 전 농촌의 안방 같았다. 그녀의 남편은 나를 아랫목에 앉게 했다. 자기 부인이 반년 동안 한국에서 돈 벌어 온 이야기며 자기가 사는 이야기 등 구구절절이 들려주었다.

얼마 후 그 부인이 부엌에서 요란한 도마 소리를 내기 시작했다. 남편은 텔레비전을 켜 주고, 방에 불을 땐다며 부엌으로 나갔다. 부엌은 부뚜막이 있었고, 솥단지가 걸쳐 있었다. 장작불이 아닌 석탄을 물에 개서 사용했다. 그 남편은 내가 추워할까 봐 풍구질을 하면서 연방 석탄을 넣어가며 가열하였다.

얼마 후 동그란 밥상이 차려졌다. 그 상에는 큰 잉어찜과 두부 부침, 달걀 반찬과 고사리나물과 김치가 있었다. 나를 놀라게 한 것은 바로 큰 밥주발이었다. 한국에서는 조그만 공기에 밥을 먹던 나는 옥수수가 곁들여진 쌀밥의 높이에 압도되었다. 백두산 높이 같았다. 그 자매는 “맛있게 다 드시고 또 드세요”라고 했다. 극진한 성의를 생각해서 다 먹어야 했다. 중국에서는 반가운 손님이 오시면 잉어 요리를 대접한다면서 큼직한 잉어를 통째로 접시에 올려놓았다. 처음 먹어보는 잉어찜이었다. 간신이 밥을 다 먹었다. 이번에는 그 그릇에 다시 밥을 올려놓고는 "목사님! 먼 길 오시느라 고생하셨는데, 놀며 놀며 드시라우"라고 했다. '아이고!' 배가 터질 지경이었다. 우리 민족은 중국에 가서도 가난을 못 벗어나서 많이 먹는 것이 덕이 되고 잘 베푸는 문화가 된 것이다. 그날은 내 생애에 밥을 가장 많이 먹은 날이었다.

먹는 고행이 그것으로 끝나지 않았다. 텔레비전을 보면서 그 남편은 계속 자기 얘기며, 조상 얘기 등을 늘어놓았다. 조금 후 그는 갑자기 "목사님 텔레비전을 죽일까요?"라고 했다. 텔레비전을 끄다가 아니고 죽인다고 했다. 이번에는 다시 비슷한 말을 하였다. "목사님! 전깃불을 죽일까요?" 라고 했다. 그러라고 하자, 전깃불을 껐다. 그 방에서 나와 그 남편이 자고, 옆방에는 그의 아내와 그 집 딸이 잤다. 부엌에서 물 떨어지는 소리가 나자, 남편은 큰 소리로 "야! 물 죽이라!"고 외쳤다. 모두를 죽여야 하는 밤이었다.

그날 밤에 밥도 많이 먹고 물도 많이 마셔서 소변이 마렸다. 화장실이 어디냐고 묻자, 그는 부엌의 허드레 물통에 그냥 보라고 했다. 그런데 늦은 밤에 배가 아파왔다. 과식했기 때문이다. 내가 배가 아파서 화장실을 가야 한다고 하자, 그는 문밖으로 나가서 옆집 사리문 사이로 들어가서 일을 보라고 했다. 나는 의아해서 물어보았다. "왜 화장실이 집에 없습니까?" 그러자 그는 "우리는 옆집하고 같이 사용합니다"라고 했다. 나는 야밤에 옆집 사리문 사이로 들어가서 헛간처럼 보이는 화장실을 들어갔다. 앞에는 채소밭이 보였다. 그 남편이 준 전등을 들고 담을 넘어

도적질하듯 남의 집 화장실을 사용했다. 판자 같은 것으로 가려진 문이 없다. 전후좌우가 다 뚫려 있었다. 천장은 아예 없었다. 만주의 찬바람이 사정없이 내 엉덩이를 스쳐 갔다. 만주 벌판의 화장실에는 푸른 밤하늘에 별들이 쏟아질 것 같았다.

할빈 농촌에서의 첫날 밤은 많은 신고식을 치러야 했다. 일을 다 보고 방으로 들어와 언 몸을 따듯한 구들장에 녹였다. 그런데 그 안락함도 잠시였다. 그 남편은 귀한 손님이라면서 제일 아랫목에 이부자리를 펴 주었는데, 온돌의 열기는 찜질방보다 더 뜨거웠다. 등에서 땀이 날 정도였다. 나는 배를 깔고 있다가 뜨거워지면 다시 옆으로 누었다. 그렇게 등, 배, 좌우 옆으로 돌려가면서 눕기를 석쇄에 구워지는 고등어 자반처럼 타지 안으려고 몸부림 가까운 용을 썼다. 평생 잊을 수 없는 만주 벌판의 첫날밤이었다. 이 집에서 얼마를 더 있어야 할지 걱정이 되었다. 그렇다고 그 집을 떠날 수는 없었다.

만주의 밤은 그렇게 지나갔다. 아침이 되자 식사를 마친 후 복순 자매와 같이 자전거를 타고 그 지역 가정 처소교회로 향했다. 어떤 모습의 교회일까 궁금했다. 자전거 거리로 약 20여 분 정도였다. 아무리 보아도 교회 같은 건물은 없었다. 초라한 토담집들만 보이는 한가로운 조선족 농촌 마을이었다. 벽돌로 지은 교회 건물도 없었고, 그저 토담집 가정 교회였다. 어느 성도가 예배를 볼 때만 제공한 집이었다. 대부분이 나이가 든 아주머니였고, 남자 몇 분이 있었을 뿐 젊은 30대는 몇 명에 불과했다. 평일이니 더욱 그런 것 같았다. 내가 들어가자 모두 일어서서 나를 맞아주었다. 벌써 밤새 비상 연락망으로 연락된 것 같았다. 서울에서 목사님이 왔다고 많은 기대를 하고 모인 것 같았다.

나는 한국에서 준비해 간 창세기 강해를 시작했다. 성경 공부가 시작되기 전에 지도자로 보이는 나이 든 남자 성도가 개회사를 선언하듯 "지금부터 서울에서 오신 목사님의 말씀을 듣도록 하겠습니다. 성도님들께서는 다 같이 수첩을 꺼내어 적으시기 바랍니다"라며 말했다. 마치 공산당 조직의 반 모임 같은 분위기를 느꼈다. 그러자 여자 성도들은 조그만 수첩과 볼펜과 몽땅 연필을 꺼냈다. 그런데 이상한 것은 성경을 가진 사람들은 몇 명에 불과했다. 그들은 지도자가 말하면 수첩에 받아쓰고, 그것으로 복습하는 것으로 자신들이 성경 공부를 할 수밖에 없었던 것이다. 이들이 가진 성경도 한국에 다녀온 사람들이 교회나 친지들에게 선물로 받은 것들이었다. 그렇다고 중국 서점이나 교회에서 성경을 팔고 있지 않았다. 농촌 사람들은 중국어도 능하지 못했고, 한문은 더욱 몰랐다. 그들은 조선인들끼리 평생 모여 살았기에 중국어를 잘 사용하지 않았기 때문이다.

그들이 쉽게 이해할 수 있도록 창세기 강해를 했다. 지금까지 그들은 성경 학습을 제대로 받아 본 경험이 없었다. 1년 전 나에게 성경 학습을 받은 복순 자매가 유일하게 훈련받은 사람이었다. 어느덧 점심때가 되자, 식사와 휴식 시간을 가졌다. 몇 명의 여자 성도들은 음식을 준비했고, 남자 두 명은 돌절구에 밥을 넣고 떡 매질을 했다. 그야말로 동네 사람들이 모여서 마을 잔치같이 벌어졌다. 돌절구에 떡을 쳐대는 것을 처음 보는 것이라 구경삼아 보았다. 두 명의 청년이 번갈아 가면서 "쿵떡 쿵떡" 소리를 내면서 잔치 떡을 만들었다. 한참 후 그것을 도마에 올려놓고 뭉쳐진 떡 덩어리를 칼로 잘라서 콩고물을 묻혀서 인절미를 만들었다. 첫 작품을 나에게 먼저 주었다. 비록 거친 떡이었지만 시골의 전통적인 떡을 먹게 되었다.

마치 가나안 혼인 잔치 같은 분위기였다. 반찬들은 어제의 잉어 요리, 나물과 두부,달걀과 야채를 볶은 것 반찬 등등…. 거의 콩기름에 볶은 반찬들이었다. 한국에서 목사가 왔다고 푸짐한 잔치가 열린 것이다. 내게는 참으로 정겹고 은혜스런 혼인 잔치 같았다.

다시 오후 성경 공부가 시작되었다. 나는 목사가 된 후 처음 해보는 사경회 집회였다. 오후에도 한 사람도 빠지지 않고 경청하며 진지하게 학습에 임했다. 저녁이 되면서 밖이 어둑어둑해졌다. 겨울철이라 밤이 빨리 찾아왔다. 나는 "오늘 성경 학습은 이만 하겠습니다"라고 말했다. 그러자 지도자 성도는 나에게 "목사님! 저희 성도 중에 병자들이 많습니다. 허리병, 위장병, 무릎 아픈 사람, 두통에 시달리는 사람들이 있는데 이들의 병이 나을 수 있도록 안수 기도를 해 주세요"라며 간곡히 부탁했다. 나는 좀 당황스러웠다. 왜냐하면, 목사안수 받은 지 6개월이 지났지만, 병자들을 위해 안수 기도를 해 보지 않았기 때문이다. 과연 내가 기도하면 저들이 나을까 하는 의구심이 들었다. 그렇다고 그 자리를 피하거나 못한다고 할 수는 없었다.

나는 그들에게 먼저 하나님 앞에 찬송하자고 하고, 찬송하는 동안 속으로 간절히 기도했다. "성령님께서 나에게 능력을 주시어서 손을 얹고 기도할 때 병든 자들이 낫게 하여 주옵소서"라며 갈급한 마음으로 기도했다. 분위기가 고조되자 나는 한 사람 한 사람에게 누가 무슨 병이 있는지도 모르지만, 방언 기도를 하면서 힘써 안수 기도를 했다. 마치 마가 다락방 같은 뜨거운 분위기가 되었다. 그들도 통성으로 간절히 기도

했다. 그날은 사경회로 시작해서 부흥회로 끝났다. 모든 일정을 마치고 그 자매의 집으로 돌아왔다. 내 생애에 목사로서 최초의 부흥 사경회를 한 것이다.

그런데 그것으로 끝나지 않았다. 돌아와서는 저녁을 먹고 난 후 그 집회에 참석하지 못한 다른 성도들이 찾아와서 성경학습을 해 달라는 것이었다. 이어서 그 다음 날 새벽에 나를 깨우더니 새벽 예배를 또 하자는 것이었다. 나는 새벽 예배를 해 본 적이 없었는데, 중국에 와서야 하게 되었다. 쉴 틈이 없는 일정이었다. 새벽기도회에 세, 네 명이 모였다. 참으로 기특한 것은 한국에서 목사가 왔다는 소문을 듣고, 사모하는 마음으로 새벽에도 찾아오는 것이다.

다음 날 아침 그 자매는 나를 다시 그 가정 처소교회로 데리고 갔다. 그런데 어제보다 더 많은 사람이 와 있었다. 그 교회의 지도자가 말하기를 "목사님께 어제 안수 기도를 받은 사람들이 병이 나았습니다. 허리, 다리, 위, 두통으로 고통받던 사람들이 다 치료되어 약을 먹지 않습니다"라고 전해 주었다. 안수 기도를 받고 집으로 돌아가서 저녁에 통증이 없어서 약을 먹지 않았다는 것이다. 그러면서 한 성도는 나에게 약봉지를 보여 주었다. 자신은 할빈 시내 큰 병원에서 준 약을 오랫동안 먹었다고 한다. 어제 안수기도 받고 말짱히 나아서 아무 통증이 없다고 고백을 했다. 어제 하나님께서 성령의 역사를 부어주셨다.

그들은 동네 사람들에게 서울에서 용한 목사가 왔다고 선전을 했다. 다른 사람들을 데리고 온 것이었다. 어떤 사람은 목사님을 본 적이 없어서 어떻게 생겼는지 궁금해서 보러 왔다는 것이다. 그 성도는 자신이 생각한 목사는 하얀 수염이 달린 노인네인 줄 알았는데 너무 젊어 보인다면서 실망스러운 표정이었다.

둘째 날 사경회는 어제보다 더욱 뜨거웠고 진지했다. 성경 공부가 끝나고 안수 기도 받기 원하는 사람들을 위해 기도해 주었다. 집회를 마치고 와서 저녁을 먹은 후 모인 세, 네 명에게 다시 성경을 학습하였다.

셋째 날도 같이 사경회와 안수 기도를 해 주고 왔다. 저녁을 먹고 난 후 휴식하고 있는데 갑자기 김 사장 부인이 나를 찾아 왔다. 자기 남편이 북경에 가 있는데 목사님이 원하시면 모시고 오라고 했다는 것이다. 그러니 북경에 같이 가겠느냐며 물었다. 갑작스러운 제안이라 어떻게 할지 망설였다. 그러자 김 사장 부인은 북경에 가서 구경하고 다시 돌아오면 되지 않겠느냐며 나를 설득하였다. 중국의 수도인 베이징과 그 유명한 만리장성과 천안문과 자금성을 보고 가는 것이 좋다고 생각했다. 복순 자매에게 며칠 동안 북경을 관광하고 다시 오겠다고 양해를 구했다. 그리고 김 사장 부인을 따라 그의 집으로 갔다. 다음 날 저녁 기차를 타고 북경으로 향했다. 약 1천 3백여 킬로미터를 14시간에 주파하는 특급쾌속 열차였다. 중국에 온 지 얼마 안 되어 두 번째 열차 여행이었다. 베이징 야간 특급 열차는 지난번 대련에서 탄 기차보다 깨끗하고 속도도 빨랐다. 수도 베이징의 모습은 어떨지 마음이 설레었다. 하나님께서 내게 특별히 주신 선물이라고 생각되었다. 갑자기 베이징 여행을 하게 된 사유가 참으로 기이했다.

김 사장 부부와는 매우 신기한 만남으로 이어져서 할빈에 이어 다시 베이징까지 연장되게 된 것이었다. 그 부부는 내게 분에 넘치는 선대를 했다. 이번에는 중국 대륙을 동에서 서로 가로지르는 횡단 열차 여행이었다. 내가 탄 기차는 특실로 4인 1실로 쾌적한 분위기였다. 밤 9시가 되자 자동으로 소등이 되었다. 각 개인이 알아서 불을 끄는 것이 아니라, 공산국가의 통치 행위가 잠자는 시간도 강제로 강요하는 것처럼 느껴졌다. 침대가 덜커덩거렸지만, 마치 요람처럼 느껴지며 잠에 빠져들었다.

열차 안에서 새로운 아침을 맞았다. 침실 칸에 불이 들어오며 스피커에서 군가 같은 노래가 나왔다. 이어서 톤이 높은 여자 아나운서가 아침 뉴스를 전했다. 잠을 자고 깨어나는 것도 관제화 된 중국이었다. 열차 뒷 칸에는 화장실과 세면대가 있어서 고양이 세수를 할 수 있었다. 남자나 여자나 털바지 내복을 입고 열차 통로를 왔다 갔다 했다. 이들은 자연스럽게 행동을 했다. 이들은 초면의 사람들과도 마치 지인인 것처럼 자연스럽게 대화를 했다. 우리와는 다른 문화였다. 어쩌면 중국의 공산화가 남녀평등과 모두가 동무라는 수평적 개념으로 유교 문화를 변질시켜 놓은 것 같았다.

잠시 후 안내 방송이 나왔다. 도착 시각이 점차 다가오자 거대한 북경의 외곽 모습이 보였다. 중국 철로 변의 집들은 거의 철거해야 할 집들이 줄지어 있었다. 한국도 불과 수십 년 전에 철로길 옆집들은 판자촌들이었다.

드디어 중국 수도인 베이징 역에 도착했다. 나는 마치 시골 학생이 서울 구경하러 서울역에 도착한 그런 기분이었다. 기차에서 내린 승객들은 그야말로 구름떼 같았다. 도착한 객차의 끝이 보이지 않았다. 나는 김 사장 부인과 같이 많은 사람 틈바구니에 끼워서 출구로 밀려나겠다.

중국 대륙 각지에서 올라온 여행객들과 어깨에 짐을 멘 사람들과 이부자리를 끈으로 묶어서 지고 온 사람들도 보였다. 아마 이들은 노동 일자리를 구하러 상경한 사람들 같았다. 역전으로 나온 사람들은 그야말로 구름 군중이었다.

나는 북경에 3일간 있으면서 중국의 기독교에 대해서도 많은 이야기를 들을 수 있었다. 북경 방문은 중국의 고대와 근대와 현대사를 눈으로 배우는 시간이었다. 김 사장도 북경에서의 모든 일을 마치고 할빈으로 함께 돌아왔다. 나는 다시 할빈 농촌의 그 자매의 가정교회로 저녁 무렵에 도착했다. 그런데 예상치 못한 일이 그동안 발생한 것이었다.

내가 북경으로 떠난 다음 날 그 지역 공안부에서 그 자매의 집을 찾아왔다고 한다. 한국의 목사가 이 집에 묵으며 선교 활동을 하고 있다는 주민 신고가 들어왔기 때문이었다. 나를 체포하러 왔지만, 내가 없자 다시 이곳에 나타나면 반드시 신고하라며 돌아갔다는 것이었다. 그 자매와 남편은 매우 놀란 표정이었다. 왜 하나님께서 나를 그 집에서 갑자기 떠나게 하셨는지 알게 되었기 때문이다.

너무 놀라운 하나님의 인도 하심이었다. 이는 성령님의 역사 하심이 아니면 있을 수 없는 일이었다. 내가 만일 그 집에 있었으면 분명히 공안부에 체포되었을 것이다. 조사와 심문을 받고 중국에서 추방되었을 것이다. 그날 저녁 나는 다시 김 사장 집으로 돌아왔다. 사도행전의 바울도 사역 중에 어느 도성에서 복음을 전하다가 신변에 위험을 느끼자 동료들이 그를 큰 바구니에 달아서 성벽 밖으로 내려서 도피시킨 것처럼 하나님께서 나를 피신시킨 것이었다.

놀라운 것은 그때부터 하나님께서 김 사장의 집을 중국 선교의 베이스캠프로 삼으신 것이다. 나는 주일 할빈시 남강지역의 중국인과 조선족 기독교인들이 모인 교회로 가서 주일 예배를 드리게 되었다. 그뿐만 아니라 김 사장의 집에서 성경 공부와 예배를 드리게 되었다. 하나님께서 김 사장의 가정을 구원하시기 위해 그렇게 역사하신 것이었다. 할빈에는 이미 소수의 한국 기업인과 유학생들이 와 있었다. 주일이면 김 사장 회사에서 예배를 드리게 되었다. 하나님께서는 한 곳에만 머무르는 사역이 아니라 곳곳에 파종하듯 복음의 씨를 뿌리도록 그처럼 역사하신 것이었다.

5. 하늘 아래의 중국 대륙을 품으며

어느덧 한 달이 되어 한국으로 돌아가야 했다. 처소교회 그 자매는 나에게 고맙다며 여러가지 선물을 주었다. 그중에 토끼털로 된 반코트를 사모님에게 선물이라며 주었다. 나는 다시 오겠다는 마음에도 없는 약속을 했다. 그 자매의 남편이 나를 산동성 위하이 항까지 그 머나먼 길을 이틀을 걸려 데려다주기로 하였다. 돌아가는 길도 만만치 않았다. 그 자매의 남편은 나를 항구 근처에 호텔을 잡아 주고 떠났다.

이제 홀로 남았다. 아침에 배표를 사는 곳으로 갔다. 그런데 이상하게 표를 팔지 않았다. 그 앞에 여러 명이 서성대고 있었다. 어느 한국인 청년 두 명이 사무실에 확인해 본 결과, 표가 다 팔려서 자리가 없다고 했다. 일주일 이상 더 기다려야 한다는 것이었다. 나는 앞이 캄캄했다. 완전 고아가 된 기분이었다. 말이 전혀 통하지 않았고, 돈도 거의 다 써 버린 상태였기에 일주일 동안 호텔에 머무를 수가 없었다. 방법이 없었다. 나처럼 표를 구하지 못한 청년 두 명도 난감해 했다. 그는 유창한 중국어로 항의했다. 표가 없다는 이유는 그들이 표를 이중으로 좌석 이상으로 팔았기 때문이다. 아무리 항의를 해봤자 소용이 없었다. 청년들은 중국을 다니면서 무역을 한다고 했다. 자신들은 지체할 수 없고, 다른 교통편으로 한국을 간다고 했다. 나는 그들에게 사정을 얘기하고 같이 동행할 수 있도록 부탁을 했다. 그러자 순순히 그러자며 같이 한국으로 가기로 했다.

이제는 새로운 안내인을 하나님께서 붙여주신 것이다. 하나님께서는 위기 때마다 가장 적합한 사람들을 천사처럼 만나게 해 주셨다. 우리 일행은 위하이항에서 택시를 잡아타고 여러 시간을 거쳐서 연태항으로 갔다. 거기서 다시 밤배를 타고 대련으로 가야 했다. 나로서는 하루 사이에 다시 대련으로 되돌아 가야 하는 것이었다.

밤에 연태항에 도착해서 대련으로 가는 표를 구했다. 좌석은 없고, 입석표 밖에 없었다. 어쩔 수 없이 입석표를 사서 배에 올랐다. 돗자리 같은 깔개를 하나 주었다. 의자나 침상이 없으니 알아서 아무 데나 앉아서 가라는 것이었다. 그 배는 너무 많은 승객으로 피난선 같았다. 나와 두 명은 일단 갑판으로 나가서 바닥에 앉았다. 중국어를 잘하는 그 청년은 잠깐 기다리라며 자리를 떠났다.

한참 후에 그 청년은 손에 표를 쥐고 나타났다. 선실의 매표 책임자에게 웃돈을 얹어 주고 침대 특실을 확보한 것이다. 순식간에 겨울 바닷바람을 맞으며 난민처럼 돗자리 위에 웅크리고 있던 나로서는 갑자기 지옥 문턱에서 천국 로열석으로 가는 기분이었다. 침대 방에 들어가니 따듯했고 화장실도 있었다. 쿠루즈선에 나오는 그런 특실 같았다. 돈이면 모든 것이 해결되었다. 선실 직원들은 특실을 비워두고 자기들의 주머니를 별도로 챙기는 수법이었다. 좌우간 우리 일행은 그 혜택을 톡톡히 입은 것이다. 나는 안도감에 잠을 푹 잤다. 아침에 다시 대련항에 도착하였다.

우리 일행은 다행히 대련에서 광동성행 항공권을 구했다. 비행기 좌석에 앉으며 안도의 숨을 내쉬었다. 비행기에는 중국인들이 가득 탔고 빈 좌석이 없었다. 나는 그 청년에게 어떻게 표를 구했냐고 물었다. 그는 웃으며 말했다. “목사님! 우리가 이 자리를 차지함으로 다른 사람이 이 비행기를 못 타게 된 것입니다. 내 중국 친구가 이 항공사의 높은 사람을 알고 있어서 표를 이미 예약한 사람의 것을 취소시키고 좌석을 차지하게 된 겁니다. 아마 취소된 그 세 사람은 비행장에 왔다가 그냥 돌아갔을 겁니다” 선교하러 온 목사가 불의한 일에 동참한 꼴이 되었다.

비행기가 이륙하자 곧 황해 바다가 눈 아래 보이기 시작했다. 그 순간 나는 황홀했다. 그동안 고생한 일들을 하늘에서 다 날려 보내는 기분이었다. 몇 시간 후 옆자리에 앉아 있는 청년이 나에게 아래를 내려다보라고 했다. 중국의 거대한 도시들이 눈에 들어왔다. 그는 나에게 이 도시가 바로 상해라고 일러 주었다. 나는 그 순간 하나님께서 중국 대륙을 나에게 주신 땅이라는 생각을 해보았다. 비행기에서 보이는 크나큰 대륙이 내 품에 들어오는 듯했다. 하나님께서 중국 대륙의 모습을 열차로, 배로, 버스로, 인력거로 다 체험케 하신 것이다. 지금까지 있었던 40일 동안의 모든 일정이 눈앞에 파노라마처럼 펼쳐 보였다.

거의 4시간 정도 지나자 광동성 광동항에 도착하였다. 비행기에서 내리자 갑자기 후덥지근한 공기가 느껴졌다. 할빈은 영하의 대륙이었지만, 이곳은 남방으로 여름 같은 더운 날씨였다. 이곳 역시 사람들이 인산인해였다. 다음 목적지는 썬젼(심천)으로 홍콩과 붙어 있는 곳으로 등소평이 개혁개방을 하면서 시험적으로 자본주의 개방 특구를 개발한 도시였다. 밤중에 우리 일행은 오래된 택시를 갈아타고 다시 얼마를 달렸다. 광동성은 그야말로 불야성 같은 화려한 대도시였다. 북경보다 더 화려했고, 고층 건물들이 많았다.

택시에서 내린 곳은 심천으로 들어가기 위해 통과해야 하는 검문소 같았다. 중국인들은 이곳을 마음대로 다닐 수 없었다. 우리는 여권을 제시하고 건물 밖으로 나오자 그곳이 바로 심천이었다. 그 앞에는 큰 출입국 건물이 있었는데 심천과 홍콩의 분계선 가운데에 있었다. 그런데 그 건물은 시간이 늦은 밤이 되었기에 폐쇄되어 있었다. 우리 일행은 다음날 아침에 문을 열기까지 야지에서 날밤을 지새워야 했다. 그곳의 모든 상가는 모두 문이 닫혀있었다. 다행히도 춥지가 않아서 노숙하는 데에는 문제가 되질 않았다. 그래도 감사한 것은 이제 내일 아침이면 홍콩으로 넘어간다는 기대감으로 긴 밤을 보낼 수 있었다.

나는 바닥에 쭈그리고 앉아서 곰곰이 생각해 보았다. 날짜를 꼽아보니 중국에서의 사역 기간이 40일이었다. 하나님께서 나로 하여금 중국의 첫 사역부터 대륙 곳곳을 발로 밟게 하셨다. 눈으로 보게 하는 체험적

선교 여행을 친히 인도하신 것이다. 중국을 떠나기 전 날밤에야 나는 하나님께 기도해야겠다는 생각이 들었다. 지금까지 인도해주신 하나님께 감사의 기도를 했다. 그동안 중국에 대해 부정적으로 말하고 판단한 것과 다시는 중국에 오지 않겠다고 수없이 말 한 것에 대한 회개의 기도를 했다. 중국인들의 무질서함과 더러움과 음식과 화장실 문제 등 정말 기억하고 싶지 않고 다시 오고 싶지 않은 비호감의 나라였다. 아무리 생각해 봐도 다시 올 일이 없을 것 같았고, 오고 싶지 않았다. 하나님께서 이 밤에 야곱처럼 강을 건너기 전에 반드시 회개의 기도를 원하시는 것 같았다. 나도 모르게 일어나서 아무도 없는 큰 광장 같은 곳을 돌면서 진지하게 기도를 했다. 완전히 날밤을 새우는 철야 기도였다.

드디어 날이 밝아왔다. 아직도 국경 출입국 사무실 문을 열려면 몇 시간 더 기다려야 했다. 아침이 되었지만 식사할 식당이 없어서 참고 기다렸다. 개방 시간이 가까이 오자 사람들이 몰려들기 시작했다. 그 사람들은 아침에 홍콩에 가서 일하고 다시 돌아오는 중국인들이라고 했다. 많은 사람이 줄을 섰다.

우리 일행도 줄을 서고 기다리는 가운데 잠겼던 문이 열리고 건물 안으로 들어갈 수 있었다. 여권을 심사하는 곳이 전면 중국 측에 있고, 몇 미터 앞에는 홍콩 측 입국 심사대가 있었다. 중국 측에 출국 신고를 위해 여권을 내밀자 출국 도장을 "꽝"하고 찍어주었다. 기분이 왠지 좋았다. 다시 몇 걸음을 걸어서 홍콩 측 심사대에 서자 그곳에서도 입국 스탬프를 찍어 주었다. 드디어 중국을 벗어나 새로운 세계로 왔다는 기분이 들었다.

모든 수속을 다 마친 후 그 청년이 아래로 내려가자고 했다. 그곳은 지하철이 연결되어 있어서 홍콩 시내로 바로 들어간다는 것이다. 홍콩의 고층 건물들이 숲을 이루고 있었다. 도로 주변에는 푸른 잎의 파초들이 싱그럽게 가로수처럼 나열해 있었다. 푸른 수목들이 많이 보여 마치 식물원에 들어온 느낌이었다. 그동안 회색빛 중국의 겨울 모습만 보다가 푸른 식물들을 보니 낙원에 들어온 기분이었다.

나는 별천지에 온 듯 사방을 두리번거렸다. 우리 일행이 도착한 곳은 홍콩의 어느 자그마한 호텔이었다. 한국인이 운영하는 곳으로 음식도 한국식으로 된장찌개와 상추쌈과 김치가 나왔다. 한 달 만에 먹어보는 한국음식에 포만감이 들때까지 한껏 먹었다. 그 청년은 나를 데리고 홍콩 야경을 보여 주었다. 정말 별천지였다. 나는 시골에서 수학여행을 온 학생같았다. 야간 유람선을 타고 바다에서 보는 홍콩 야경은 황홀 지경이었다. 홍콩은 불과 1백여 년 전만 해도 작은 어촌이었다. 영국의 조계지가 되어 자본주의 능력이 만들어 낸 신세계가 된 곳이다.

홍콩에서의 밤은 그야말로 꿈속에서 보낸 하루 같았다. 하나님께서 나로 하여금 순적하게 배를 타고 인천으로 가게 하지 않고, 다시 중국 대륙으로 회정시키시고 중국 대륙을 한눈에 보도록 비행기를 태워주시고 홍콩의 관광이라는 특별 상급을 복으로 내려 주셨다.

다음 날 아침에 택시를 타고 공항으로 이동했다. 마침내 대한항공의 좌석에 앉자 갑자기 지난 40여 일이 주마등처럼 지나면서 하나님 앞에 감사의 기도를 드렸다. 결코 짧지 않은 대륙 선교 사역과 여행과 지난 세기에 중국 대륙에 흩어 놓으신 우리 동포들에게 복음을 전하고 무사히 돌아올 수 있도록 인도해 주신 하나님께 감사한 마음이 들었다. 앞으로 내가 다시 중국에 오게 될지는 나 자신도 알 수 없었지만, 성령께서 장래에도 내 발걸음의 행로를 인도해 주실 것이다.

> "보내심을 받지 아니하였으면 어찌 전파하리오 기록된바 아름답도다. 좋은 소식을 전하는 자들의 발이여 함과 같으니라"
> (롬10:15)

" 사랑과 정열을 그대에게" 오래전 광고 문구인 이 문구는 나 자신을 대변하는 표어와도 같다. MBTI 성격유형 중에 ENFJ로 남다른 뜨거운 사랑과 카리스마와 열정을 지닌 타고난 리더형이다.

26년간 한국에서 목회자의 아내로 섬기며 제1의 삶을 살다가, 주님의 부르심을 받고 베트남 호치민으로 이주하여 선교사로서의 제2의 삶을 살고, 이제는 다시 한국에서의 제3의 삶을 기대하고 있다.

소외된 자의 자립과 다문화가정 이주여성의 인권 그리고 선한 일을 통하여 세상의 빛과 소금의 역할을 다하도록 독려하는 일을 하고 싶다. 숙명여자대학교 아동복지학과를 졸업하고, 호치민국립사회과학대학교에서 베트남학을 전공하였다. 슬하에 권능, 권예솔 두 자녀를 두었다.

배우든지 가르치든지

김 경 희

1. 베트남에서의 아주 특별한 경험

… 영국 격언

"북풍이 바이킹을 만들었다.
고요한 바다에서는 유능한 뱃사공이
만들어지지 않는다."

베트남에 처음 와서 문화적인 충격으로 신음하고 있던 2008년 즈음, 나는 감사하게도 호치민시 국립사회과학대학교에서 한국어 강의를 맡게 되었다. 그 날은 강산이 바뀌는 세월 동안 나를 지키게 한 너무도 소중하고 값진 날이라고 감히 말하고 싶다.

그 당시 주 중에는 피아노를 가르치고, 주말에는 한국국제학교 토요교실에서 음악을 가르쳤었다. 음악을 가르치는 일은 사실 그동안 오랫동안 해오던 일이었고, 너무나 익숙한 일이었기에 눈 감고도 할 수 있는 숙련된 일이었다.

그래서 베트남에서는 뭔가 좀더 새로운 일을 하고 싶다는 생각을 많이 하였는데 어느날 꿈에도 생각하지 못했던 한국어 강의 제의가 들어왔다. 이 한국어 강좌에서 한국어를 전공한 베트남 교수가 어휘와 문법을 일주일에 두 번 강의하니까, 한국인인 나는 일주일에 한 번 발음만 잡아 주면 된다고 하니 처음부터 부담도 없고 확 당기는 제안이 아닐 수 없었다. 그렇다고 내가 음운학이나 언어학 전공자도 아니고 굳이 관련된 일이라면 '수다학(?)' 정도랄까? 당시 베트남어 공부를 하고 인사 정도 하는 수준이지만, 그래도 '닥치면 뭘 못하랴' 하는 생각으로 별 고민 없이 단번에 승낙을 했다.

처음에는 학생들의 수준이 내가 감당이 되는 중급반 정도를 원했지만 뜻밖에 엄청난 배려(?)로 초급반을 맡게 되면서 그렇게 내 "인생미션"은 그렇게 베트남에서 시작되었다.

나는 문서를 작성하는 것을 좋아한다. 그래서 그런지 강의안을 만들고, PPT 작업을 하고, 파일 정리하는 것을 나름 잘한다는 평을 듣는 편이다. 그런데 베트남은 뭐든 주먹구구식인가 보다. 그냥 수업 10분 전에 나와서 학생들에게 수업을 위한 교재를 나누어 주고, 1시간 반 동안 이야기만 하면 된다고 한다. 돌이켜보면 이 점이 신의 한 수가 아니었을까.

그리고 진짜 10분 전에 강의실에 들어선 순간, 뜻밖에 모든 학생이 기립한다. 베트남이 사회국가라서 그런지 마치 김정은 위원장에게 보내는 듯한 그런 존중의 인사를 한다. 나중에 알았지만, 베트남은 교권이 하늘만큼 높은 나라이다.

"아니, 여러분, 왜 이러세요? 내가 뭐라고. 앉으세요."

일단, 여기서 당황한다. 숨을 크게 내쉬고 심기일전하여 학생들을 둘러보니 족히 한 50명쯤은 되어 보인다.

이단, 여기서 또 당황한다. 나는 한 클래스가 15명 내외라고 혼자 생각하고 수업준비도 당연히 15명으로 해왔는데…. 그뿐이랴. 오전에 수업하는 한국인 교실은 에어컨이 빵빵한 데, 여기는 현지인 대상이라서 그런지 창문 열고, 문까지 열고 더군다나 사람까지 많아서 열기가 장난이 아니다. 나름 한국어 교수이니 우아하게 보이려고 긴 소매 옷을 입고, 뾰족한 구두까지 신었는데…. 휴! 그러나 나는 프로가 아니던가! 활짝 웃어 보이며 가볍게 멘트를 날렸다.

"아, 여러분~ 덥네요. 그래도 수업에 집중해야 하니까 살짝 문 좀 닫아도 될까요?"

이때 '무슨 소리야?' 눈 동그랗게 뜬 100개의 초롱초롱 빛나는 얼굴들. 삼단, 여기서 기절한다. 아차, 이 사람들 '낫 놓고 기역 자'도 모르지? 갑자기 바빠진 내 기억장치. 아, 어쩌나? 당황스러움을 자연스러운 미소로 대응한다. 그리고 망설임 없이 칠판에 글씨를 쓴다.

'안녕하세요? 저는 OOO입니다. 만나서 반갑습니다.'

학생들은 열심히 공책에다 따라 적는다. 물론 대부분 그림을 그린다. 몇 번 따라 하라고 시켜본다. 이제 교실에서 자주 사용하는 말을 알려준다.

'보세요', '읽으세요', '쓰세요', '질문 있어요?', '쉬세요', '네', '아니요', '알아요', '몰라요' 등. 이것을 초짜 병아리 베트남 말로 하나하나 설명해 준다. 내 발음도 봐주네. 일석이조.

'나는야 말하기 선생님. 최소한 50명의 목소리를 다 들어볼 테다.'

급기야 칠판에 마이크 장치를 하고, 한 사람씩 일어나서 자기소개를 하라고 시킨다. 그 많은 인원이 한 번씩 일어나서 자기소개를 하고 나는 발음을 교정해 준다.

베트남 사람들의 이름은 아주 독특하다. 한국인의 이름을 보면 남자 이름인지 여자 이름인지 쉽게 알듯이, 베트남 이름도 그렇다. 또 중국의 영향을 입어서 한자 이름으로 대체를 할 수 있다. 예를 들어, 우리가 잘 알고 있는 베트남 독립의 아버지 '호치민'은 '호지명' 으로 바꿀 수가 있다. 베트남에는 길 이름 또한 위대한 업적을 이루었거나 많은 사람에게 존경을 받는 사람들의 이름으로 지어지기도 하고, 나라의 중요한 사건이 바로 길 이름이 되기도 한다. 나중에 학생들과 친해지면서 베트남 이름을 한자어로 바꿔주는 재미도 쏠쏠하다.

재미난다. 학생들의 이름을 듣는 순간부터 흥미롭다. 목소리를 듣는 것은 친밀감의 시작인 것 같다. 이 중에는 이미 한·베 가정으로 한국어를 잘 하는 학생들도 있고, 한류의 영향으로 한국 음악을 먼저 접해서 쓰기는 못하지만, 읽기는 가능한 학생들도 있지만, 거의 대부분이 '안녕하세요'도 모른다. 이제는 자음과 모음을 읽어 주고 하나씩 붙여 본다.

"가, 나, 다, 라, 마, 바…"

"사"를 하라고 했더니 "샤"를 하거나 "싸"를 한다. 10번을 고쳐줘도 그 발음이 어렵나 보다. 나도 웃고 학생들도 숨넘어가게 웃는다. 복도를 지나가던 사람들은 영문도 모른 채 따라 웃는다. 즐겁고 유쾌하다. 당황함이 짜릿함으로 다가온다. 수업 과정의 마지막 날에 시험을 봐서 5명에게 한국산 한베 사전과 베한 사전을 각각 두 권씩 선물해 준다고 했더니 저마다 손을 번쩍 들고 자기를 봐 달라며 환호성이다. 이 중에는 책 한 권 사기 힘든 학생들도 분명 있을 텐데…

나는 그날 밤, 잠을 이루지 못한다. 인터넷을 열어서 수많은 자료를 찾아보고, 시청각 교재를 만드느라 분주하다. 오래간만에 가위질도 해 본다.

한국어는 참으로 위대하다. 'ㄱ' 과 'ㅏ' 가 만나면 '가' 가 된다니, 이 얼마나 신기하고도 경이로운가? 20대의 젊은 직장인들, 학생들…. 그들은 대부분 꿈을 찾아, 희망을 찾아 시간과 비용을 투자해서 온 소중한 사람들이다. 정말 내가 할 수 있는한 최선을 다해야겠다고 마음을 다잡아 본다.

그 후로 나는 평일에는 음악학원에서 한국학생들을 대상으로 피아노를 가르치지만, 특별히 금요일 오후를 비워서 한국어 강의로 베트남인을 향한 나의 열정과 정성을 다 쏟게 되었다.

'아, 나는 이 일을 과연 잘할 수 있을까?'

2. 박쥐 소동

... 조지 버나드 쇼

"성공하는 사람들은 자기가 원하는 환경을 찾아낸다.

발견하지 못하면 자기가 만들면 된다."

우리나라의 대표 음식하면 당연히 "김치"를 손에 꼽을 것이다. 외국에서 오랫동안 살다 보면 가끔 고향의 음식이 그리워질 때가 있다. 비가 내리는 날이면 어렸을 때 엄마가 해 주시던 감자 수제비가 생각이 난다. 무더운 여름철에는 콩국수를 해 주셔서 먹곤 했었다.

베트남 사람들은 쌀국수를 좋아한다. 언젠가 베트남 사람들이 쥐를 튀겨 먹는 것을 보았다. 순간 뒤로 넘어질 뻔했다. 어떻게 쥐를 먹을 수 있단 말인가? 그런데 그들은 아무렇지도 않게 먹고 있었다.

나는 베트남 학생들을 만나면서 무언가 가르쳐준다는 생각으로 혼자 우쭐할 때가 있었다. 그런데 시간이 지나면서 내가 주는 것보다 그들을 통해서 받은 것이 훨씬 많다는 것을 깨닫게 되었다. 그중에 하나를 들라고 한다면 베트남에 와서 배운 것 중의 하나가 다양성이다. 여러 사람이 모이면 각각 좋아하는 색이 다르고, 좋아하는 노래가 다르고, 좋아하는 사람도 다르다. 다른 사람이 내가 좋아하는 음식이나 노래를 싫어한다고 틀린 것이 아니다. 취향이 다를 뿐이다. 베트남 학생들을 가르치면서 내 생각과 가치관의 틀이 더욱 넓어지게 되었다. 많은 사람을 이해하는 폭도 넓어지게 되었다.

한국어 교사를 하면서 나는 베트남 학생들에게 한국인의 우아한 모습을 보여 주고 싶었다. 그들은 나를 통해서 한국을 볼 것이고, 대표 한국인의 모습을 볼 것이다. 수업 시간을 위해 준비한 교재와 PPT 등을 통해 나는 오늘도 멋지게 수업하리라 기대하며 학교로 향한다.

작은 오토바이에 짐이 하나 가득하다. 사람은 보이지 않고, 준비물이 잔뜩이다. 떡, 어묵, 대파, 메추라기 알, 양배추, 라면, 생수 5통, 고추장, 설탕, 종이컵, 찜통에 가스버너까지…

오늘 수업은 요리에 관한 내용이다. 식당에서 음식을 시켜 먹는 내용인데, 아예 이참에 한국음식을 소개하고 싶다. 한국을 대표하는 음식이라면 단연 "김치"다. 그리고 불고기, 된장찌개, 비빔밥…. 일단 우리 음식이 좀 빨갛다. 단맛, 짠맛, 신맛, 쓴맛…. 이런 것도 알려 주고 싶다.

나는 참 뭔지 모를 열정이 자주 불쑥불쑥 튀어나오는 것을 느낀다. 그냥 한국어 수업이라면 편하게 책 꺼내 놓고 'ㄱ, ㄴ, ㄷ…' 이렇게 하면 될 것을, 수시로 퀴즈를 내고, 게임을 하고, 경쟁을 시키더니 이제는 급기야 요리조리 생각하다 직접 한국음식을 해 먹기로 한다.

다른 음식들은 만들기가 좀 복잡하지만, 떡볶이라면 간단히 요리해서 나눠 먹기 좋은 간식이 아니던가. 물론 외국에 살면 떡이 귀하다 보니 구하기도 쉽지 않고 가격도 만만치 않다. 더구나 우리 반인원이 최소 30명은 족히 되니 간단한 일은 아니지만, 한국의 매운 맛(?)을 보여 주고 싶다는 생각이 앞섰다.

막상 준비할 때는 즐거웠는데 우리의 오토바이가 좀 불쌍하다. 내가 사는 마을은 호치민시 외곽에 있고, 학교는 시내 중심에 있는데 교통수단은 단연 오토바이가 최고다. 헉헉거리며 강사실에 들어서자 베트남 여선생님이 아주 관심 있어 한다. 평소 새침때기이던 선생님이 눈 동그랗게 뜨고 "이게 다 뭐냐?"는 것이다. 그동안 몰랐는데 아주 발음이 끝내준다. "하노이 사람이네?" 늘 남부 호치민 발음만 익숙하게 듣다가 북부 하노이 발음을 들으니 일단 gooooooooood!!!

교실에 들어서니 반응이 "오, 예!" 학생들이 이렇게 좋아할 줄이야! 도우미 학생을 두 명 선정해서 앞치마를 입히니 선풍적 인기다. 맛은 이 학생들이 다 책임진다. '맛있으면 나 때문. 맛없으면 너 때문. 전략 성공!'

자, 이제 수업이다. 본문을 읽어 주고 따라서 하라고 한 후, 두 명씩 나와서 회화를 자연스레 외우게 한다. 그리고 응용편! 오늘의 요리시간이다. 재료 이름 알려주기, 레시피 소개하기, 맛 알려주기, 실제 식당에서 음식 주문하기 등등 유난히 더 열심인 우리 반 학생들.

그리고 한쪽에서는 보글보글 끓는 소리, 맛난 고추장 볶는 냄새, 깔깔대며 좋아하니 자연히 수업이 흥미진진해진다. 집중력이 단연 최고다. 수업을 마치고 하나, 둘 줄을 서서 종이컵에 나눠 먹는 맛이란? 절반은 기절한다. 특별히 HQ1 수업 중 베트남 제자 두 명을 초청했다. PHUOC과 DINH이 참가수업 차, 응원 차 겸사겸사 방문하여 서로 마음을 나누니 아주 난리가 났다.

"와… 선생님! 맛있어요."

왁자지껄 우당탕탕 여기저기서 맛나단다. 기분이 좋다. 미소가 저절로 지어진다. 이 중에는 끼니를 거르며 주경야독하는 학생들도 있으리라. 배고픔도 채워 주고 마음의 양식도 채워주니 정말 뿌듯하다.

그런데 바로 그때, 난데없는 새(?) 한 마리가 교실 문 안으로 들어왔다. 휘둥그레진 나와 웃겨죽는 학생들. "헉!" 박쥐란다.

'박쥐라면 동굴에 살아야 하는 거 아니냐?'

거꾸로 매달려서 피 빨아 먹는다는 그 박쥐?

"으악!"

이때 벤탄시장 창공에 유유히 날고 있는 새들(?)이 박쥐라는 이야기가 불현듯 떠올랐다.

"엄마야!"

나름 선생님 체면에 지나치게 놀라기는 그렇고, 가슴은 돌덩이처럼 무겁고, 그러는 사이 "퍽!" 박쥐가 스스로 최후를 맞는다. 우리 교실 천장 선풍기에 그대로 처박혔다. 장렬한 죽음을 맞이한 박쥐 한 마리의 희생을 보고 학생들은 웃겨 죽는다고 책상까지 두드리며 교실이 떠나갈 듯 웃는다.

나중에 보니 복도에 수없이 날아다니며 기회를 엿보는 박쥐들이 엄청 많다.

"아…!"

베트남에는 내가 모르는 수수께끼가 아직도 많은 것 같다.

입가에 웃음을 머금고 빨간 입술을 닦으며 떡볶이를 맛있게 먹는 학생들을 보고 그 후로 나는 무서워(?) 죽었다는 전설이 내려온다.

3. 한국어 시험

... 윈스턴 처칠

"꿈은 이루어지기 전까지는 꿈꾸는 사람을

가혹하게 다룬다."

지금도 잊히지 않는 시험시간이 다가오고 있다. 처음 학생들을 가르치면서 드디어 한 과정 3개월이 지나고 시험을 보게 되었다. 나는 열심히 책을 뒤져가며, 난이도 조절 팍팍하여 시험문제를 준비해 본다. 내가 베트남어 3개월 차에 이 정도 알았었나 상념에 젖는다.

대부분의 학생이 배우는 것은 좋아하지만, 시험을 좋아하는 학생은 거의 없을 것이다. 하지만 시험을 보아야 자신의 능력을 점검할 수 있고 또다시 발전하는 기회가 될 것이다. 많은 사람이 학생 때 시험공부 하기 위해 벼락치기 하면서 밤을 새우며 공부한 경험이 있을 것이다. 우리 학생들도 그랬을까? 자, 이제 인터넷상에서 그림도 뽑아가면서 테스트를 위한 알맞은 시험 문제를 내야 한다.

세종대왕은 집현전을 통해서 유능한 인재를 키웠다고 한다. 백독백습으로 유명한 세종은 집현전의 학사들에게 열흘에 한 번씩 시험을 치르게 해서 실력 없는 사람들은 도태되게 하고, 실력 있는 사람들을 통해서 한글을 만들 수 있었다고 한다.

조선시대 집현전의 학사들이 열흘에 한 번씩 시험을 치를 때마다 얼마나 힘이 들었을까? 만약 세종이 집현전의 학사들이 힘들어한다고 시험을 치르지 않았다면 어떻게 되었을까? 나는 이런 생각을 하며 한국어를 배우는 베트남 학생들에게 조금은 가벼운 마음으로 시험문제를 낼 수 있었다.

나름대로 열심히 준비한 학생들. 사실은 아주 간단한 시험이지만, 자신을 한 번쯤 돌아봤으면 하는 바람으로 많은 시간을 공들여 문제를 만든다. 30분 동안 복습을 하고 이어서 40분간 시험을 본다고 했는데, 어떤 학생은 내가 나눠준 반대말 프린트를 아직도 외우고 있다. 그런데 그런 모습이 참 예쁘다.

간단한 테스트이지만, 그래도 명색이 시험인데 한 책상에 한 명씩만 앉으라고 했더니 애교 공세를 한다. 그래, 할 수 없이 양쪽에 각각 2명까지 허용해 준다.

갑자기 진지해진 학생들. 고개를 흔들며 생각을 쥐어짜는가 하면 일사불란하게 척척 적는 학생들도 있고, 한 글자도 못 쓰는 학생들도 있다. 조용히 그 학생 옆에 가서 이거 공평치 않은 처사이지만 힌트공세를 펼쳤다. 백지를 내게 할 수는 없다. 가끔 단어를 몰라서 질문하는 학생에게는 칠판에 너그럽게 써 준다. 내 딴에는 일부러 자기소개를 넣어서 점수조절을 할 요량이다. 엄격한 시험이 아닌 자신감을 불어넣어 줄 퀴즈 같은 것이다.

그렇게 시험시간이 다 지나고, 나는 "다 했어요?"를 외친다. 곧 마칠 시간이라고 하니 해맑은 미소(?)와 함께 시험지를 제출한다. 과연 이들의 점수는 얼마나 될까? 궁금한 마음으로 오늘도 오토바이를 달려 집으로 돌아왔다.

다음은 어떤 베트남 학생의 실제 답안지이다.

"저는 OOO입니다. 올해 스물세 살입니다."

"저는 여행회사에서 일하고 있습니다."

"제 가족은 네 명입니다."

"아버지, 어머니, 여동생 그리고 저입니다."

"여동생은 대학생입니다."

"저는 일주일에 다섯 번 근무합니다."

"주말에는 집에서 독서를 하고 쉽니다."

"친구와 일요일 아침에 공원에서 배드민턴을 칩니다."

"일이 끝난 후에 인사대에 갑니다."

"일주일에 세 번 인사대에서 한국어를 배웁니다."

"한국어를 공부하는 것은 재미있습니다."

"날이 갈수록 한국어가 점점 좋아집니다."

"한국 음악도 좋아합니다."

"한국에 가고 싶어서 한국어를 열심히 배웁니다."

"할 수 있다고 믿습니다."

이번 시험을 치른 학생들이 장차 베트남을 이끌어갈 인재가 되기를 꿈꾸어 본다. 세종도 집현전의 학사들에게 시험을 치르도록 하면서 그런 생각을 하지 않았을까? 3개월 동안 열심히 공부하고 시험성적표를 받는 학생들이 더욱 자신감 있게 한국어 공부를 하면 좋겠다는 생각을 해 본다. 혹이라도 시험 때문에 낙심하거나, 중도 포기자가 생기지 않기를 바란다.

그렇게 하나둘 제자가 늘어나면서 나는 뜻밖의 인맥을 얻게 되었다. 오전에는 법학 대학교에서 공부하며 오후에 한국어 수업을 듣고 이제는 어엿한 로펌 변호사가 된 Luong, 경제대학교를 졸업하고 한국 남자를 만나서 결혼한 Yen, 고교 출신이지만 이제는 한국 인천대학교로 유학을 가서 떳떳한 대학생이 된 Chau, 가정주부 Vu는 한국으로 이주하여 포항 쪽에서 베트남 식당을 운영하고 있고, Phuong은 선교사 코어를 해주며 반대로 한국어로 설명해주는 베트남어 교사가 되었다. 10년이 넘도록 해마다 설날이 되면 각지에서 흩어져 살다가 도란도란 이야기꽃을 피우며 맛난 식사도 나누고, 우리네처럼 세뱃돈도 주고 안부를 묻는 식구 같은 제자들이 얼마나 많아졌는지…

나는 한국어 교사가 되면서 학생 때 느끼지 못했던 경험들을 하게 되었다. 내가 학생이었을 때 선생님들도 나와 같은 마음으로 가르쳤을까? 그리고 학생들의 발전을 기대하면서 시험 문제를 냈을까? 집현전에서 학사들에게 시험을 보게 했던 세종도 그런 마음을 가졌을까?

사람이 살면서 누군가를 가르친다는 것은 얼마나 큰 기쁨인지 모른다. 우리가 한국인으로서 한국어로 매일 의사소통을 하지만 막상 외국인에게 한국어를 가르치는 것은 남다른 기쁨을 준다. 어떤 분야든지 내가 가지고 있는 작은 재능을 마음껏 발휘할 수 있다면, 살면서 이보다 더 큰 보람이 또 어디 있으랴?

이 글을 읽는 모든 독자도 각자의 자리에서 자신만의 독특한 재능을 다른 이들에게 나누어 보시라. 그러면 생각지도 못한 큰 기쁨으로 당신의 가슴을 가득 채우리라 확신한다.

4. 베트남어를 배우다.

... 『행복의 조건』의 저자 조지 베일런트(George E Vailant)

"평생토록 배우라."

'신토불이'라는 말이 있다. 몸과 땅은 둘이 아니라는 뜻으로, 내 나라 내 땅에서 산출한 농산물이 체질에 가장 잘 맞음을 일컫는 말이다. 이것은 비단 음식에 국한된 이야기만은 아닐 것이다. 한국인으로서 한국에 산다면 가장 좋고 편하겠지만, 글로벌 시대에 외국에서 살게 되면서 우리는 어느 정도 긴장 속에 살게 된다. 끊임없이 다른 문화와 부딪치며 살아야 하기 때문이다.

개인적으로 내가 베트남에서 살면서 가장 잘한 일을 꼽으라면 베트남어를 공부한 것이다. 사실 현실에 부딪혀 살다보면 어영부영 세월을 낭비하기가 쉽다. 사람은 적응의 동물이라서 외국어를 몰라도 몸짓 발짓 바디랭귀지로 하고 싶은 말을 다하며 살기 마련이고 초창기에 언어를 배우지 않으면 기회를 잃기 십상이다. 보통은 어학연수 과정에서 약 2년간 베트남어를 배우게 되는 것이 일반적이다. 그러나 나는 특별히 베트남어 능력시험을 다 합격하고도 더 공부하여 호치민시 국립사회과학대학교에서 베트남학과를 전공하게 되었다.

내가 사는 곳은 호치민시에서도 외곽에 있다. 시내에 있는 학교까지 이동하려면 사실 교통수단이 열악한 현지사정으로 쉬운 일만은 아니다. 오토바이 물결 속에서 때로는 생명을 담보로 움직일 때도 많다. 오전에는 한국어를 가르치고, 오후에는 베트남어를 배우고, 해가 지면 또 한국어를 가르치는 생활을 꽤 오랫동안 했다. 그러면서 배우는 학생으로서 훌륭한 선생님도 만나고, 선생님으로서 좋은 제자를 만나게 되면서 폭넓고 다양한 인적 자원이 만들어진 것이다.

흔히 배움에는 때가 있다고 한다. 이 말은 어느 면에서는 맞는 말이지만, 과잉 적용되어 온 것도 사실이다. 오히려 배움은 끝이 없다. 평생 이루어져야 한다. 비교적 늦은 40대 중반에 언어를 시작하여 선생님보다 더 나이 많은 늦깎이 학생이 되었고, 학부에 들어가서는 자녀보다 어린 20대 젊은 친구들과 나란히 앉아서 수업을 듣게 되었다. 이 모든 과정이 나에게는 오히려 젊음 속에서 혜택을 누린 것인지도 모른다. 아침마다 매일 학교에 다니는 것이 정말 큰 기쁨이었다.

배운다는 것은 그저 책상에 앉아 있는 것만을 의미하지 않는다. 배우기 위해서 배움을 준비해야 한다. 리서치를 하고, 팀별 토의를 하고, 리포트를 쓰고, 프레젠테이션을 만들고, 발표 준비를 하는 등 배우는 것은 많은 노력이 동반되어야 한다.

흔히들 베트남학과에서 단지 베트남어를 배운다고 생각하기 쉽다. 하지만 읽기, 쓰기, 듣기, 말하기 등 수업을 하기 위한 기초언어가 3학기 동안 진행되고, 4학기부터 그야말로 베트남 전반에 걸친 정치, 경제, 역사, 사회, 문화, 문학, 환경 등 포괄적인 학문을 배우고 있다. 물론 한국어가 아닌 베트남어로 수업을 하니 언어는 늘 수밖에 없고, 대학에서의 언어는 졸업 후에 알게 되었지만 고급 언어를 사용하는 보너스까지 누리게 된다.

사실 온종일 학교에서 살다시피 하는 나로서는 늘 시간이 부족하다. 누구나 공평하게 하루 24시간이 주어지는데 시간을 아끼는 방법은 잠을 줄이는 방법밖에 없다. 특히 한국어를 가르치면서 교재 6권 전체를 나만의 PPT로 만들었다. 때로는 밤을 새워서 등을 한 번도 침대 위에 누이지 못하고 꼬박 학교로 직행할 때가 부지기수이다. 시험 기간은 말할 필요가 없다. 요즘 대학생들은 예전보다 훨씬 많은 과제 속에서 산다. 특히 내가 다닌 학교는 인지도에 관심이 많은 만큼 베트남 관련뿐 아니라 졸업 후 관리까지 신경 쓰는 곳으로 평이 자자하다. 그래서 그런지 영어 자격증은 물론 컴퓨터 자격증까지 필수로 따야만 한다. 정말 배우는 동안은 피곤도 모를 만큼 발로 뛰고 손으로 작업한 것 같다.

드디어 졸업하는 날! 나에게 가장 중요한 자신감을 선물로 받은 날이다. 졸업후 이제는 누구를 만나든지, 어디를 가든지 걱정이 되지 않는다. 자유여행을 하더라도 따로 통역을 쓰지 않아도 된다. 처음 베트남에 올 때가 생각이 난다. 산 설고, 물 설은 낯선 곳으로 가는 발걸음이 얼마나 무거웠던가? 말을 몰라서 혼자서 어디를 간다는 것은 엄두도 내지 못했었다. 그러던 내가 베트남 곳곳을 누비며 여행할 수 있었던 것은 베트남어를 배우면서 받은 특별한 선물이라고 말할 수 있다.

베트남어를 알면서 베트남을 이해하게 되고 베트남인이 좋아지게 되었다. 이러한 특별한 자신감으로 나는 시간이 허락하는 동안 베트남 북부부터 중부, 남부에 이르기까지 여행을 자주 다녔다. 관광지뿐 아니라 작은 어촌 시골 마을에 가서 리서치를 하며, 소 논문을 쓰기도 했다. 이 모든 과정이 나에게 소중한 자산이 되었다.

3학년 2학기가 시작할 무렵, 수학여행을 떠나는 대신 소 논문을 쓰기 위해 짐을 꾸렸다. 보름간의 일정으로 조를 짜서 주제에 관한 설문지를 만들고 현장에서 직접 현지인들을 인터뷰 하고 통계자료를 통하여 결론을 내는 방식이다.

베트남은 도로가 발달되지 않아서 안전을 위해 기차를 타고 이동하기로 했다. 우리의 목적지는 아주 시골 중 깡촌인 작은 어촌인 만큼 음식이 혹시 맞지 않을 수 있어서 라면을 비롯한 비상식량을 바리바리 싸가지고 각자 노트북을 소지한 채 기차에 오르니 그 흥미진진함은 이루 말할 수가 없다. 베트남 열차는 또 재미있다. 비용과 사정에 따라 합리적인 칸을 선택해서 이동할 수 있다. 딱딱한 의자가 있는 칸, 부드러운 의자가 있는 칸, 에어컨이 있는 칸, 에어컨이 없는 칸, 앉아가는 칸, 서서 가는 칸, 침대칸… 등.

그 보름간의 일정은 일명 지옥의 시간들이다. 짧은 일정 속에 논문을 마쳐야 하니 거의 군대라고 해도 과언이 아니다. 아침 일찍 일어나 미팅을 하고 현지 인터뷰를 위해 백 명은 만난다는 각오로 움직이고 뛰고, 쓰고, 밥 먹는 시간을 아껴서, 밤늦게까지 작업을 하는 일이 쉽지는 않지만 정말 즐겁다. 그래서 나온 결과물은 성취감이 정말 대단하다. 우리는 이 논문으로 수상까지 받았으니 배우는 과정에 얼마나 특별한 기쁨이 있는지 모른다.

이제는 한국에서 살든지 베트남에서 살든지 어디서든 걱정 없이 살 수 있게 되었다. 처음 베트남 땅에 발을 들여놓을 때는 이런 모습은 상상조차 할 수 없었다. 언어를 안다는 것은 그 이상으로 많은 혜택이 주어지는 것 같다. 베트남어를 배우지 않았다면 이런 호사를 누릴 수 있었을까 생각해 본다. 베트남에서 살면서 가장 잘한 일 중에 하나는 무엇보다 베트남어를 배운 일일 것이다. 그 결과 한국이든, 베트남이든 어디서 살든 둘 다 편안해지게 느끼게 되었다.

나는 베트남에 거주하게 되면서 언어를 배우게 되었지만, 누구나 자신만의 재능을 가지고 있다. 그것을 더 업그레이드하여 개발한다든지, 또는 새로운 분야를 개척한다든지, 우리가 배우고 익혀야 할 것은 정말 무궁무진하다. 혹시 늦었다고 생각한다면 절대 아니다. 우리는 이제 백세시대 살고 있다. 이제 겨우 반밖에 안 살았는데 나머지 반은 어떻게 살 것인지 끊임없이 고민하며 살아야 한다.

여러분들은 어렸을 때 자신만의 꿈을 가지고 있었을 것이다. 때로 현실에 부딪혀서 이루지 못한 꿈이 있다면 지금도 늦지 않았다. 늦었다고 생각할 때가 가장 빠르다는 말도 있지 않은가?

일본에 시바타도요라는 할머니 시인이 있다. 그녀는 99세에 첫 시집을 내었다고 한다. 아들의 권유로 시간이 날 때마다 시를 썼는데, 2010년 3월에 자신의 장례식 비용으로 시집을 출간했다고 한다. 그 당시 그녀의 나이가 99세였다고 하니 얼마나 놀라운 일인가.

할머니의 시집은 『약해지지마』였다. 99세의 할머니가 우리에게 하고 싶었던 말은 약해지지 말라는 것이었다. 제목에서 말하는 것처럼 이 시를 통해서 많은 사람이 위로를 받으면서, 150만 부가 넘게 팔렸다고 한다.

99세 된 할머니가 이렇게 할 수 있었다면 나도 얼마든지 도전할 수 있지 않겠는가? 배움은 아름다운 것이다. 배움 자체도 얼마든지 좋지만, 꿈을 이루기 위한 배움이 제2의 삶을 누리는 초석이 될 수 있다. 일단 시작해 보는 것이다. 조금 부족하면 어떤가? 처음부터 잘하는 사람이 어디에 있던가? 천 리 길도 한걸음부터라고 하지 않던가? 지금 당장은 잘하지 못해도 포기하지 않고 앞으로 나아간다면 점점 잘하게 될 것이다. 포기하지 않는 한 여러분의 꿈이 장래를 밝게 해 줄 징검다리 역할을 하게 될지도 모른다.

나는 확신한다. 꿈을 위해서 전진하는 분들은 가장 중요한 자신감과 큰 기쁨을 얻게 될 것이다. 무엇이든 시작해 보시라. 자신도 모르는 무한한 잠재력이 내 안에서 꿈틀대고 있을지도 모르니까.

"배우든지 가르치는지!"

세상은 크기와 힘의 싸움으로 하지만, 저자는 드러나지도 요란하지도 않은 조용함으로 세상을 지치게 하는 작은 거인과도 같다. 보통은 아이를 양육하며 부모가 되어가는데 저자는 가르치는 자리에서도 현장에서 만나는 아이들의 그 순수함을 배우며 어른이 되었다.

유아 교육현장에서 아이들과 27여 년을 함께하며, 유치원을 설립하고 아이들을 세워가는 개척자이다. 손홍기 목사와의 사이에 1남 1녀 자녀를 두었다.

어린이 선교학과 유아교육 전공. 현재 베트남호치민 새빛교회부설 KIDSSTORY 유치원 원장이며, 호치민 인문사화과학대학교 한국어 강사와 부모교육 강사로 활동하고 있다.

베트남에 마음을 주다.

김 유 정

1. 헤어짐과 만남 : 마음을 비우다

1) 짐을 정리하다

오랜 기간 기도로 준비해 왔던 베트남 선교사로 가기로 했다. 떠나기 전 정리할 것들이 많았다. 그동안 살면서 사용했던 짐들이 이렇게 많은 줄 몰랐다. 대부분 평상시 필요하다고 생각했던 물건들이었다. 베트남까지 모두 가지고 갈 수는 없었다. 우리 주님은 여행을 위해 신만 신고, 두벌 옷도 입지 말라 하시지 않으셨던가…. 많은 물건을 정리해야 했다. 정리가 내게 주어진 첫 번째 훈련이었다.

사람이 살아가면서 정리할 것들이 많겠지만, 의미와 목적에 따라 정리의 의미도 달라지리라 생각된다. 사랑하는 사람을 남겨두고 떠날 때도 정리가 필요하고, 인간관계로 인한 복잡한 상황들을 만날 때도 마찬

가지 아니겠는가? 하물며 삶의 터전을 옮겨가야 하는 상황에서 내게도 정리할 리스트들이 하나둘씩 떠올랐기에 차례대로 정리가 필요했다.

평소 나는 지인들을 집으로 초대해서 소박하지만, 음식과 마음을 나누는 교제를 즐겼었다. 직장인이기 전에 주부이다 보니 주방에 예쁜 그릇들을 많이 모으는 취미가 있었다. 오랜 시간에 걸쳐 잘 익은 포도주처럼, 그윽한 시간을 담아낸 고풍스러운 찻잔들을 특히 좋아했다. 식사 후 향 좋은 찻잔을 기울이며 풍성한 대화를 나누었다. 때로는 사역의 일상들과 삶의 작은 애환을 풀어냈다. 그토록 내게 친근하고, 아끼던 크고 작은 살림들을 이제 정리할 때가 된 것이다.

가장 어려웠던 것은 나를 유치원 현장에서 전문인으로 만들어줬던 그 많은 서적들을 정리하는 것이었다. 유아 교육 전문 서적들과 유치원 현장에서 필요한 각종 자료들이다. 내게는 무엇보다 소중한 자산이었기 때문이다. '베트남으로 이주하면 이런 서적들이 더 이상 무슨 소용이 있겠는가?' 라는 생각을 하게 되었다. 아끼던 모든 짐을 가지고 갈 수 없다. 우선순위를 정해서 짐을 가지고 가야 한다. 예전에는 소중했지만, 지금은 필요하지 않다고 생각하며 유아 관련 서적을 정리할 수 있었다. 유치원 일도 마지막이라 생각했기에 어쩌면 정리가 조금은 쉬웠을지도 모르겠다. 마음에서 먼저 정리가 끝나자 물건에 대한 마음도 자연스럽게 포기할 수 있었다.

대부분의 살림은 지인들에게 나눠 주고, 유치원 전문 서적들은 유치원 선생님들이나 유치원을 운영하시는 분들에게 아낌없이 다 드렸다. 그런 모습을 보고 있던 남편이 옆에서 한마디를 한다. "당신 유치원 일 베트남 가서 또 할 것 같은데…. 여기가 끝이 아니야!" 거기에 반박이라도 하듯, "그런 일은 없어!!" 그렇게 단호하게 말했던 기억이 난다. 다시 유치원 일을 하리라고 꿈에도 생각을 안 했기 때문이었다. 아마도 하나님의 계획 하심이 다른 곳으로 인도해 주시길 기대했을지도 모르겠다.

2) 새로운 만남

베트남에 와서 보니 우리나라보다 늦게 가는 나라, 천천히 가지만 발전과 성장은 빠른 나라, 내가 이미 살아본 7080년대를 다시 돌아가 사는 느낌이 드는 나라였다. 그러나 우리나라에서 7080년대를 먼저 살아봤다 해서 더 잘 사는 것이 아닌 것 같았다. 베트남 현지 사정에 맞춰서 살면서 그들과 천천히 살아가는 법을 배워야만 했기 때문이다.

사람은 빠르게 적응하는 힘이 있는 것 같다. 이렇게 늦은 나라에서 어떻게 살 수 있을까 염려되었지만, 그것은 기우였다. "로마에 가면 로마의 법을 따르라"는 말처럼 곧 베트남 사람들과 어울려서 함께 살아가는 방법을 터득하게 되었다. 베트남 사람들처럼 길을 걷고, 대중교통인 버스를 이용하고, 오토바이로 구석구석을 다녔다. 점점 베트남에서 살아가는 법을 배우고 있었다.

이렇게 조금씩 베트남 사람이 되어갈 때쯤…. 베트남에서 같은 마음으로 같은 일을 하게 될 귀인을 만나게 되었다. 그분과의 만남으로 인해 유치원을 어렵지 않게 시작할 마음의 용기를 얻게 되었다. 우리네 인생은 끊임없는 만남의 연속이다. 누구를 만나느냐에 따라 우리 인생이 달라지기도 한다.

베트남에 발을 내디딘 첫날 어떤 분과의 만남은 "45세, 그 나이에 뭐 하러 왔느냐?"는 말로 시작되었다. 마치 그분은 인생의 남은 시간을 허비하며 낭비하지 말라는 따끔한 충고를 하는 듯했다. 그러나 부르심에 순종하여 이미 새로운 길을 걷겠다고 결심하자 내 맘에 들지 않은 외부적 조건들로 인해 내 마음을 내어주거나, 뺏기고 싶지 않았다. 외부의 작은 자극이 내 열정과 비전을 꺾기에 역부족이었다. 그다지 큰 영향도 주지 못했다.

둘째 날 만난 분은 자신을 드러내지 않고, 요란하지 않은 따뜻한 섬김의 모습을 보여주신 분이었다. 그 귀한 분과의 만남으로 인해 이 땅 베트남에서 잘 정착할 수 있게 되었다. 그분은 정착뿐 아니라 진정 이 땅에서 급하게 해야 할 일과 필요한 일들을 할 수 있도록 통로가 되어 준 고마운 분이었다. 진심을 담은 마음은 누구에게나 통한다는 것을 새삼 확인하게 된다.

바울은 영적인 동역자인 디모데를 늘 생각하며 만나게 하신 하나님께 감사했다. 두 사람은 만남이 더해 갈수록 서로 영적인 기쁨과 영적인 힘 그리고 격려를 받았다. 바울이 자신보다 어린 디모데와 영적 동역자가 될 수 있었던 것은 말씀의 증인이었기 때문이다. 바울과 디모데는 함께 하면서 자연스레 마음을 나누게 되었다. 같은 마음과 같은 뜻이 모여 결국은 동역하며, 사람을 키워내는 일들을 함께할 수 있었다.

내가 가진 재능은 비록 작고 부족했지만, 할 수 있도록 격려와 독려로 인해 잠재력까지 끌어내 주셨던 분…. 강명규 목사님. 때론 인생의 선배로, 나의 멘토로, 사역의 영적 동역자로, 나의 영적 스승으로, 새로운 길을 내는 개척자로…. 그분은 내게 그런 존재로 다가와 주셨다.

새빛교회 강명규 목사님은 지금도 여전히 그 자리에서 신뢰함으로 함께 같은 길을 동행해 주시는 분이다. 뭔가를 시작하려 주저할 때면 마음에 담고 있던 것들을 현장에서 마음껏 펼칠 수 있도록 지원을 아끼지 않으셨다. 때론 보폭을 맞추어 걸어주시는 강명규 목사님을 통해 사람을 세우고, 키우는 가치 있는 교육 사역을 어렵지 않게 시작할 수 있었다.

성경에 보면 지중해의 작은 섬 멜리데섬이 있다. 바울 일행을 태운 알렉산드라의 배가 그레데섬을 향하여 항해할 때 유라굴로 광풍에 휩쓸려 800km나 떨어진 멜리데섬으로 휩쓸려 갔다. 멜리데섬은 로마로 향하는 바울을 위한 피난처였다. 멜리데섬은 유라굴로 광풍으로 죽을 수 밖에 없던 그들을 위해서 하나님의 섭리로 예비해 주신 섬이었다.

지금 뒤돌아보면, 새빛교회 유치원은 베트남에 세워진 한인교회를 위함이었지만, 더 큰 하나님의 세계경영으로 보면 하나님 나라를 세워 가시는 그분의 계획이 담겨 있는 곳이었다. 하나님은 부족한 나를 당신의 도구로 사용하기 위해서 강명규 목사님을 만나게 하셨다. 강명규 목사님과 새빛교회 유치원은 나를 위한 멜리데섬이었다. 목사님은 나에게 새로운 사역을 향하여 도전하게 하신 징검다리였다는 사실에 감사한 마음뿐이다.

만남은 이렇게 중요하다. 강명규 목사님은 우리나라와 베트남이 수교 되기 전에 먼저 오셨던 대 선배님이셨다. 베트남에 처음 발을 내딛는 나는 막 첫걸음을 떼려고 두려움에 가득 찬 아이와 같았다. 이 땅에서 넘어지지 않도록 내게 친절함과 인자함으로 손을 내밀어 주셨다. 두려움으로 가득 찬 베트남에서의 첫발을 균형감 있게 걷도록 목사님은 따뜻한 섬김을 통해서 도와주셨다.

내가 누군가를 만나 사람을 세우는 도구로 세워졌기에 나도 누군가를 세워야겠다는 마음이 꿈틀거렸다. 바울과 디모데의 동역이 서로에게 영적인 기쁨과 힘 그리고 격려가 되었던 것처럼 강 목사님과 그런 동역이 되기를 간절히 기대한다. 서로 동역하면서 비전을 향한 상승 작용이 일어난다면, 우리는 더 위대하고, 더 큰 일들을 하게 될 것이다.

2. 새로운 시작 : 유치원에 마음을 주다.

1) 새로운 시작, 다시 유치원 현장에 서다.

시간이 지나면서 눈 설고 낯 설은 베트남에서 어느 정도 적응하며 살 수 있게 되었다. 그때 내 눈에 들어오는 것이 있었다. 베트남 현지 유치원들의 간판이 보였다. 평생 했던 유치원 일이었기에 역시 관심을 놓을 수 없었다. 내 눈은 유치원 간판으로 향하고 있었고, 내 마음은 유치원 속으로 달려가기에 충분했다. 현지 유치원 프로그램이나 실내외 시설들까지 궁금했다. 현지 유치원을 더 알고 싶어졌다.

물론 한인 유치원도 관심을 가질 때쯤, 베트남에서 근무하는 주재원 자녀들과 한국 아빠와 베트남 엄마 사이에서 태어난 아이들이 다니는 한인 유치원에서 섬길 기회가 있었다.

해외 이주민으로 살아가는 사람들만의 모습들이 있다. 사회주의 국가에서 소수민족으로 살아가는 부모들의 정서와 한·베 가정들은 또 다른 모습들을 가지고 있었다. 유치원 사역을 하면서 부모와 아이들을 통해 다양한 삶의 모습들을 알게 되었다. 그러면서 아이들 교육뿐 아니라 그들에게 필요한 욕구를 어떻게 채워야 할지 절감하며, 그들을 섬길 방법들을 구하게 되었다.

한국 기업들이 베트남 진출로 인하여 자연스레 남편을 따라나선 젊은 아내들과 어린아이들이 많아지고, 맞벌이하는 부부도 늘어나고 있다. 무더운 날씨로 인해 바깥놀이가 쉽지 않은 나라, 한낮의 체감온도 40도가 넘나들어 뜨거운 자외선으로 인해 바깥외출이 쉽지 않은 주변 환경, 놀이터 자체가 없는 나라, 베트남은 그런 나라다.

요즘 건축되는 새로운 아파트들은 놀이시설을 조금 갖추고 있다. 우리나라처럼 쇠붙이로 놀이기구를 만들어 놓으면 자외선 때문에 뜨거워져서 살이 데이기 십상이다. 쇠붙이보다 뜨겁지 않은 플라스틱으로 설치하면 뜨거운 자외선으로 인해 색이 탈색될 뿐 아니라, 빠른 부식으로 오히려 아이들에게 위험한 상황을 초래하게 된다.

베트남은 실외 놀이터도 없고, 한국처럼 문화센터도 없고, 좋은 프로그램도 없다. 베트남 현지 유치원의 열악한 시설뿐이다. 그렇다고 국제유치원들은 비싼 교육비 부담감 때문에 엄두도 못 낸다. 조국을 떠나 해외에 이주하여 살고 있는 우리의 아이들이 한글을 배울 수 있는 기회와 환경도 그다지 많지 않았다.

하나님은 현지에서 어떻게 유치원 사역을 해야 하는지 방향을 보여

주셨다. 다시 유치원 사역을 하겠다고 결심하자 하나님은 그동안의 경험을 통해 현지의 사정과 특성에 맞는 유치원 사역의 방향을 빠르게 준비하게 도와주신 것이다.

2) 생각지 않던 유치원 원장이 되다.

다니던 한인 유치원을 마무리 할 때쯤, 내가 출석하고 있는 새빛한인교회에서 유치원을 계획하고 있었다. 이때를 위해서 나를 준비하고 계신다는 하나님의 부르심을 거역할 수 없었다.

나는 새빛교회에 유치원을 개설하는 일을 더 이상 지체할 수 없었다. 유아기는 그 어떤 때보다 중요한 시기이기 때문에 하나님의 사람으로 잘 성장하도록 돕기 위한 유치원을 만들고 싶었다. 유치원을 개설하면 조국을 떠나서 성장하는 다음 세대들에게 자기 정체성을 가지고 전인격적으로 성장할 수 있도록 도울 뿐 아니라 부모와 가정을 전도할 수 있는 좋은 프로그램이기에 그리 오랜 고민이 필요 없었다. 새빛교회는 베트남에서 유치원 때문에 고민하던 많은 부모가 자녀들을 믿고, 맡길 수 있는 유치원을 준비하게 되었다.

2014년 10월쯤부터 준비해서 다음 해에 개원하게 될 유치원을 구상하며 밤낮으로 부지런히 준비해야 했다. 유아 교육기관에 필요한 물품들과 한국에서 가지고 와야 할 집기들의 목록을 하나씩 적어 나가기 시작했다.

벌써부터 분주하고 마음도 바빴다. 생각이 많고 할 일들이 많다 보면

좌충우돌 얽히고설키기 마련이지만, 기도하며 차분히 준비했기에 차질 없이 진행이 잘 되어갔다. 드디어 지칠 줄 모르는 열정으로 5개월 만에 작은 유치원을 꾸밀 수 있었다.

유치원을 준비하면서 평소 꿈꾸어 왔던 유치원을 만들고 싶었다. 그러자 내 깊은 잠재력 속에서 숨겨있던 좋은 아이디어들이 새록새록 떠올랐다.

베트남은 사회주의라는 특성과 종교법에 있어 허가 없는 종교 행위는 불법이다. 즉, 모여서 예배드리는 것 자체가 불법이다. 하지만 유치원이라는 교육기관을 통해 아이들은 자연스레 모이게 되었고, 예배는 우리 유치원만의 특권이 되었다. 아이들과 드리는 예배는 감격 그 자체였다. 자유로운 환경에서 드리는 예배와 제한받는 곳에서의 예배는 다를 수밖에 없었다. 예배를 통해 바른 기독교 교육이 있는 유치원으로 세워져 가고 있었다.

이렇게 멋지고, 꿈을 가득 담은 비전으로 시작한 유치원에 '아이들이 많이 오면 어쩌지….' 라는 생각은 처음부터 없었다. 베트남에는 전통을 자랑하는 큰 유치원부터 작은 유치원까지 기존의 다양한 유치원들이 넘치도록 많았다. 그 속에서 다른 교육기관과의 경쟁이 아닌 나와의 싸움이 시작되었다.

특수한 베트남의 환경에서 크고 작은 덩치 싸움에서 경쟁해서 이겨야 한다는 마음을 두었다면 나는 벌써 지쳤을 것이다. 한국에서도 그렇지만 베트남은 창의적 접근 지역이라는 특수한 환경이라 뱀처럼 지혜롭고 비둘기처럼 순결한, 더욱 지혜로운 접근이 필요했다. 창의적인 유치원을 만들고 싶었다. 그러려면 우리 유치원만의 것을 개발해 내어 우리만의 특성을 살려야 했다. 아이들이 좋아하는 유치원을 만들기 위해 무엇보다 프로그램 개발이 필요했다. 모든 교육기관들이 경쟁이 아닌 좋은 프로그램과 아이들을 위한 교육기관이길 진심으로 바랐다. 그래서 모두가 잘 되고, 아이들이 행복하면 좋겠다는 바람뿐이었다.

3) 놀이가 있는 유치원

어릴 적 비 오는 날이면 우산도 없이 비를 맞으며 첨벙첨벙 진흙탕 물을 튀기며 놀았던 기억, 푹신한 땅을 밟으며 흙장난했던 기억, 딸기밭과 토마토 그리고 고추밭에서 열매를 보며 자랐던 기억, 봄이 되면 빈 통 들고 논두렁길을 이리저리 다니며 올챙이 뜨러 다녔던 기억들 등등…. 그때의 기억이 아직도 아련히 남아 입가에 미소를 머금게 한다.

가끔 성인이 된 후에도 복잡한 머리를 비울 때면 그때의 감정을 떠올리면서 정서적 안정감을 느끼는 플라시보 효과(Placebo effect)를 가끔 경험하곤 한다. 고통스럽고 힘들 때, 외롭거나 지쳤을 때, 생각을 멈춰야 할 때 가짜 약, 위약의 효과를 통해 어릴 적 정서적으로 안정감을 가졌던 이미지를 떠올리는 것이 도움된다. 그만큼 유아기의 놀이는 중요하다.

아이들의 꿈은 학습에서가 아닌 놀이에서 자란다. 아이들에게 영어단어 하나 더 가르치는 선행학습 만이 오직 길이다'라고 생각하는 부모들의 마음을 바꾸는 것도 풀어가야 할 내 몫이고 과제였다. 놀이가 학습보다 더 중요하기 때문이다.

아이들과 어떻게 놀아야 즐겁고 신날까? 날마다 생각했다. 아이들에게도 부정적인 감정들이 있다. 그것을 어떻게 발산시키고 풀어줄까를 고민했다. 그래서 개발한 프로그램이 오감발달놀이다.

오감 놀이란? 놀이를 통해 시감, 촉감, 후감, 미감, 청감 각 5감을 모두 자극하여 영유아의 신체, 인지, 정서, 언어, 사회성 등 각 발달 단계를 종합적으로 고려한 과학적이고, 체계적인 내용이 담긴 놀이이다. 오감 놀이는 창의력 중심의 두뇌 발달 학습법이다. 놀이를 잘하는 아이들이 정서적 기초 위에 인지발달도 균형 있게 성장해 간다.

4명으로 시작한 유치원이 오감 놀이와 좋은 프로그램들을 통해 좋은 소문이 나기 시작했다. 교민사회와 부모들에게 좋은 입소문과 인지도를 얻게 되면서 1년 만에 30명, 45명, 50명, 60명 지금은 70명의 아이들이 출석하고 있다.

이런 성과는 놀이의 중요성과 즐거움을 함께했기 때문이었다. 인원으로 증명하기는 조금 그렇지만, 잠시도 자리에 가만히 앉아 있지 못하는 아이들, 에너지가 넘쳐 발산이 필요한 아이들, 소극적인 아이들, 예민하여 새로운 환경에 적응하지 못하는 아이들, 나이에 비해 언어발달이 늦은 아이들, 놀이를 좋아하는 아이들, 손에 뭐가 묻으면 못 견디는 깔끔쟁이 아이들 등 다양한 아이들이 부모의 손을 잡고 오기 시작했다. 오감 놀이는 그들의 생활태도를 바꾸기 시작했다. 아이들이 변하고 있었다. 밝고 낙천적이고, 배려하고, 구김살 없는 당당한 아이들로….

어릴 때부터 학습으로 지친 아이들이 땅을 밟고 놀면서 얼굴에 웃음꽃이 피기 시작했다. 더 이상 그늘진 얼굴을 찾아볼 수 없게 되었다. 놀이는 삶이고, 본능이기 때문이다. 놀면서 배워야 할 아이들이 마음껏 신나게 놀이하는 아이 중심의 유치원이 되었다. 점차 어린이들의 몸과 마음이 건강하고 바른 인격으로 형성되도록 키워주기 위해서 진짜 놀이가 있는 유치원이 되고 있었다. 스스로 배울 수 있는 힘을 키워 주고, 그 힘을 길러주는 최고의 교육은 놀이기 때문이다.

아이들이 마음껏 뛰어놀다 보면 먹는 시간은 자연스레 즐겁고 맛있는 시간이 된다. 아이들이 즐겁게 식탁을 대하며 먹을 수 있는 시간, 몸에 좋다고 강압적으로 먹이는 식단이 아닌 아이들 스스로 먹어보고 싶은 호기심을 갖게 되는 식단이 있는 좋은 유치원, 우리가 꿈꾸는 유치원의 모습이다. 조금 우습겠지만, 잘 먹이고 싶었다. 요즘 못 먹어서 굶는 아이들이 어디 있느냐고 반문할지도 모른다. 굶어서가 아니라, 먹는 것이 기본이 아닌가! 잘 먹이는 곳이면 다른 것은 볼 것도 없다는 것이 내 생각이다.

놀이로 인한 재미있는 에피소드가 있는 유치원! 놀이가 있는 유치원이 너무 좋아 토요일이 되면 아이들이 언제 유치원에 가느냐며, 종일 집에 있는 엄마를 힘들게 했다는 이야기, 유치원 밥은 맛있는데 유치원의 고기는, 그 햄은 어디서 사는지 알아 오라는 아이들…. 밀가루만 보면 거실에 뿌려놓고 놀기 시작하는 아이들이 "늑대와 일곱 마리 아기염소" 동화를 읽고 밀가루 놀이하는데 "선생님! 이 밀가루가 그 늑대가 발에 바른 밀가루에요?" 하며 자신의 온몸에 바르며, 묻기도 해서 미소가 절로 지어진다. 미역 놀이를 할 때면 바닷냄새가 난다는 아이, 바나나 놀이할 때면 비누라며 온몸으로 샤워를 하는 아이, 상상력을 마음껏 발산하는 아이들로 인해 웃을 일들이 많았다.

3. 아이들 미래에 마음을 주다.

1) 놀아라 놀아라. 마음껏 놀아라!

어린 시절의 놀이야말로 생활, 삶 그 자체이다. 놀이는 즐거움의 속성만을 가지고 있는 것이 아니다. 놀이를 통해 그 누구도 가르칠 수 없는 많은 것을 배운다. 유아기에 놀이가 중요한 이유는 신체성장과 기본운동능력을 증진시키며, 인지능력을 발달시키기 때문이다. 그뿐만 아니라 언어, 사회, 정서 발달을 돕고, 창의력을 향상시킨다.

유아 교육에서 놀이치료에 대해서 유효순·김희태 저자는 이렇게 말하고 있다.

"유아 교육에서 놀이가 곧 교육이며, 놀이는 발달에 적합한 학습의 기회를 제공해 줄 수 있는 최적의 방법으로 간주하고 있으며, 놀이의 교육적 가치는 학습, 교육, 평가 및 치료의 네 가지 측면에서 살펴볼 수 있다."

놀이는 유아들에게 단순히 즐거움을 줄 뿐 아니라 자율성, 융통성은 창의적 학습을 촉진시키며 많은 것을 학습하게 된다. 놀이가 교육적 가치 있는 활동이 되기 위해서는 바람직한 놀이 환경이 제공되고 효율적인 지도가 이루어져야 한다. 놀이는 또한 유아 자신의 기쁨, 슬픔, 긴장, 좌절, 분노 등을 표출하는데, 이러한 감정의 표출을 통해 유아의 정서적 문제나 행동이 자연스럽게 치유될 수 있다. 바로 이 점에 초점을 두어 유아의 문제행동을 치료하고자 하는 것이 놀이치료이다." (놀이지도 - 한국방송통신대학교출판부 유효순.김희태 공저)

놀이치료가 이렇게 중요하기에 우리 유치원에서 아이들과 오감 놀이 뿐만 아니라, 아이들에게 좋은 교육 환경을 제공하고자 끊임없이 연구와 노력을 하고 있다. 아이들에게 좋은 놀이 환경을 제공해 주는 것이 내 몫이었기에 온종일 서적과 인터넷 정보의 바다에서 항해하는 기분으로 노를 젓곤 했다. 그 결과 아이들은 놀이가 이젠 몸에 배어 어떤 놀이도 자연스럽게 되었다.

베트남의 문화적 특성상 도로가 사람 중심이 아닌 오토바이 중심으로 되어 있다. 인도도 제대로 되어 있지 않아 위험하다. 쓰나미처럼 밀려오는 오토바이 물결로 인한 도로체계와 뜨거운 자외선으로 인해 걷기 힘든 날씨 등으로 산책이 쉽지 않은 환경이다.

아이들에게 교실보다 더 좋은 교육적 공간은 바깥 실외 공간이다. 그런 점에서 우리 유치원은 주택가에 자리 잡고 있어서 산책하기에 더없이 좋은 곳이다. 매일 산책하면서 아이들은 작은 생물에도 관심을 가지고, 탐색하며, 생명을 귀히 여기는 아이들이 되어가고 있었다. 호기심과 흥미가 생기면 언제든 가던 걸음을 멈춰 서서 관찰하고, 질문하는 아이들의 이런 태도 덕분에 과학을 좋아하는 아이들이 되었다. 이런 존귀한 아이들에게 어찌 놀이를 제공해 주지 않을 수 있으며, 놀이를 멈추게 할 권리가 누구에게 있단 말인가?

"모든 어린이는 충분히 쉬고, 놀 권리가 있다." (유엔아동권리협약 제31조)

2) 미래를 향해 나아가는 유치원을 만들다.

우리에게 있어서 유아 교육은 시대에 부합한 인재를 육성하는 데 있다. 콩나물시루에 물을 부으면 밑으로 다 빠져버린 듯하지만, 콩나물이 쑥쑥 자라는 것처럼 교육의 효과라는 것이 눈앞에 결과를 바로 기대할 수 없지만, 새빛교회 유치원을 다니는 아이들이 바른 인성으로 자라고 있다. 그들이 장차 사회에 영향력을 가진 사람으로 세워지도록 돕는다면 그것이 가치가 아닐까 생각한다.

우리네 세대는 어릴 적 사는 환경이 지금보다 더 열악하고 척박했다. 누구랄 것도 없이 가계경제 수준도 거의 비슷했던 것 같다. 코 찔찔 흘리며, 밥만 먹여 놓으면 온종일 땅을 밟고, 흙을 뒤집어쓰며 놀았던 기억들이 아직도 생생하다. 부모님들은 먹고살기에 바빠 일선에 뛰어들어야 했고, 자녀 돌보는 것은 거의 할머니들의 몫이었다. 학원은 근처에도 가 볼 수 없었고, 유치원은 거의 귀남이었던 막냇동생만 다녔던 거로 기억한다. 하지만 그러한 환경적 결핍이 꼭 나빴던 것만은 아니었다. 그 결핍으로 인해 우리네 세대는 자립심과 독립심이 강해졌고, 그로 인해 어떤 새로운 환경에도 잘 적응하고, 공동체에 협력하는 능력이 강해졌기 때문이다.

가치 있는 한 존재가 사회인으로 바르게 자리매김하도록 세워지기까지 정성스런 보살핌과 필요 적절한 교육도 필요할 것이다. 그러나 때로는 환경적 결핍 속에서도 놀면서 자립심으로 자라나는 아이들이 성장하여 어떤 분야, 어떤 영역에서 어떤 사람으로 성장할지는 누구도 장담할 수 없다. 그때 코흘리개 친구들이 지금은 기업가로, 학자로, 목사로,

선교사로, 교사로, 교수로 당당하게 저마다 제 몫을 하는 것을 보면 참으로 감사한 일이 아닐 수 없다.

지금 우리 유치원에 다니고 있는 많은 아이 가운데는 학습적으로 뛰어난 아이들도 있고, 사회성이 뛰어난 아이들, 타고난 성품이 좋은 아이들, 친화력이 좋은 아이들도 있다. 반면에 소심하고 소극적인 아이들, 말썽꾸러기, 산만쟁이, 예민한 아이, 울보, 부끄러워 엄마 뒤에 숨는 아이도…. 이렇게 다양한 아이들이 있다. 이들 가운데 장래에 스티브 잡스, 제프 베저스보다 더 위대하고 탁월할 인물들이 나올 것을 나는 기대하며 소망한다.

어릴 때 그들의 존재 자체를 충분히 이해해 주고, 그들의 개인차를 인정해 주고, 그들의 감정을 읽어주며, 좋은 놀이 프로그램들을 계속적으로 제공하는 것이 우리가 해야 할 일이다. 스스로 문제를 찾아가는 창의적으로 양육하는 것이 우리 유아 교육의 바른 목표가 아니겠는가?

“유치원 교사가 1년에 평균 3명 정도의 아이들 인생을 바꿀 수 있는 영향력이 있는 귀한 위치에 있다”라고 늘 강의해 주실 때마다 유치원교사의 중요성을 강조하셨던 조선미 박사님의 말씀을 잊지 않고 있다. 인생은 끊임없는 만남의 연속이다. 유아기에 어떤 선생님을 만나느냐에 따라 그들의 삶이 바뀔 수 있기에 우리는 직업을 넘어 사명감을 가지고 이 일에 임하고 있다.

우리는 지금 획일화된 교육에서 창의성이 사장되고 있는 현실 앞에 새 시대를 맞아 교육의 패러다임도 변화해야 한다는 목소리에 경청해야 한다. 특히 아이들의 잠재력을 발현시킬 수 있는 유아기를 주목하는 것이 중요하다.

미래학자 앨빈 토플러는 그의 저서 『부의 미래』에서 “시속 10마일의 학교가 100마일로 달리는 기업에 취업하려는 학생들을 준비시킬 수 있겠느냐”고 질문하며, “학교의 변화 속도는 시속 25마일로 달리는 정부 관료 조직보다도 늦다”고 지적했다. 토플러의 지적은 우리 교육이 미래 세대를 살아가야 하는 아이들을 위해 어떻게 변화해야 하는지 고민해야 할 따끔한 충고다.

이제 획일화된 교육에서 벗어난다면 유치원을 선택하는 기준의 폭도 넓어질 것이다. 부모들도 유치원이 집에서 얼마나 가까운지, 교육비가 얼마나 저렴한지 보다 차별화된 교육 프로그램으로 인해 창의와 도전정신, 인성을 함양하기에 좋은 교육기관인지 꼼꼼하게 따져보는 날카롭고 무서운 매의 눈을 가져야 할 것이다.

지금 맡겨진 아이들뿐 아니라, 앞으로 계속적으로 맡겨질 아이들에게 차별화된 질 좋은 교육 프로그램을 제공하고 싶다. 그러기 위해서 끊임없이 연구하여 자존감 향상과 감성지능에 초점을 두고, 다른 세대가 아닌 다음 세대 아이들을 세워나가고, 지속적으로 학부모들과 소통하고 싶다.

하루 일과를 시작하기 전 아이들의 안전과 행복을 위해 하늘의 은혜를 구한다. 아이들로 인해 입가에 미소가 지어진다. 더 해맑게 구김살 없이 자신들의 기량과 무한한 잠재력을 마음껏 발휘할 수 있는 아이들로 자라도록 돕는 자의 자리에 오래도록 있고 싶다.

그들이 훗날 장성하여 '어릴 적이라 기억은 어렴풋해도 행복했던 그 유치원, 그 선생님들로 인해 이 자리에 있게 되었다'고 웃으며 고백하는 그 날들을 간절히 소망한다. 그런 날이 속히 오기를 기대하며 소풍 가는 마음으로 여전히 유치원으로 향한다. 오늘도 내일도 내 마음은 베트남 어린 영혼들을 사랑하는 마음으로 가득 채워 나간다.

4. 위기에서 기회를 찾다.

1) 기회가 된 위기

"위기는 기회다"는 말이 있다. 위기는 기회와 함께 찾아오기 때문이다. 우리 유치원이 안정되고, 점차 부모들에게 입소문이 나면서 위기가 찾아왔다. 아주 큰 기업에서 운영하는 영어 유치원들이 큰 파도처럼 밀고 들어오면서 그 여파가 우리 유치원에까지 영향을 미쳐 휘청거리게 되었다. 놀이가 좋다는 것을 알면서도, 선행학습이 되지 않으면 뒤처지는 것 같은 불안한 마음은 어쩔 수 없는지 우르르 영어 유치원으로 몰리는 상황도 만났다. 베트남 메콩강에서 배를 타다 보면 큰 배가 지나갈 때 작은 배들은 앞으로 가기는커녕 그 물살에 한참 흔들리며 제 자리를 지키기도 어려워한다. 우리 유치원이 딱 그 모습이었다. 그럼에도 불구하고 긍정적이고, 밝고, 적극적인 성향으로 바뀌어가는 아이들 모습에 진심을 담아 꾸준함과 성실함으로 운영하며 위기를 극복할 수 있었다.

영국 케임브리지 대학 안에 놀이를 과학적으로 증명하고 연구하는 "

놀이센터"에서 증명한 결과가 있다. "놀이는 인간의 성장뿐 아니라 인간의 뇌에 지대한 영향을 미친다"라고 발표했다. 유아들이 놀이를 통해 뇌의 회로가 연결되면서 비로소 오감을 기억하게 된다. 놀이를 통해서 다양한 감정을 느끼고, 조절하고, 교류하는 법도 배운다. 그뿐만 아니라 목표를 세우고, 기획하고, 실행하고, 문제를 해결하고, 서로 놀이를 조율하고, 제안하고, 발견하게 된다. 우리 아이들이 스스로 놀이를 만들어가고, 생각하고, 놀이를 통해 자신들의 생각이나 감정을 확장해 간다.

나는 놀이 재료를 마음껏 제공했을 뿐이다. 아이들의 놀이가 점점 확장되는 것을 보고 있노라면, 사뭇 놀랄 때도 많았다. 50세가 넘은 나이에 설레는 일들이 얼마나 있으랴? 그러나 아이들의 행복한 모습을 볼 때면 내 심장이 방망이질치고, 살아 있는 느낌이 드는 것을 어찌 다 말로 표현 할 수 있으랴?

비범함은 어느 날 갑자기 만들어지는 것이 아니다. 시간이 걸리지만, 일관성과 성실성 끝에 비범함과 탁월함이 만들어지는 것이다. 우리는 큰 시련 속에서도 일관되고 성실하게 유치원을 운영했기에 많은 부모들로부터 인정을 받을 수 있었다. 결국, 부모들도 인정하는 유치원, 잘 노는 유치원, 아이들이 가고 싶은 유치원, 아이들이 좋아하고, 아이들이 선택하는 유치원, 밥이 맛있는 유치원이라는 명성을 회복하게 되었다.

우리가 어린 영혼을 진심으로 사랑한 결과 하나님은 도울 방법이 생각나게 하셨다. 신나게 놀면서 학습하고, 잘 놀았더니 자기도 모르게 알게 되고, 생각하며 배우게 되고, 놀이를 통해 배웠기에 행복감까지 느끼게 하는 유치원. 우리 유치원은 이렇게 많은 어린이와 부모들을 위한 행복한 교육의 터전이 되어 가고 있었다.

2) 유치원이 키운 사람들

지금은 이미 AI 혁명(인공지능), 정보통신(ICT)의 융합으로 이루어 낸 혁명시대, 4차 산업혁명이 이미 시작되었다. 앞으로 우리의 아이들이 10년에서 15년 후 사회에 나갈 때 실업자가 될 것인가? 유능한 성공자가 될 것인가? 이 모든 것의 운명이 유치원 생활에 좌우되기 때문이다. 왜냐하면, 지금까지 우리는 제3차 산업혁명시대에 살았기 때문이다.

지금까지는 공장제 사회, 누군가 지시하면 충실히 따르기만 하면 뭔가가 이루어지는 사회였다. 위계질서에 따라 하라는 대로 하면 큰 성공은 아니어도 그럭저럭 살아갈 수 있었다. 그런데 우리의 아이들이 잘 외우고, 시키는 대로 잘 따라 하는 습관을 지닌 사람들은 4차 산업혁명을 따라가기 어려운 시대가 되었다. 왜냐하면, 그런 일들은 이제 로봇이나 AI가 사람보다 훨씬 잘 해내기 때문이다.

지금껏 우리 부모들이 그렇게 간절히도 원하는 의사, 변호사, 판사, 약사 등 좋은 직업들은 AI와 로봇이 대체하게 될 것이다. 그러면 우리 아이는 어떡하지? 직접 그 세상을 경험하고, 뭘 어떻게 해야 하는지 찾아야 하는데….

얼마 전 4차 산업혁명에 대해 인터넷의 도움을 얻기 위해 검색하다가 세계적인 위대한 기업가들의 기사를 접하게 되었다. 위대한 기업가들을 보면서 다시 한 번 유치원에서 놀이가 중요하다는 생각을 갖게 되었다.

인류미래를 보여 주고 있는 기업들, 곧 구글(Google), 애플(Apple),

아마존(amazon.com) 등. 그 기업들은 브랜드 평가회사, 기업 가치를 평가하는 회사로 세계 1, 2, 3위를 차지하고 있다. 우리나라 삼성은 6위다. 1, 2, 3위를 차지하고 있는 이 기업을 창업하여 성공시킨 사람들, 곧 애플의 창업자 스티브 잡스(Steve Jobs), 구글의 창업자 세르게이 브린(Sergey Brin)과 래리 페이지(Larry Page), 아마존 창업자 제프 베저스(Jeff Bezos) 그들은 대학 때 창업한 사람들이다.

다른 사람들이 "도대체 당신들은 어떻게 그렇게 창의적인 사람이 된 겁니까?" 물었더니 세르게이 브린의 대답은 이렇다 "유치원에서처럼 놀 듯이 일을 했더니 성공했다." 그런데 세르게이 브린이 다녔던 유치원의 선생님은 "하고 싶은 것을 고르면 선생님이 도와줄게"라고 말하며, 주도권을 아이들에게 넘겨줬던 것이다. 이렇게 인터뷰하는 걸 듣고 있던 래리 페이지도 "나도 그런 유치원에 다녔는데"라고 말했다. 하고 싶은 걸 놀도록 도와주던 유치원 출신들의 이런 인터뷰 기사가 신문, 잡지에 실린 것을 보고 위키피디아(Wikipedia) 창업자 지미 웨일스(Jimmy Wales)도 "나도 그런 유치원 다녔어"라고 말했다.

세계적인 기업을 창업하여 성공한 기업가들의 인터뷰를 통해서 무엇보다 유치원의 중요성을 깨닫게 되었다. 사업을 성공시킨 세계적인 기업인들의 공통점은 유치원 시절에 기른 태도로 스스로 문제를 발견하고 해결을 즐기도록 하는 습관이 길러졌다는 것이다. 그들에 의해 4차 산업 혁명시대가 열리게 되었음을 알게 되었다. 지금까지는 스티브 잡스, 래리 페이지, 제프 베저스 같은 사람들만 그 일을 해 왔지만, 앞으로는 누구나 그 일들을 해내야 한다.

이제는 정보전달과 암기 위주의 지식습득은 더 이상 교육으로 적합하지 않다. 단순히 영어 교육에 치중하는 기존의 교육을 벗어나서, AI의 주인이 되어 AI를 자유롭게 부리는 창의적인 도전정신이 뒷받침돼야 할 것이다. 어린 시절 자유로운 놀이경험과 놀이의 몰입을 경험하게 해야 한다. 몰입한 순간에 기쁨과 성취감을 느끼고, 새로운 도전을 많이 하도록 기회를 주어 인내력을 발휘하도록 해야 할 것이다.

유아가 스스로 선택하고, 결정하고 선택하는 과정에서 생각하는 힘을 기르게 하는 것이 이 시대 유치원과 부모 그리고 교사의 역할일 것이다.

유치원이 키운 사람들…. 지금 말하기는 아직 이른 듯하지만, 우리 유치원에 자녀를 보내신 부모들이 "우리 아이가 변화되고 달라졌어요." 하시며 늘 감사하다는 말씀을 하신다. 우리 유치원에 3년째 다니고 있는 ㅇㅇ는 현재 7살이다. 당시 다른 유치원에 다니고 있었고, 엄마 태중에 동생이 있었을 때라 정서적, 심리적으로 불안감이 극도에 달한 상태였다. 동생이 태어나면서 그 불안감을 표출하는데 손톱과 발톱을 피가 나도록 물어뜯었다. 자신도 아파서 고통스러워하고 지켜보는 부모들도 마음 아파했다. 또 워낙 작고 약하게 태어나 잔병치레를 하는 날이면 온 집안이 비상에 걸려 분위기도 많이 침체되곤 했단다. 우리 유치원으로 옮기고도 편식이 얼마나 심한지, 점심시간이 되면, 선생님을 따라다니며 "선생님 나 버섯 싫어해요. 고기 먹으면 토해요"라며 편식으로 식사시간을 힘들어했다.

자신감도 없고, 수동적이던 아이가 놀이를 통해 변화된 것들을 그 부모들로부터 듣게 되었다. 손톱, 발톱 물어뜯던 습관들. 그 아이는 정서적 안정감을 회복하고, 누구와도 친해지는 친화력과 자신감이 생겼다. 새로운 환경에 대한 두려움에서 벗어나게 되었다. 학습적으로 느렸는데 학습에 흥미와 호기심에 능력을 보이기 시작하니 당연 자신감까지 얻게 되었다고 한다. 그 힘겨운 식사시간이 이젠 즐거운 시간이 되어 잘 먹고 건강까지 챙기게 된 작은 거인이 되었다. 주변에 이웃의 친구들이 아프기라도 하면 기도해 주자며 먼저 무릎을 꿇고 손을 모으는 어린 사무엘과 같은 아이가 되었다고 한다. 무엇보다 예배드리기를 즐거워하는 아이로 자라서 기쁘고 감사하다며 늘 격려로 힘을 준다.

이런 얘기들이 들려오면 내가 선 자리가 참으로 귀하고 감사하다. 내가 살아가는 이유이기도 하고, 가을 추수철 잘 여문 곡식을 추수하는 주인의 마음처럼 시원함을 느낀다. 조금 이르긴 하지만 이 가을에 사람 열매를 추수한 것 같은 마음에 주님께 무한 감사를 드린다.

5. 글을 마치며

우리의 아이들은 AI를 부릴 수 있는 주인, 부릴 수 있는 사람이 되어야 할 텐데, '어떻게 해야 그렇게 될까?', '낯선 환경에 두려움 없이 이럴 땐 어떻게 해야 하지?' 유치원에서 재미와 흥미를 느끼면서 스스로 해법을 찾아내는 그런 습관과 태도가 습득돼야 한다.

우리 아이들의 미래를 위해 지금 준비해야 한다. 그러기 위해서 획일화된 교육이 아닌, 창의적인 교육, 아이 주도적인 교육, 자율적인 교육을 시행하는 유치원이 우리에게 절실히 필요하다. 이제부터 스스로 선택하고 스스로 탐구하는 습관을 길러야 하는데 우리는 획일화된 교육에만 의존하며, 우리의 아이들을 맡기고 있지 않은가? 물어야 할 것이다.

나를 만난 우리 유치원의 아이들이나 호치민 대학교 한글 강의를 듣는 대학생들에게도 그런 사람이 되도록 섬기며 기도하고 있다. 하나님께서 나를 베트남에 보내신 하나님의 섭리 하심이 여기에 있다는 것을 알게 되었다. 베트남에서 유치원 사역을 하면 할수록 그것이 내게 사명을 주신 분의 뜻이며, 나를 세워준 분에게 사랑의 빚을 갚는 길임을 깨닫게 되었다.

하나님은 베트남에서 내 자녀를 믿고 맡길 수 있는 유아 교육기관을 세우기를 원하셨다. 그래서 하나님께서 나를 사용하시고자 유치원 교사로 준비되게 하셨던 것이다.

이제 나는 하나님께 이렇게 고백하게 되었다. "바로 지금, 이곳을 위해 나를 준비해주신 분이 하나님이셨습니다. 그리고 이 모든 것이 하나님의 은혜였습니다."

서부 경남 농촌교회에서 18년 담임목사로 사역하다가 진주 시내에 교회를 개척해서 5년간 사역을 했다.

10여 년 동안 헵시바 비전 터치 캠프를 통해서 서부 경남의 청소년들을 섬겼다. 2년 동안 문화 행동 아뜨리와 함께 서부 경남 지역에 기독교 뮤지컬을 상영했다.

2018년 갑자기 하나님의 강권 하심 속에서 필리핀으로 사역지를 옮겼다. 필리핀 빈민촌인 사깅안에 <행복한교회>를 개척해서 현지인 사역을 하고 있다. 그동안 훈련받은 청소년 사역과 문화사역 등을 통해서 필리핀의 어린이들과 청소년들에게 복음을 전하고 있다.

하나님께서 너를 기뻐하신다

원 방 연

"다시는 너를 버림받은 자라 부르지 아니하며
다시는 네 땅을 황무지라 부르지 아니하고
오직 너를 헵시바라 하며 네 땅을 뿔라라 하리니
이는 여호와께서 너를 기뻐하실 것이며
네 땅이 결혼한 것처럼 될 것임이라." - 이사야 62:4 -

1. 헵시바 워십댄스 진주지부를 세우다

2007년 12월 12일 국민일보에 이런 글이 있었다.

70세에도 불구하고 아름다운 몸짓으로 하나님을 찬양하는 '춤추는 예배자'가 있었다.

헵시바 워십댄스선교회·신학원 대표인 이상옥(70) 목사가 그 주인공이다. 지난 10월 2일 경남 진주시에서 열린 '제12회 헵시바 워십댄스와 찬양 페스티벌' 전국투어 첫 공연을 시작으로 7일 청주 <예술의전당> 대공연장에서 가진 여섯 번째 무대까지 그녀는 현장을 지키며 몸으로 하나님을 찬양했다.

"나이 일흔이 되었고, 나름대로 삶을 정리하고 싶었어요. 지난 시간을 되돌아 볼 수 있는 추억이 담긴 앨범을 서서히 넘기고 있는데, 갑자기 처음 사역했을 때의 열정이 떠올랐습니다. 주님은 제게 몸으로 찬양해 전하라고 말씀하셨거든요. 춤추는 예배자, 바로 저의 사명이었습니다."

이 목사는 이 마음을 율동에 담았다. 해마다 성경 말씀을 바탕으로 찬양 율동을 만들어온 그녀는 이번 페스티벌의 주제를 '사명'으로 정했다.

이 목사는 무용 전공자가 아니다. 그런 그녀가 어떻게 '춤추는 사역'을 하게 되었을까?. 20년 전, 7년동안 간경화로 고생한 남편을 먼저 세상을 떠나보낸 이 목사는 당시 남편을 간병하면서 자신의 몸도 마음도 병들었다. 신장이 좋지 않았고, 자궁암 수술도 받았다. 쇠약해진 몸으로 어느 날 잠에서 깼는데 "세상에서 방황할 때 난 주님을 몰랐네"라는 찬송을 부르며 몸을 부드럽게 움직이는 자신을 발견했던 것.

"벌레처럼 땅만 쳐다보며 세상의 것을 추구하지 말고 위에 있는 나를 보아라"는 음성이 들렸다고 이 목사는 고백했다. 그러자 몸에서 생기가 솟았고, 이 목사는 바로 워십댄스 관련 세미나에 참석하는 등 찬양 율동에 관한 체계적인 교육을 받았다. 그리고 1993년 헵시바 워십댄스 신학원을 설립했다. 이 목사는 "세상을 거룩한 춤판으로 바꾸고 싶다"

고 소망을 전했다.

이 글을 읽으면서 이상옥 목사님이 걸어갔던 그 길을 아내도 걷고 있음을 보았다. 워십댄스는 예수님을 만나 구원받은 사람이 변화된 영성으로 하나님께 몸으로 드리는 찬양행위이다. 또한, 구원받은 사람의 심령 속에서 우러나는 자연스러운 기쁨과 감사에 대한 감정의 표현이라 말할 수 있다.

어느 날 국민일보에 시선을 끄는 광고가 나왔다.

“헵시바 워십댄스 단원모집”

평소에 워십댄스를 그토록 배우고 싶어 했던 아내를 생각하며 광고를 보여주었다. 아내는 곧바로 배우길 원했다. 모집하는 장소는 순천이었다. 진주에서 순천까지 가까운 거리는 아니지만, 아내의 열정은 거리가 문제 되지 않았다. 나 역시 기쁨으로 차량 운행을 해 주었다.

워십댄스를 배운지 3개월 만에 헵시바 워십댄스 신학원을 설립한 이상옥 목사님이 순천지부를 방문했다. 아내가 연습하는 모습을 보고 있던 목사님이 진주지역에 지부를 만들어서 사람들을 가르치라고 하셨다. 아내는 곧바로 순종해서 지부를 만들었다. 순천에 가서 열심히 배우면서 진주에서 회원을 모집하여 사람들을 가르쳤다.

가르치면서 더욱 헌신하고 싶은 마음에 기독교연합회 집회, 각 교회 집회, 교도소 집회 등등 수많은 곳을 찾아다니며 워십댄스로 하나님께 영광을 돌렸다. 그동안 워십댄스에 대해 부정적인 생각을 가졌던 분들도 우리의 헌신을 보면서 큰 은혜를 받고, 긍정적으로 바뀌기 시작했다.

처음에는 나도 워십댄스에 대해 큰 관심이 없었다. 그러나 아내가 사역하는 것을 곁에서 보면서 마음이 열리기 시작했다. 하나님의 은혜를 입은 자들이 온몸과 마음을 다하여 기쁨으로 예배하는 것이 워십댄스임을 알게 되었기 때문이다.

2. 복음화율 4%로도 안 되는 서부 경남!

2003년 워십댄스를 시작으로 여러 가지 문화사역, 말씀과 기도사역, 캠프사역, 선교사역으로 지경을 넓히시는 하나님의 섭리를 보았다. 주님은 우리를 도구 삼으셔서 친히 일을 하셨다. 워십댄스를 통해 진주를 비롯한 서부 경남 교회와 여러 요양원, 교도소와 병원, 아픔과 상처가 있는 곳, 감사와 기쁨이 있는 곳에서 온몸으로 하나님께 예배를 드렸다. 하나님은 찬양으로 어둠을 물리치고, 생명의 빛을 발하는 용사로 사용하셨다. 청소년들에게 워십댄스를 가르쳐서 청송교도소와 진주교도소에서 문화공연을 하게 하셨다. 청소년 워십댄스를 통해서 재소자들의 굳은 마음이 기경이 되어 하나님께로 향하는 것을 알 수 있었다.

헵시바 워십댄스 단원들을 태우고 달린 거리는 상상 이상이었다. 부르면 어디든지 찾아갔던 것은 기쁨으로 연습하며 온몸으로 찬양하는 이 일에 사명감을 가졌기 때문이다. 그때마다 하나님의 은혜와 사랑이 현장마다 충만히 임하였다. 가는 곳곳마다 눈물과 감동이 있었다.

아내는 건강이 좋지 못했다. 그 당시 아내는 허리의 통증으로 진주복음병원에 한 달 반 가까이 입원했다가 퇴원한 지 얼마 안 되었다. 의사는 디스크가 너무 심해서 수술을 해야 한다고 했다.

아내는 매일 밤 병원 지하 예배실에서 하나님께 간절히 기도했다. 수술하기로 한 3일 전에 시편 103편 말씀을 주셨고, 하나님께서 고쳐주신다는 확신을 받았다. 몸이 조금씩 회복되는 것을 느꼈다. 수술을 하지 않기로 마음먹고 바로 퇴원을 했다. 아픈 몸으로 워십댄스를 배우기 시작했다. 몸이 완전히 회복되지는 않았지만, 항상 하나님이 이끌어 주심을 느낄 수 있었다. 하나님만 더 의지하도록 그렇게 섭리하셨다.

모든 것이 한순간이었다. 아무 때나 이 일을 하는 것은 아니다. 지금은 힘들지만, 훗날 미소 지으며 지난날을 추억할 때가 있다. 잊지 못할 추억 가운데 순교자의 삶이라는 워십댄스가 있었다. 한번은 전국투어로 하나님을 예배하는 예배자로 상한 심령을 만지게 하시고, 은혜로 회복되어 모두가 함께 주님을 찬양하며 영광 돌리게 하셨다.

그때 남자들이 한팀이 되어 워십으로 "순교자의 삶"을 준비한 적이 있다. 항상 운전으로 그리고 여러 가지를 도와주던 나에게 아내가 워십댄스를 해야 한다고 했다. "순교자의 삶"을 워십으로 하는데 남자들로 구성한다고 했다. 인원모집이 힘들었는지 마음과 몸이 안 따라주는 나도 해야 한다는 것이다. 결국, 워십댄스에 동참하게 되었다. 얼마나 연습을 강하게 했는지 지금도 그 당시 동작들이 기억이 난다.

추운 겨울에도 불구하고 진주열방교회에서 밤 12시까지 연습을 했다. 한 시간 거리에서 오는 연세 드신 목사님들도 계셨다. 목사님들이 먼 곳에서 그 추운 날 함께 모여 밤늦게까지 워십댄스를 연습하는 것은 하나님께서 각자의 마음에 감동을 주셨기 때문에 가능한 일이었다. 주님이 이끄셨고, 주님이 이 일을 하도록 하셨기 때문이다.

서울 KBS홀에서 "순교자의 삶"이 맨 마지막 순서였다. 조명이 무대만 비추고 있었다. 음악에 맞추어 한 동작, 한 동작 온몸으로 찬양하며 신앙의 고백을 드렸다. "순교자의 삶" 가사가 우리의 고백이 되어 최선을 다했다. 공연이 끝나고 무대 뒤에서 모두들 울음을 터트렸던 그때의 감동이 너무나 생생하다.

유튜브에 올라와 있는 "순교자의 삶"을 보면서 그 당시를 생각해보곤 한다. 나를 나타내고, 나를 자랑하고, 나를 알리려고 했던 워십댄스가 아닌 오직 하나님을 나타내고, 하나님을 자랑하고, 하나님께 올려드린 워십댄스였다. 지금도 그때의 감동이 전해오는 듯하다.

3. 또 하나의 일을 계획하시는 하나님

> **또 네가 많은 증인 앞에서 내게 들은 바를**
> **충성된 사람들에게 부탁하라.**
> **그들이 또 다른 사람들을 가르칠 수 있으리라.**
> **너는 그리스도 예수의 좋은 병사로 나와 함께**
> **고난을 받으라 -딤후2:2~3-**

1) 청소년캠프의 시작

CCM찬양사역자인 최인혁 전도사가 캠프를 통해 서부 경남의 다음 세대를 일으켜 보라고 권유를 하셨다. 주님의 음성으로 듣고 "아멘" 하면서 아무런 지식도 경험도 없이 1달 만에 청소년캠프를 준비했다.

청소년 캠프! 2008년 1월 복음의 불모지 땅인 서부 경남에 헵시바 비전 동계 청소년 터치 캠프가 생겼다. "다음 세대를 말씀과 기도로, 그리스도의 좋은 군사로 세우는 일을 맡기셨습니다!". 하나님의 만지심만이 치유와 회복으로 꿈과 비전의 사람으로 일어날 수 있다는 마음으로 진주성광교회를 빌려서 헵시바 비전 터치 캠프를 시작했다.

서부 경남 40곳의 미자립교회 청소년들 5~600명이 모여서 부르짖어 하나님을 찾고, 찬양을 드리는 귀한 시간이었다. 우리가 생각한 것보다 훨씬 많은 학생이 모였다. 성령님께서 친히 일하시고 행하시는 캠프였다. 참석한 교회의 목사님, 사모님, 장로님, 집사님 그리고 교사들이 섬김이가 되었다. 함께 식사를 준비하고 기뻐하며 중보기도를 드렸다. 저들이 은혜받기를 갈망하며 즐겁게 섬기는 모습은 천국의 아름다움을 연상케 했다.

학생들이 은혜를 받으니 앞자리에 앉겠다고 밥을 거르면서 줄을 서서 기다리는 풍경들! 문을 열기 무섭게 앞자리로 달려가 사모하는 열정적인 모습들! 주님께서 그 자리를 통해 회개의 눈물을 흘리게 하시고, 아픔의 마음들을 만지시고 새롭게 하셨다. 터치캠프를 통해 주님을 만나고 기뻐하며 교회로 돌아가서 자신들의 잘못된 행동과 습관들 그리고 술과 담배를 끊고, 회개하며 변화된 삶을 살고 있다고 한다. 교회 가는 것을 힘들어하고, 예배를 힘들어하던 아이들이 새벽기도를 드리고, 계속 모여서 기도한다고 한다. 목회자와 교사들에게 순종하고, 충성하는 예배자로 세워졌다는 소식이 들려왔다. 특별한 프로그램이 없었다. 프로그램은 말씀과 찬양, 기도가 전부였다.

2) 무료로 캠프를 준비하던 어느 날

성경을 읽으면서 캠프를 준비하는데, 주님께서 주시는 마음은 사람을 의지하지 말라는 것이었다. 이번은 무료캠프를 하라는 마음을 주셨다. 우리는 무료캠프를 한다고 선포했다. 후원을 받는 것이 주님의 뜻이 아닌 것 같았다. 무료캠프를 위해서는 어느 정도 후원을 받아야 한다는 생각도 들었지만, 사람의 후원보다 하나님의 후원을 기대하며 준비해 나갔다.

며칠 후 연세 많은 한 분이 교회에 찾아오셨다. 교회에 있다 보면 도움을 요청하러 올라오는 분들이 종종 있다. '무엇을 도와드려야 하나'라고 생각하고 있는데 그분이 자신의 소개를 하신다. 은퇴 목사인데 친구 목사님으로부터 무료캠프를 한다는 이야기를 듣고, 무언가를 도와주고 싶어서 오셨다고 하셨다.

"혹시 캠프에 사용할 쌀은 있나요?"

"아니요, 아직 준비가 안 되어 있습니다."

"그럼 쌀을 가져다 드리겠습니다."

은퇴 목사님은 쌀 200kg을 약속하셨다.

캠프가 시작되어서 어떤 분이 캠프를 위해 사용하라고 봉투 하나를 주셨다. 캠프 강의를 끝내고 나오는 강사 목사님에게 그 봉투를 그대로 사례비로 드렸다. 캠프 마지막 날은 각 교회에서 준비한 간식으로 풍성한 잔치가 이루어졌다. 남은 것으로 캠프 장소의 다른 팀에게 나누어주기도 했다. 모든 것을 하나님께 맡기고 나갔을 때 그 일을 이루어 가시는 하나님을 체험했다.

3) 우리 주님은 새롭게 하시는 치료자이십니다

1년에 2번 동계, 하계캠프와 개학 1일 부흥회와 매달 찬양 그리고 말씀집회를 했다. 다음 세대를 회개하게 하시고, 결단하게 하시며, 영적 그리스도의 군사로 세워가게 하셨다.

계속되는 헵시바 비전 터치 캠프를 통해 갈 바를 알지 못하고, 꿈을 찾지 못한 아이들이 하나님의 꿈과 비전을 갖게 되었다. 그들이 성장해서 신학교에 가고, 교회에서 교사와 찬양팀으로 섬기고, 캠프의 섬김이로 섬기면서 서부 경남의 영적인 분위기가 달라지고 있었다.

다음 세대 모임들이 만들어지고, 여러 가지 기도회가 이어지는 것을 보게 하셨다. 헵시바선교회는 나보다 남을 먼저 세워가는 일에 사용되어지게 하셨다

4) 하나님의 능력은 무한하다

세상의 일은 한계가 있어 한꺼번에 할 수 없지만, 성령의 능력은 여러 가지 일을 한 가지 일처럼 할 수 있도록 하셨다. 곤비치도 피곤치도 않도록 날개 치며 올라가는 새 힘을 날마다 공급하셔서 날마다 은혜요, 감사한 시간이었다. 믿음은 바라는 것들의 실상이요. 보이지 않는 것들의 증거가 된다.

"할 수 있거든이 무슨 말이냐 믿는 자에게는 능치 못함이 없느니라. 네게 능력주시는 자 안에서 내가 모든 것을 할 수 있느니라."

하나님은 우리의 생각, 우리의 마음을 통해 일하시는 우리의 아버지이시다. 약할 때 강함 되시는 나의 하나님, 우리의 하나님이시다. 내가 부족할 때 능력이 되시고, 나의 힘이 되어주신다. 내가 가난할 때 주님의 부유함으로 채워주시고, 일하시는 하나님이시다.

헵시바 비전 터치 캠프는 주님이 친히 채워주시고 부어 주셨다. 여러 가지 눈물과 감사로 일하심을 보게 하셨다

"주님이 주님 되심을 증거합니다!"

꾸준히 인내하며 청소년 헵시바 터치캠프를 주님의 일하심으로 이끌어 주셨다. 이 가운데 주님은 다음 세대들을 세우고, 일으키시는 또 하나의 일을 하게 하셨다. 헵시바선교회는 잘 짜인 선교단체가 아니다. 헵시바선교회의 사역은 그때그때 하나님께서 감동을 주신 분들이 모여서 큰 사역을 감당했다. 하나님께서 정해주신 동역의 시간이 끝나면 그들은 떠나갔다. 하나님께서 헵시바라는 이름으로 함께한 동역자들을 통해

큰일들을 이루어 나가셨다. 그때그때 감동과 감격, 성령의 역사가 강력하게 부어졌다.

5) 함께하는교회를 개척하다

시골 목회 18년! 그 모든 일을 내려놓게 하시고, 5년 동안 진주 시내 한복판에 상가 3층과 4층을 세를 얻게 하시고, 허허벌판 가운데 <함께하는교회>라는 이름으로 개척하게 하셨다.

5년 전 개척이 뭔지도 모르는 우리에게 아래 위층 2칸의 상가를 보여주시고, 정확히 2칸을 허락해 주셨다. 교회 이름까지 <함께하는교회>라는 이름으로 정해 주셨다. 5년 동안 주님과 함께, 헵시바선교회와 함께, 주님의 예비된 일꾼들과 함께, 사람이 할 수 없는 크나큰 일들을 하게 하셨다. 이 모든 일을 통해서 오직 주님께 영광을 올려드렸다.

5년의 세월 동안 외로움과 좌절, 배고픔과 추위 속에서 주님의 풍성하신 사랑을 공급받으며 다음 세대의 사역을 끝까지 하게 하신 좋으신 하나님, 그분이 우리의 창조주 하나님 아버지이시다.

개척기간 동안에도 쉬지 않고 청소년캠프사역과 선교사역 그리고 상상할 수 없는 문화초청사역을 하게 하셨다. 영적으로 척박한 땅, 서부경남의 땅을 흔들어 놓으시고, 영적 회복을 일으키셨다.

4. 문화사역

우상의 문화에 찌들어가는 주의 백성들에게 주님은 생명을 전하게 하시려고 기독 문화로 서부 경남을 흔들어 주셨다. 문화 행동 아뜨리를 만나게 하시고, 서부 경남 땅을 흔들어 깨우는 일들을 하게 하셨다. 문화 행동 아뜨리의 뮤지컬은 서울지역에서만 하는 기독교문화 공연팀이었다. 진주와 서부 경남지역의 성도들에게 이러한 공연을 통해 기독교 문화공연을 가까이에서 접할 수 있도록 하고 싶었다.

세상 문화는 여러 가지 방법을 통해 그 세력을 넓히고 있고, 그 배후에는 영적으로 악한 세력이 있음을 알아야 한다. 여기에 대해 우리 믿음의 사람들도 연합이 되어야 하고 그 힘을 키워야 한다. 이것은 하나님 아버지의 마음을 알고 이 땅에 예수님의 깃발을 세우는 것이다. 지방에서 공연하지 않던 문화 행동 아뜨리를 하나님이 움직여 주셨다. 서부 경남에서 공연을 하기로 했다.

공연하기로 결정했지만 준비하는 과정이 큰일이었다. 장소는 <사천 문화예술회관>으로 결정했다. 전혀 경험이 없는 상태에서 3명이 이 큰 행사를 준비했다. 뮤지컬팀을 초청하는 일, 그들에게 한 주간 숙식을 제공하는 일, 한 주간 연습과 공연을 위해 예술회관을 대관하는 것, 큰 탑차로 엄청난 장비를 운반하는 것 등등. 총경비가 3천만 원 이상 지출해야 하는 행사인데 개척교회 목회자로서는 큰 모험이었다.

지방으로 내려올 수 없는 팀을 이 땅 가운데 올 수 있게 만드신 하나님이 모든 경비를 채워주실 것을 믿었다. 복음화율이 저조한 경남지역의 성도들에게 기독교 뮤지컬을 통해 신앙의 회복과 도전을 주고, 영적인 부흥이 일어나기를 간절히 바라며 공연을 준비했다.

1) <사천문화예술회관>에서

예술회관 직원들이 염려했다. 기독교행사에 항상 빈자리가 너무 많았다고. 그런데 공연이 한 번도 아니고 똑같은 내용의 공연을 5번을 한다고 하니 염려를 했다. 공연을 준비하고 홍보하는 과정에서 어려웠다. 뮤지컬 제목이 "요한계시록"이었기 때문에 교회의 입장에서도 쉽게 성도들을 보내기 어려워 보였다.

사실 제목 때문에 문제로 삼는 사람들이 많이 있었다. 그러나 하나님은 이 일을 위해 사람들의 마음을 감동하게 하셨다. 많은 사람이 몰려와서 5번의 공연이 은혜 가운데 마치게 되었다. 나중에는 소문이 나서 티켓이 매진이 되어 공연장 안에 사람들이 들어가지 못할 정도가 되었다. 계단에서라도 공연을 볼 수 있도록 하고 싶었지만, 예술회관 직원들의 반대로 그렇게 하지 못했다. 예술회관 관계자들도 지금까지 없었던 일이 눈앞에 벌어지는 것을 보며 깜짝 놀라고 있었다. 이렇게 사람들이 많이 몰려온 것은 처음이라고 한다. 이 모든 일을 주님이 하셨다.

2) 뮤지컬 요한계시록!

일곱 교회의 모습이 나와 우리의 모습임을 깨닫고 마음을 새롭게 할 수 있도록 그 일을 하게 하셨다. 경남 땅에 뮤지컬 요한계시록을 옮겨와서 함께 주님을 예배하며 찬송케 하셨다. 사람으로서는 생각조차 감당할 수 없는 그 일을 성령님의 역사 하심으로 놀랍게 하셨다.

4,000명가량이 큰 은혜로 충만했다. 자기 자신의 연약함을 깨닫고 정신을 차리고, 깨어 있는 믿음의 사람이 되겠다고 다짐하는 시간이었다. 지금도 공연을 경험했던 분들이 다시 한 번 요한계시록을 보고 싶다고 말하곤 한다.

3) <하동문화예술회관>에서

다음 해 종교개혁 500주년을 맞이하여 "더 북"이라는 제목의 뮤지컬을 준비하게 되었다. 넓고 편리한 지역과 공간을 허락하시지 않고, 하동 골짜기 쌍계사가 있는 우상이 견고한 지역 가운데로 인도하셔서 그곳에서 주님의 역사를 이루신 종교개혁 뮤지컬 "더 북"을 열게 하셨다.

영적으로 보는 의미 있는 귀한 주님의 뜻이었음을 고백하며 주님이 하셨음을 믿는다. 성도들의 많은 참여와 호응으로 사천에서 성공적으로 마치고, 많은 분이 한 번 더 이런 공연을 하길 원했다.

이제 "더 북"이라는 종교개혁 500주년 기념 뮤지컬을 다시금 경남에서 하게 되었다. 또다시 3명이 이 일을 준비했고, 한 번의 경험이 있었지만 그래도 여전히 서투른 모습이었다. 교회마다 협력이 되어서 모든 부분에서 지원된다면 경남지역에서 일 년에 한 번씩 문화행사로 자리를 잡을 수 있을 것이다. 우리가 어려운 형편에서 경험 없는 3명이 나름대로 최선을 다해 이 일을 감당했지만, 사람들은 여러 반응을 보였다. 부족한 부분을 지적하는 사람도 있었지만, 대부분 뮤지컬을 통해서 은혜받고 감사하다고 했다.

5. 지경을 넓히시는 하나님

1) 필리핀으로 단기선교팀을 보내다

터치 캠프를 하는 가운데 주님은 또 다른 만남을 통해 필리핀 선교지에 마음을 주셨다. 필리핀 다음 세대를 생각나게 하시고, 예전에 이광희 선교사님과 함께 필리핀 단기선교를 갔던 것이 기억나게 하셨다.

게스트하우스로 집을 내주시고, 식사를 해주셨던 필리핀에서 식당을 하시는 집사님의 전화번호가 생각났다. 그분에게 전화로 "혹시 학생들을 데리고 단기선교를 가서 현지 학생들과 저녁으로 예배를 드리고 낮에는 땅을 밟으며 예수님을 전하고 싶다"고 했다. 그런 교회를 만날 수 있느냐고 물어보았다. 심 집사님께서 딸락에서 선교하시는 김승환 선교사님을 소개시켜 주었다. 메일을 주고받으며 시작된 일이 주님이 하시는 일이었음을 고백하게 하셨다.

학생들을 데리고 단기선교를 시작하게 되었고, 우리의 열정과 헌신을 본 김승환 선교사님께서 헵시바선교회에서 청년 선교사들을 필리핀으로 보내줄 것을 요청하였다. 주님은 지극히 작은 자가 천을 이룰 것이라고 하신 말씀처럼 주님은 일을 하시고 영광을 받으신다.

2) 주님께 순간순간 기도하며 주님의 뜻을 구했다

학교 검정고시를 마친 15살 딸을 비롯하여 6명의 청소년과 청년들이 2주 동안 합숙하며 말씀과 기도의 훈련을 마쳤다. 헵시바선교회 주관으로 하동교회에서 파송예배를 드리고, 4월에 부모의 헌신들을 통해 2달 동안 필리핀 딸락 김승환 선교사님 사역지로 자비량 선교사로 보냈다.

이들을 통해 6개 현지인교회 다음 세대에게 악기를 가르치고, 전도 훈련을 시키고, 기도 모임을 만들고, 찬양팀을 만들고, 예배의 구성원들을 세우는 일들을 했다. 1기생 6명의 청소년 선교사들! 이들의 눈물과 헌신의 시간을 통해 교회가 든든히 세워지는 일들을 주님이 하셨다.

2기생 4명의 청소년이 필리핀 비낭오난 김태현 선교사님 사역지에서 하나님의 비전을 향해 나아가는 일에 귀하게 쓰임 받았다. 계속해서 이어지는 캠프사역과 단기선교의 사역이 놀라운 하나님의 살아계심을 증거하게 하셨다.

"눈물로 씨를 뿌리고 울며 씨를 뿌리는 자는 기쁨으로 단을 거두리라."

3) 먼저 출발한 아내

아내는 헵시바선교회 이름으로 8년 정도 단기선교로 필리핀을 오가며 다음 세대를 위해서 사역했다. 주님께서 사랑의 공동체 손정자 목사님과 김종성 목사님을 통해 새로운 일을 준비하고 계셨다. 2016년 필리핀마닐라 퀘손시티 베다니공동체 장애인 사역을 하시는 김광래 목사님을 만나게 되었다.

손정자 목사님과 김종성 목사님 일행과 함께 필리핀의 여러 일정을 보내다가 베다니공동체에 한번 가보자고 했다. 두 분 목사님도 베다니공동체의 김광래 목사님을 처음 본다고 했다. 한번 만나고 그 후로는 두 분 목사님과 김광래 목사님은 교제가 없었다. 그렇지만 단 한 번의 만남이 결코 우연이 아님을 보여주셨다. 그 후 청소년사역을 갈망하시던 김광래 선교사님의 열정으로 우리와 연결이 되었다.

2017년 1월부터 그곳에 가서 청소년들과 캠프사역을 하며 주님의 계획하시는 일속으로 들어가게 되었다.

4) 가자! 선교의 땅 필리핀으로

주님은 이러한 일들 가운데 계속 일을 진군해 가셨다. 허락하신 새 땅으로 마음의 준비를 다 하여 나갈 것을 미리 알려주셨다. 필리핀은 예전에 우리나라보다 잘 살았고, 6.25 전쟁 때 우리나라를 도왔던 나라이다. 도움을 받았던 우리나라가 지금은 복음을 들고 필리핀을 도우러 간다. 이제는 돕고 돕는 사이를 뛰어넘어 서로 마음을 같이하여 연합을 이루게 하셨다.

주님은 필리핀 다음 세대와 한국의 다음 세대를 통해 함께 손잡고, 이스라엘 회복을 위해 열방을 취하여 열방 모든 민족이 주를 찬송케 하셨다. 그 일을 이루기 위해 가장 연약한 헵시바선교회와 우리 부부를 불러주셨다. 순종하려고 하면 길이 보인다. 주님은 그 길에 빛까지 비춰주시고, 함께 손잡고 그 길을 걸어가 주신다.

우리는 하나님의 능력을 신뢰하지 못함으로 주님께 더 맡기지 못한다. 지금도 살아서 역사하시는 좋으신 하나님을 만나지 못하고 누리지 못하는 아쉬움이 있다. 주님은 쉬지 않으심을 고백한다. 주님의 뜻은 확장되어지는 것이다. 선교의 땅으로 발을 딛게 하셨다.

5) 2018년 선교의 땅 필리핀 퀘존시티 빈민촌 사깅안으로~

베다니공동체의 김광래 선교사님이 빈민촌 사깅안에 세워진 교회를 사역해보라고 제안했다.

사깅안 지역은 원래 바나나를 배제하던 지역이었는데, 몇십 년 전에 사람들이 불법으로 거주하면서 지금은 약 1천 가구가 살고 있다. 사깅안 지역의 땅은 나와사(Nawasa)라는 정부 수도국의 소유로 사깅안 사람들이 살고 있는 집 땅 밑에 큰 수도관이 지나가고 있어 사실상 건축을 허가하지 않는 곳이다. 현재는 약 1천 여 가구가 살고 있는데 선거 때만 되면 정치인들이 철거하겠다고 협박하여 표를 요구하기도 한다.

사깅안 지역 사람들은 대부분 사말이라는 남부지역 섬에 거주하던 사람들이 이주해서 살고 있다. 가족들이 주로 모여 살고 있어서 족보를 따져보면 대부분 혈연관계에 있다. 사깅안 사람들의 특징은 교육을 많이 받지 못하여 주로 건축 노동자가 많으며, 일용직 또는 계약직에 일하는 사람들도 있다. 직업이 없는 사람들이 태반이며, 음주와 도박 그리고 마약을 하는 사람들도 많이 있다. 10대 미혼모들이 많으며, 동성애자들도 많이 있다. 그동안 10명의 선교사가 다녀갔다고 하는데 그만큼 힘든

지역이기 때문이다.

이 교회는 필리핀정부의 땅에 무허가로 이루어진 빈민촌에 세워졌다. 닫혀있던 교회를 주님은 창립주일을 맞이하여 다시 문을 열게 하시고, 그곳으로 우리를 인도하셨다. 파송교회도 후원자도 없고, 언어도 되지 않는 가운데 주님은 강력하게 우리를 그곳으로 인도해 주셨다. 앞으로 하나님께서 필리핀에서 어떤 일들을 이루실지 기대하며 순종하며 앞으로 나아간다.

6. 글을 마무리하면서

그동안 시골교회에서 18년 그리고 진주 시내에서 개척교회 5년을 사역하면서 우리 부부는 일반 목회도 했고, 청소년사역과 문화사역 등을 해왔다. 그런데 하나님께서 갑자기 필리핀 땅으로 인도해 주셨다.

필리핀에는 수많은 어린이와 청소년들이 있다. 하나님은 이곳에서 저들을 섬기라고 우리를 훈련시키셨고, 준비해 주셨다. 헵시바, 곧 우리 부부의 헌신과 사역과 열매가 언제나 하나님의 기쁨이 되시기를 간절히 소원한다. 이제 우리의 헵시바가 필리핀의 어린 영혼과 청소년들에게도 나타나서 저들 또한 하나님의 기쁨이 되기를 간절히 소망하며 글을 마무리한다.

"헵시바"

하나님께서 이렇게 말씀하신다.

"다시는 너를 버려진 자라고 부르지 않겠다. 다시는 네 땅을 황무지라 부르지 않겠다. 너는 나의 기쁨이다. 네 땅이 결혼한 것처럼 될 것이다."

주님이 우릴 이렇게 사랑해주시고, 사용하시고, 함께 기뻐하신다. 소망이 없던 우리에게 주님이 친히 찾아오셔서 버려진 황무지에 주인이 되어주셔서 열매를 맺는 옥토로 사용하신다.

Epilrogue

우리의 인생은 모두 하나의 미션을 가지고 살아간다

이번 공저를 통해서 알게 된 저자님들 중 한국에 계시는 저자님들은 만나뵈었지만, 해외에 계시는 분들은 대부분 뵙지 못하고 SNS를 통해서 알게 되었습니다. 하지만 공동의 작품을 만들면서 오랜 지인과 같은 마음이 들었습니다. 서로의 사역과 미션을 통해서 공동의 작품을 만든다는 것이 쉬운 일은 아니지만, 지난 4개월 여 동안 함께 한 시간은 너무 행복한 시간이었습니다.

지금까지 책을 좋아해서 많은 책을 사고, 누군가 출간한 책들을 읽었습니다. 그러나 이제는 누군가를 위해서 글을 쓰고 책을 출간하면서 설레이는 마음이 들기도 하고, 책을 통해 독자들을 만난다는 생각을 하니 기대가 됩니다.

지난 2018년 8월에 박성배 박사님에게 코칭을 받으면서 첫 책 『희망레슨』을 출간했습니다. 코칭을 받으면서 원고를 썼지만, 『희망레슨』을 쓸 때는 망망대해에서 아무 도구도 없이 물고기를 잡는 듯한 기분이 들었습니다. 우선 생각나는 대로 쓰면서 고치고 또 고치면서 조금씩 글이 되어가는 것을 보면서 점점 자신감을 갖게 되었습니다. 초고부터 원고를 교정해서 출판사에 넘겨주기까지 40일 동안 매일 새벽6시부터 밤 11시까지 집중했던 기억이 납니다.

특히 이번 작품에는 교정으로도 참여할 수 있어서 개인적으로는 더욱 의미가 있습니다. 지난 해 책을 쓸 때 힘들었던 기억을 떠올리면서 처음 글을 쓰는 저자들에게 각자의 원고를 잘 쓸 수 있도록 격려해드리며, 교정을 해 드렸습니다. 특별히 감사한 일은 평소 내 원고에서 보지 못했던 부분들이 공동 저자들의 원고를 교정하면서 보여서 많은 공부가 된 것입니다.

2008년 11월에 지리산 자락으로 내려오던 때에 두렵고 떨리는 마음으로 한센인 사역을 시작하던 때가 기억이 납니다. 상처가 많은 성도님들을 잘 목양할 수 있을까? 처음 접해보는 한센인 사역을 잘 감당할 수 있을까? 두렵고 떨리는 마음으로 사역을 하던 때가 새록새록 생각이 납니다. 벌써 11년이 지나고 있습니다. 필자가 이번 공저에 참여하면서 "한센인에게 복음을 전한 사람들"에 대해서 쓰면서 선배 사역자들의 열정과 헌신을 다시 한번 마음에 새겨보는 시간이 되어서 너무 감사했습니다.

독자들께서도 각자의 미션이 있으리라 생각이 됩니다. 『인생 미션』을 읽으며 도전을 받고, 여러분의 미션을 글로 써보십시오. 내 인생의 미션을 누군가에게 글과 말로 전한다는 것이 쉽지 않지만, 하나님께서 각자에게 주신 미션을 나누면 그 은혜가 배가 될 것입니다.

이번에 공저에 참여하신 분들은 『인생건축술』을 통해서 "글쓰기 코칭사역"을 하는 박성배 박사님의 글을 포함해서 10인입니다.

베트남에서 새빛교회를 사역하는 강명규 선교사님, 베트남 호치민에서 어린이집을 섬기는 김유정 선교사님, 피아노와 한글을 가르치는 베트남 호치민의 김경희 선교사님과 캐나다에서 한인교회와 인디안 선교를 하는 박태겸 목사님, 필리핀에서 현지인 선교를 하는 원방연 선교사님, 기드온동족선교회 한국지부장이면서 한우리미션밸리 사무총장인 이희준 목사님, 북한탈북자선교를 했던 강석진 목사님, 함께하는 교회 예수마을의 장승익 목사님, 한센인교회에서 사역하는 이필경 목사입니다.

공저의 저자들은 모두가 각자의 사역지에서 열심히 사역하는 선교사님들과 목회자들이십니다. 이번 공저 출간을 통해서 더욱 풍성한 사역의 열매를 맺어나갈 수 있기를 간절히 소망합니다. 또한 공저를 통해서 사역의 지경이 더욱 넓혀져서 많은 분들에게 선한 영향력을 전하는 저자들이 되시기를 바랍니다.

『인생 미션』이 나오기까지 코칭을 해주신 박성배 박사님께 감사를 드립니다. 특별히 책이 출판될 수 있도록 허락해주신 노북 출판사 정유진 사장님께 감사를 드립니다.

2020년 1월 지리산 자락에서

이 필 경

동국대학교 산업공학과를 졸업하고, 연세대 연합신학대학원에서 교회사를 전공했고, 장로회신학대학교에서 신학석사와 박사학위를 받았다. 영국에서 지도자 과정(LAP_Leader as a Person)과 스위스에서 타문화제자훈련 과정(CDTS_Cross Cultural Discipleship Training School)을 거쳐, O.M(Operation Mobilisation)과 함께 영국, 헝가리에 살면서 세계 여러 나라 사람들과 어울려 사는 지구촌 노마드의 삶을 배웠다.

2011년 공저 『한걸음 더』를 시작으로 『나는 매일 희망을 보며 행복하다』,『아름다운 발걸음』, 『일어나다』,『크리스천을 위한 책쓰기 미션』,『통일을 앞당겨 주소서』,『한국이 온다』, 『인생건축술』, 『꿋꿋이 나답게 살고 싶다』외 다수의 책이 있다. 코칭한 책으로는『나를 넘어 꿈을 넘어』,『오래된 소원』,『희망레슨』,『양탕국 커피가 온다』,『베개혁명』,『최고의 순간은 지금부터다』,『다시 제자가 온다』,『하이파이브 부부행복』,『깃발』, 『부천노회 20년사』, 『내 인생의 태양은 지지않는다』외 다수의 책이 있다. 극동방송에서《통일을 앞당겨 주소서》《히즈북,HISBOOK》《희망 한국이 온다》등의 프로를 진행하였다.

대한민국 대표 책 짓기 코치로서 많은 사람을 코칭하고 있으며 독서광, 작가, 동기부여가, 방송인, 강사, 목회자로 미래를 만들어 가고 있다. 한국선교교육재단 교수, CBS 방송아카데미 교수, 인천공항 한우리 커뮤니티, HANWOORI Community(Church & Mission Valley)의 대표로 꿈과 비전을 국내와 해외로 확장해 가고 있다.

책쓰기 코칭으로 인생미션을 실천하다

박 성 배

1. 책쓰기 코칭으로 "인생 미션"을 실천하다

나는 2009년부터 시작한 집중 독서를 통하여 내공을 쌓았다. 2011년부터 책을 출간하면서 가치 있는 삶으로 변화되면서 "인생미션"을 찾기 시작했다. 4번째 책인 첫 단행본 『일어나다』(행복에너지, 2015)를 출간한 후부터 강사와 방송의 길이 열렸다. 7번째 책인 『한국이 온다』(가나북스, 2017)를 출간한 후, 외부 강의와 책쓰기 코칭의 길이 더 넓게 열렸다. 내 책을 짓는 것 뿐만 아니라 코칭하는 길도 열렸다. 『크리스천을 위한 책 쓰기 미션』(청어, 2016), 『인생건축술』(비전북하우스, 2018) 등 여러 권의 책을 출간하면서 코칭을 할 수 있는 여건들이 준비되었기에 가능한 일이기도 했다.

지금까지 11권의 책을 출간했고, 『나를 넘어 꿈을 넘어』, 『오래된 소원』, 『최고의 순간은 지금부터다』, 『베개혁명』, 『희망레슨』, 『양탕국 커피가 온다』, 『다시 제자가 온다』, 『북한교회사』, 『깃발』 등 다수의 책들을 코칭하여 출간했다.

나는 건축의 체험을 통해서 "책 짓기 건축술"의 원리를 배웠다. 건축을 하는 것과 한 권의 책을 쓰는 일은 과정이 거의 같다. 그래서 나는 책을 쓰는 것을 책을 짓는다고 표현한다. 이제부터 말하는 내용은 필자가 쓴 『인생건축술』에서 소개한 '책을 짓는 인생건축술의 8단계 공정을 말하다'의 내용을 재편집한 내용이다.

이제 8단계 책 짓기 건축술 미션을 따라 내 책을 지어보자.

한 권의 책을 짓는 것은 쉬울 것 같지만 혼자서 지으려면 매우 어렵다. 그래서 처음 책을 지으려는 사람들에게는 코치가 필요하다. 나 역시 2011년 첫 책을 내고 지금까지 오면서 많은 전문서적과 코치들의 도움을 받았다. 그래서 책 짓기를 힘들어 하는 분들에게 도움을 주기 위해서 8주 과정으로 '책 짓기 인생건축술 미션 과정'을 만들었다.

깊이 생각하며 구상하기 / 한 권의 책 꿈꾸기

1단계 코칭 - 스토리텔링(Story Telling), 내 인생의 스토리를 담은 책

모든 사람은 이야기를 가지고 있다. 그래서 첫 번째 시간에 사람들에게 인생 스토리를 이야기하게 한 후 스토리텔링 질문지를 쓰도록 한다.

<박성배 책짓기 코치가 말하는 스토리텔링을 위한 10가지 질문지>

No	질 문	대 답
1	내가 태어나고 자란 곳은?	내가 태어난 곳은 인생 미션과 연결 된다
2	어떤 스토리로 쓰고 싶은가?	스토리에 책 제목이 담겨있다
3	내에게 가장 행복했던 순간들은 언제였는가?	행복 추억은 책을 밝게 채색한다
4	내 인생에서 가장 힘들었던던 순간들은 언제였는가?	책을 쓰면서 힘든 순간이 치유된다
5	나를 버티게 해 주는 좌우명은 무엇인가?	한 줄의 좌우명이 인생을 이끌어 준다
6	역사 속의 위인들 중에서 존경하는 인물(국내, 국외)은?	존경하는 인물은 닮아 가게 되어있다
7	내 인생의 멘토는?	좋은 멘토를 가진 사람은 행복하다
8	내 인생의 스토리는 어떤 것들이 있는가?	스토리를 적어보면 책의 목차가 나온다
9	책을 짓는 것과 관련해서 나의 소망은 무엇인가?	책을 쓰면 꿈꾸던 소망이 이루어진다
10	내 평생 사명(Mission)이 있다면?	책을 쓰면서 평생의 미션을 발견한다

내 인생의 스토리 속에 한 권의 책이 있다. 나는 영종도에서 10여 년의 고난을 겪으면서 다시 일어난 이야기를 『일어나다』(행복에너지, 2015)라는 책으로 출간했다. 내 인생 스토리에서 한 권의 책이 만들어졌듯이 여러분의 인생 스토리에서도 멋진 책이 만들어질 것이다.

2단계 코칭 - 콘셉트 잡기, 내 인생의 숙명적인 키워드

두 번째 미션 단계는 내 인생의 주제인 '콘셉트 잡기'이다. 콘셉트의 구상은 책의 내용과 방향을 정해 준다. 콘셉트 잡기를 위해서 '내 인생의 숙명적인 키워드'(Key Word)를 찾으라.

1) 인생 키워드를 찾으라

토마스 에디슨의 키워드는 '발명'이었고, 라이트 형제의 숙명적인 키워드는 '비행'이었다. 알프레드 노벨은 '화약', 베토벤은 '피아노와 작곡', 장보고는 '해상무역', 오프라 윈프리는 '토크쇼', 애니카 소랜스탐은 '골프', 운보 김기창 화백은 '그림'이라는 키워드를 선택했다.

내 인생을 돌아보면서 아래의 네 가지 특징을 통해서 내 인생의 키워드가 무엇인가 단서를 잡으라.

① 신체적 특징이 무엇이 있는가?
② 내 취미와 취향은?
③ 나의 재능과 소질은 무엇인가?
④ 나의 가치관과 신념은 무엇이 있는가?

2) 내 인생의 키워드를 위해서 가장 많은 시간과 정성이 들어간 콘텐츠는 무엇인가?

사람들은 독서, 축구, 골프, 꽃가꾸기, 요리, 여행 등 취미 생활이나 좋아하는 일을 하면 할수록 재미를 느끼게 된다. 신앙생활이나 봉사활동 같은 일도 할수록 행복을 느끼게 된다. 좋아하는 일을 자주 하면서 생활화될 때 인생의 키워드가 되기도 한다.

3) 나에게 어울리는 키워드의 다섯 가지 조건은?

① 역사성이다

한 사람이 과거부터 현재까지 이루어낸 업적을 개인의 역사성이라고 말할 수 있다. 그 사람이 이룬 업적들이 쌓일 때 인생의 키워드가 될 수 있다.

② 탁월성이다

그 사람이기에 이루어낸 성과로 인정이 될 때 특별한 능력이 있는 것이다. 그러한 성과를 탁월성이라고도 할 수 있다.

③ 독특성이다.

사람들이 이루어낸 업무적 성과나 주변 사람들의 평가를 통해 그 사람의 특징을 알 수 있다. 그런 것들은 나였기에 가능한 것이기에 나를 대표하는 키워드가 된다. 이것이 바로 독특성이다.

④ 소명성이다.

한 사람이 이루어 놓은 업적에 대해서 자신 있게 설명할 수 있는 것을 소명성이라고 한다. 어느 누구도 부인할 수 없는 나의 업적 등을 키워드로 찾아야 한다.

⑤ 불변성이다.

한 사람의 업적은 일정한 측정치라든지 가정된 분포 등을 통해 만들어진 것이 아니기 때문에 어떤 변환에 의해서도 변하지 않는 그 어떤 것이 존재한다. 내가 이룬 업적이나 일의 성과도 마찬가지이므로 상황에 따라 평가가 바뀌는 것이 아니다. 이런 불변의 키워드를 찾아야 한다.

건축도면 같이 치밀한 목차 설계도 / 내용이 있는 목차 설계도

3단계 코칭 - 목차 초안, 독서내공이 좋은 목차 만들어준다

집을 지을 때 가장 중요한 것 중의 하나가 건물의 설계를 어떻게 하느냐 하는 것이다. 이처럼 책을 짓기 위해서 목차를 어떻게 정하는가가 중요하다.

1) 한 권의 책을 짓는 것은'집을 짓는 것'과 같다.

집을 짓는데 가장 중요한 것 중의 하나가 설계도이다. 설계도에 따라 건물의 용도와 모양이 달라지기 때문이다. 따라서 무엇보다 좋은 설계도를 그리는 것이 건물평가의 시금석이다.

독자들이 책을 살 때 살피는 것 중의 하나가 제목과 표지, 그 다음이 목차이다. 목차에는 어떤 콘텐츠가 담겨 있는지 한 눈에 알 수 있다. 따라서 독자들에게 강하게 어필을 하려면 책의 표지와 제목만큼 차별화되고, 독특한 목차를 구성하는 것이 중요하다.

2) 인생은 '콘텐츠'(내용, Contents)이다.

장 폴은 "인생은 한 권의 책과 같다"고 했다. 어떤 인생이든 콘텐츠가 있다는 것이다. 그런 스토리를 일목요연하게 그리고 감동적으로 한 권의 책을 만드는 것이 중요하다.

콘텐츠를 발견하고, 꺼내서 활용하는 방법은 다음과 같다.

① 독서가 인생의 콘텐츠를 만들어 준다.

② 콘텐츠를 브랜딩 하는 방법은 책을 짓는 것이다.

③ 책을 지은 후 인생이 달라진다.

3) 목차 초안 잡기를 위한 준비

내 인생의 키워드를 중심으로 목차를 크게 나누고 또 세분화 하면서 목차를 구상하면 되는데 다음과 같은 절차를 밟을 필요성이 있다.

① 핵심 키워드를 선정하라.

② 필독서를 읽고 목차를 참고하라.

③ 샘플도서를 벤치마킹하라.

④ 실제로 목차를 잡으라.

4단계 코칭 - 목차 확정, 콘텐츠 있는 목차가 좋은 책이 된다

목차를 정하면 책의 50%는 쓴 것과 같다. 그러므로 목차는 정교하게 짜야 한다. 목차를 정할 때 다음과 같은 순서로 정해야 한다.

1) 목차를 확정하기 위해서 먼저 제목부터 점검하라.

제목은 한 눈에 들어오도록 하라. 내 인생의 키워드가 적용된 제목으로 콘셉트(Consept)를 잡으라. 매력적인 제목이 되도록 다음과 같이 해보라.

① 내 생각으로만 짜지 말라.
② 서점에 가서 다양한 책들의 제목을 검색해 보라.
③ 판매중인 책들의 다양한 목차를 분석하고 벤치마킹하라.
④ TV나 신문, 잡지 등을 보며 광고 문안을 참고하라.
⑤ 유명한 명언을 인용하거나 적용해 보라.
⑥ 책속에서 매력적인 문장을 찾아서 정리하라.
⑦ 독서하면서 정리한 문장이나 메모한 내용들을 자세히 훑어보라.

2) 목차로 확정하기까지 건물의 설계도와 같이 정교하게 짜야 한다.

『크리스천을 위한 책 쓰기 미션』(청어출판, 2016)에서 책 쓰기 공식을 소개한 바 있다. 정리하면 다음과 같다.

(1) Why? 왜 책을 쓰는가?

왜 책을 쓰는가? 이유가 분명하게 있어야 한다. 책을 쓰면 아래와 같이 내 인생의 새로운 브랜딩이 주어지게 된다.

① 책을 쓰면 책의 힘과 영향력이 생기게 된다.
② 책을 쓴다는 것은 최고의 예술 활동 중 하나이다.
③ 책을 통해 내 인생과 사상과 경험 등을 남기데 된다.
④ 책 쓰기를 통해 깊은 통찰력을 키울 수 있다.
⑤ 책을 쓰는 작가로서의 삶을 살 수 있다.
⑥ 책을 쓴다는 것은 은퇴 없는 영원한 현역 인생을 사는 것이다.
⑦ 책을 쓴다는 것은 나를 명작 인생으로 거듭나게 할 수 있다.
⑧ 내 인생을 바꿀 수 있다.

(2) What? 무엇을 쓸 수 있을까?

내가 쓸 수 있는 것은 무엇일까? 내가 살아온 행적이다. 살아온 행적에는 역경(逆境)도, 순경(順境)도 있다. 그 과정을 진솔하게 쓰는 것이 중요하다. 현재 내 모습을 그리면서 앞으로 내가 어떻게 살 것인가를 진솔하게 써야 한다.

⑶ How? 어떻게 쓸 것인가?

아래와 같이 8단계에 맞춰서 글을 써나가면 쉽게 글을 쓸 수 있다.

① 스토리텔링을 머릿속에 그리라 :

내가 쓰고 싶은 내용을 처음부터 끝까지 대략적으로 생각하면서 머릿속에 떠오르는 이야기들을 써보라.

② 콘셉트를 잡으라.

스토리텔링에 맞는 책의 제목을 여러 가지 적으면서 단어(單語)로 정할지 구(句)로 정할지 문장(文章)으로 정할지의 콘셉트를 잡는다.

③ 목차의 초안을 잡으라.

목차는 너무 중요하기 때문에 한 번에 정할 수 없다. 여러 방향에서, 여러 안목으로, 독자의 눈으로 보면서 초안을 잡으라.

④ 목차를 확정하라.

목차는 다른 사람이 공감할 수 있는 단어와 내용으로 정해야 한다.

⑤ 저자 프로필과 프롤로그를 작성하라.

독자들이 책의 내용에 공감할 수 있도록 저자 프로필을 비교적 상세하게 소개하라. 프롤로그는 책의 전체 방향과 목적이 어필되도록 작성한다.

⑥ 한 꼭지를 써보라.

정해진 목차 중에서 잘 쓸 수 있는 한 꼭지를 선택해서 일단 써보라.

⑦ 한 꼭지 쓰기를 수정하면서 초고를 완성하라.

먼저 쓴 한 꼭지를 수정하면서 전체 흐름을 정리하고, 각 목차에 따라서 각 꼭지를 쓰면서 초고를 완성한다.

⑧ 에필로그, 출판계획서 쓰기, 마케팅 계획하기

책을 쓰면서 느낀 점, 새롭게 다가온 감정들 그리고 전체 내용을 요약해서 알려주는 에필로그를 쓰라. 에필로그를 쓴 후 이 책을 어떻게 출판할 것인가 출판계획서를 쓰라. 그리고 책의 출판이 결정이 되면 마케팅을 어떻게 해서 많은 사람들에게 홍보하고 많은 사람이 읽을 수 있게 할지 계획을 세워야 한다.

3) 목차 확정의 사례 / 최고의 목차 VS 최악의 목차

책의 제목과 목차와 내용이 한쪽 방향으로 만드는 경우가 있고, 제목과 목차와 내용이 두 방향으로 가는 경우도 있다. 한쪽 방향으로 향하는 목차를 최고의 목차라고 한다면 두 방향으로 가는 목차는 최악이다. 최고의 목차는 독자의 필요에 공감하는 통찰력 있는 목차라고 한다면 최악의 목차는 책의 주제와 내용을 한 마디로 말하기 어려운 목차이다.

4) 목차 확정을 위한 10가지 원리

좋은 목차를 정하기 위해서 다음과 같은 원리를 따르라.

① 핵심 키워드가 적용된 임펙트 있는 단어를 사용하라.

② 목차만 봐도 책이 사고 싶어지는 매력적인 목차로 구성하라.

③ 평소 독서 내공과 메모한 내용을 깊이 숙고하고 적용하라.

④ 책의 내용에 맞는 목차가 되도록 구성하라.

⑤ 가장 잘 쓸 수 있는 내용을 생각하여 목차를 정하라.

⑥ 너무 길거나 어렵게 표현하지 말라.

⑦ 맞춤법과 띄어쓰기에 오류가 없도록 하라.

⑧ 독자가 이해할 수 있는 눈높이에 맞추라.

⑨ 간결하고(Simple), 짧고(Short), 명확한(Clear) 단어를 선택하라.

⑩ 복잡하고 장황한 표현은 피하라.

신뢰를 주는 시공하기 / 신뢰와 책임으로 토대를 구축한다

<u>5단계 코칭 - 저자 프로필과 프롤로그, 감동 담긴 프로필과 프롤로그</u>

1) 저자 프로필

프로필을 작성할 때 자신의 이력과 함께 꿈과 비전, 지향하는 목표,

가치관, 인생관 등 눈길을 끌 수 있는 내용을 소개한다. 출판사가 가장 먼저 보는 것 중의 하나가 저자 프로필이다. 프로필만 보고 계약되는 경우가 종종 있다.

2) 저자 프로필 작성의 7가지 실전 노하우

① 책의 내용과 상관없는 프로필까지 상세히 나열하지 말라.
② 남들과 차별화된 스토리와 자신만의 강점을 풀어서 쓰라.
③ 독자에게 전달하고 싶은 자신만의 특징적 프로필을 쓰라.
④ 매력적인 베스트셀러 작가들의 저자 프로필을 참고하여 쓰라
⑤ 이력서처럼 프로필을 쓰지 말라. 출판사의 눈길을 사로잡을 수 없다.

⑥ 독자가 책을 구입할 때 저자 프로필을 가장 먼저 살펴보기 때문에 위기와 시련을 극복한 스토리로 독자의 가슴에 감동을 주도록 작성하라.

⑦ 출판사는 멀티가 가능한 저자를 원하므로 강연, 인터뷰, 언론에 노출된 경력, 강연 경력 등을 기록하여 자신의 능력을 보여 주라.

3) 감동을 주는 프롤로그(Prologue) 쓰기

출판사와 독자들은 제목을 먼저 본 후, 목차를 살펴본다. 그 다음에 가장 많이 보는 것이 '프롤로그'이다. 그러므로 프롤로그를 쓸 때도 다음

과 같은 원리를 따라 쓰는 것이 좋다.

프롤로그에는 왜(Why) 독자들이 이 책을 읽어야 하는지, 무엇(What)에 대한 책인지를 기록하라. 이 두 가지가 명확하면 독자들이 책을 구입할 확률이 높기 때문이다.

책의 내용을 한 문장으로 요약해서 쓴다는 마음으로 쓰라. 프롤로그가 지루하면 독자들은 거부감을 갖기 때문이다.

6단계 코칭 - 한 꼭지 쓰기, 한 꼭지 쓰기가 책의 방향을 결정한다

한 꼭지를 작성할 때 다음과 같이 쓰라.

① 한 꼭지 분량은 A4 용지 2장-4장으로 쓰라.
② 꼭지의 내용을 한 방향이 되게 쓰라.
③ 서론, 본론, 결론을 염두에 두고 쓰라.
④ 사례를 들 때 본문의 내용에 맞는지 생각하라.
⑤ 문맥 흐름을 간결하게 쓰라.
⑥ 내용을 쓸 때 독자의 호기심을 불러일으켜야 한다.
⑦ 내용은 긍정적이고 생산적인 메시지로 진행이 되게 하라.
⑧ 자료는 출처를 정확하게 쓰라. 문장은 맞춤법과 오타를 잘 확인하라.
⑨ 대화체는 구어체로 쓰고, 다른 문장들은 가능한 문어체로 쓰라.
⑩ 단어나 문장들을 반복 사용하지 말라.

세밀한 완공과 입주 / 집중하여 완공하고 입주한다

7단계 코칭 - 초고 완성, 완성을 위해 혼신의 정성을 다 한다

저자는 한 꼭지를 쓸 때 혼신의 정성을 들여 써야 한다. 한 꼭지는 전체를 꾸며나가는 시발점이며, 방향이기 때문이다.

1) 2개월 만에 초고 완성하기 10계명

① 초고 완성 날짜를 선언하라.

② 다이어리에 초고 완성날짜부터 각 꼭지 쓰기 세부 계획을 잡으라.

③ 초고 완성은 집필을 시작하고 2개월을 넘기지 말라.

④ 열정이 식기 전에 추진력과 집중력을 가지고 초고를 완성하라.

⑤ 먼저 한 줄을 쓰면서 책 쓰기에 탄력을 붙여라.

⑥ 모든 우선순위를 초고 쓰는 일에 두라.

⑦ 어깨에 힘을 빼고 원고를 채운다는 심정으로 초고를 완성하라.

⑧ 모든 초고는 초안이므로 수정과 탈고를 전제로 빠르게 완성하라.

⑨ 책 한 권의 초고는 폰트 11, 행간 160, A4용지로 120-150페이지 정도를 쓰라.

⑩ 초고가 완성되면 수고한 자신에게 선물로 보상하라.

2) 초고 다섯 번 탈고하며 원고 다듬기

① 탈고는 초고를 수정하고 보완하며 고치는 작업이다.
② 초고를 완성하고 일주일 정도 쉬면서 탈고를 준비하라.
③ 탈고는 다섯 번 정도 교정을 해서 원고의 완성도를 높이라.
④ 정확한 출처, 문맥 흐름, 사례, 맞춤법, 어휘 등을 자세히 점검하라.
⑤ 탈고 1단계는 전체적으로 읽으면서 '술술 읽히는 글이 되게 하라.
⑥ 탈고 2단계는 각 꼭지의 맞춤법, 내용, 문맥 등을 자세히 살펴보라.
⑦ 탈고 3단계는 각 꼭지 사례의 적절성을 살펴보고 업그레이드가 되게 하라.
⑧ 탈고 4단계는 출처, 분량, 오타 등 전체적으로 체크하면서 완성하라.
⑨ 탈고 5단계는 내용을 전체적으로 읽으면서 출판계획서와 출판사에 투고할 내용의 글을 쓰라.
⑩ 탈고를 마치면 출판계획서를 첨부해서 출판사에 투고하라.

8단계 코칭 - 책 출간, 내 인생 브랜딩의 완성

1) 에필로그 쓰기

에필로그는 다음과 같은 마음으로 기록하는 것이 좋다.

① 에필로그에도 멋진 제목을 달아 주라.

② 에필로그의 분량은 A4용지로 1-2페이지 정도로 길지 않게 쓰라.

③ 에필로그의 마지막은 영화의 엔딩처럼 여운과 감동을 주는 문장으로 남기라.

④ 책을 쓰는데 도움을 주신 분들과 출판사 등에 구체적인 감사의 마음을 표현하라.

2) 출판계획서 쓰기

① 내 원고의 특성을 잘 표현해서 출판사의 동의를 얻을 수 있도록 쓰라.

② 출판계획서는 출판 결정을 위해서 출판사 쪽에서 잘 이해할 수 있도록 설명을 하라.

③ 글을 쓴 과정이나 내용 소개를 허위로 쓰지 말고, 사실에 근거해서 정직하게 쓰라.

끝으로, 출판계획서 안에 다음과 같은 목록으로 기록하라.

(1) 제목 (2) 저자 프로필(이름, 연락처, 이메일) (3) 저자의 기획 의도 (4) 책의 핵심 주제 (5) 책의 핵심 가치 (6) 책의 고유 경쟁력 (7) 핵심 독자층 (8) 출간 희망 시기 (9) 홍보 마케팅 계획 (10) 책의 목차와 한 꼭지 샘플

3) 마케팅 계획

출판이 결정이 되면 저자는 다양한 방법으로 홍보를 해야 한다. 다양한 홍보 방법 중 몇 가지를 소개하면 다음과 같다.

① 저자는 저자 강연회 등을 통해서 널리 홍보하고 책 판매를 늘려가라.
② 저자 강연회 후에 후기를 올려서 입소문이 나도록 하라.
③ 저자는 온라인 마케팅 등과 함께 입소문을 잘 내야 해야 한다.
④ 저자는 블러그나 카페 등을 운영하며 책의 홍보를 하라.
⑤ 저자는 SNS나 방송 등 사용 가능한 방법을 적극 활용해서 홍보하라.
⑥ 베스트셀러는 자자와 출판사의 노력으로 만들어진다.

이상으로 책쓰기 미션 8단계 과정을 통해서 한권의 책을 짓는 방법에 대해서 말했다. "한 권의 책을 짓는 것은 인생을 브랜딩하는 최고의 방법"이다. 필자는 지난 10년간 바닥까지 떨어졌던 인생을 책을 쓰면서 일어났고, 책쓰기 8단계의 미션을 가지고 코칭을 하고 있다.

2. 책쓰기 코칭 실천으로 한우리미션밸리꿈을 이루어간다

2007년 인천공항 신도시에 한우리교회를 3층으로 건축하고 편안하게 목회를 하려고 했다. 그러나 건축을 하면서 빚과 이자로 인해서 말로 다할 수 없는 고난을 겪게 되었다. 13년 동안 광야의 수업을 받으면서 날마다"어떻게 살아가는 것이 좋은가?"를 궁리했다. 그러면서 만 여권의 책을 보면서 11권의 책을 쓰게 되었고, "인생 미션"을 찾게 되었다.

앞으로 나의 "인생 미션"은 "책쓰기 코칭을 통한 한우리미션밸리"의 비전을 실행하는 것이다. 이 책을 출간하면서 코칭팀을 구성해서 코칭을 하려고 한다. 한 교회만 목회하던 필자의 인생 미션이 민족과 열방을 섬기는 "한우리미션밸리의 꿈"으로 확장되고 있다.

그동안 11권의 책을 쓰면서 깨달은 것은 "쓰면 이루어진다"는 진리이다. 글을 쓰고, 책을 출간하면서 하나씩 비전을 이루어 왔듯이 『인생 미션』을 쓰면서 "쓰면 이루어진다"는 진리를 경험하고 있다.

내 인생미션이 된 "한우리미션밸리"는 "민족과 열방의 연결고리"를 꿈꾼다.

필자는 2013년부터 미션홈에서 선교사들을 섬겨왔다. 앞으로 하나님이 공급해주시는 재정과 사람들을 통해서 인천공항 인근에 "한우리미션센타"를 준비하고 "민족과 열방의 연결고리" 역할을 감당하려고 한다. 인천공항을 드나드는 선교사들을 위해 "민족과 열방의 연결고리"가 되도록 미션을 감당하려고 한다.

내 인생의 미션이 된 “한우리미션밸리”는 “통일코리아와 미션코리아”를 꿈꾼다.

어린 시절 민통선 마을에서 자란 필자는 통일코리아에 대한 비전을 위해서 늘 기도하고 있다.

하나님은 영국이 선교미션을 감당했을 때 19세기에 세계에서 가장 강한 “해가지지 않는 나라”가 되게 하셨다. 미국이 선교 미션을 감당했을 때 20세기에 세계에서 가장 강대한 나라로 만들어 주셨다. 대한민국도 선교미션을 감당한다면 앞으로 하나님께서 복을 주셔서 21세기에 세계 최강의 강대한 통일코리아와 미션코리아로 만들어 주실 것이다. 그렇게 되어질 때 “인천공항 한우리미션밸리 센타”가 미션을 감당하는 한알의 밀알이 되기를 소망한다. 나는 매일 한우리미션밸리를 꿈꾼다.

인생미션

초판 발행 2020년 2월 20일

기 획 박성배
지은이 이희준, 이필경, 박태겸, 강명규, 장승익, 강석진, 김경희, 김유경, 원방연
펴낸이 정유진
교 정 이필경
디자인 임지은, 이이사벨
펴낸곳 노북(no book)
주 소 경기도 수원시 영통구 광교중앙로 145 A432
전 화 031-8025-9200 팩 스 050-4211-8560
https://blog.naver.com/nobookorea
이메일 nobookorea@gmail.com
출판등록 2018년 7월 27일 제2018-000072호
인 쇄 새한

ISBN 979-11-90462-02-0 (03800)